강사의
독서법

강사의 독서법

발행일	2024년 4월 24일
지은이	권미숙, 권은예, 김경우, 김규인, 김용화, 김은주, 민혜영, 박은주, 석정숙, 유연옥, 이서윤, 이현주, 정순옥, 정영혜, 정종관
펴낸이	손형국
펴낸곳	(주)북랩

편집인	선일영	편집	김은수, 배진용, 김부경, 김다빈
디자인	이현수, 김민하, 임진형, 안유경	제작	박기성, 구성우, 이창영, 배상진
마케팅	김회란, 박진관		

출판등록	2004. 12. 1(제2012-000051호)
주소	서울특별시 금천구 가산디지털 1로 168, 우림라이온스밸리 B동 B113~115호, C동 B101호
홈페이지	www.book.co.kr

전화번호	(02)2026-5777	팩스	(02)3159-9637

ISBN	979-11-7224-083-7 03810 (종이책)	979-11-7224-084-4 05810 (전자책)

(주)북랩 성공출판의 파트너

북랩 홈페이지와 패밀리 사이트에서 다양한 출판 솔루션을 만나 보세요!

홈페이지 book.co.kr • **블로그** blog.naver.com/essaybook • **출판문의** book@book.co.kr

작가 연락처 문의 ▸ ask.book.co.kr

작가 연락처는 개인정보이므로 북랩에서 알려드릴 수 없습니다.

강사의 독서법

15명의 강사가
직접 전하는
삶을 바꾸는 독서법

권미숙
권은예
김경우
김규인
김용화
김은주
민혜영
박은주
석정숙
유연옥
이서윤
이현주
정순옥
정영혜
정종관

북랩

들어가는 글

— 정영혜

이 책은 〈국민강사교육협회〉 강사님들이 일주일에 두 번, 새벽 독서 모임을 하면서 경험한 책에 관련한 이야기이다. 강사가 생각하는 가장 중요한 책 속 한 줄은 무엇이며, 자기만의 독서 방법, 지금 책을 읽어야 하는 이유를 말하고 있다. 2024년 새해를 맞으면서 무언가 특별한 시작을 하고 싶어서 공저를 출간하기로 마음을 모았다. 강사에게 독서가 얼마나 중요하고 책에서 어떤 유익함을 얻고 있는지를 전하고 있다. 누구나 많은 책을 읽고 싶어 한다. 하지만 혼자서는 늘 작심삼일이 되기 쉽고, 눈앞에 닥친 중요한 일들을 먼저 하다 보면 독서는 자꾸 뒤로 밀리게 된다. 독서하는 환경을 만들기 위해서 새벽 독서 모임을 만들었다. 덕분에 꾸준히 책을 읽을 수 있었다. 이 기간을 통해 배운 강사들의 독서법을 들여다본다.

새벽 4시 30분, Zoom 회의 참가 주소를 알리는 소리가 핸드폰에 울려 퍼진다. 또 다른 새날 아침이 시작되었다. 얼른 알람을 끄고, 세수하고, 노트북 앞에 앉는다. 5시부터 한 시간 동안 비대면 모임에 참여하기 위해서다. 강사들 한 명 한 명이 Zoom으로 들어온다. 〈국민강사교육협회〉 모블모에(모닝 블로그 모임) 참여하기 위하여 매일 열다섯 명에서 스무 명 정도 참여하고 있다. 이 모임은 2022년부터 시작되었다.

2023년 5월 30일부터는 일주일에 두 번, 화요일과 목요일에는 독서 모임을 하고, 월요일과 수요일, 금요일에는 블로그 모임을 하고 있다. 6월 28일 '모블독(모닝 블로그 독서 모임)'이라는 이름으로 단체 대화방을 따로 만들었다. 올해는 모임 시간을 새벽 6시에서 5시로 한 시간 당겼지만 모두 참여를 잘하고 있다. 강사들의 열정이 대단하다.

독서 모임은 자유 도서로 시작했다. 자신이 읽은 책 제목과 작가를 먼저 소개하고, 마음에 와닿는 문장을 읽고, 그 문장에서 깨달은 점이나 자신이 적용한 점이나, 생각나는 일들, 함께 나누고 싶은 이야기를 나누었다. 그러다 지난해 6월 29일부터는 공통 도서를 정했다. 공동체 출판사의 『사람 중심 리더십』을 읽고 서로 생각을 나누고, 강의에 사용할 수 있는 교육 자료를 만들어 공유하였다. 지금은 나폴레온 힐 원저 『성공의 법칙』을 두 번째 읽고 있다. 참여하는 강사들의 정확한 스피치 능력을 향상시키고 책의 내용을 더 잘 이해하기 위해서 소리 내어 읽는 낭독을 하고 있다.

새벽이라 목소리가 다소 거칠어서 듣기가 매끄럽지 않지만, 모두 똑같은 상황이니 서로 이해하며 듣는다.

새벽 일찍 강의장으로 출발해야 하는 강사는 부득이하게 듣기만 한다. 915페이지에 달하는 두꺼운 책을 들고 다니기에는 무리이기에 듣는 것으로 참여한다. 강의장으로 이동하느라 깜깜한 새벽을 달리며 운전하는 자동차 안에서, 또는 KTX 안에서 이어폰으로 듣기독서에만 참여하는 것이다.

때로는 감기나 몸살로 목소리가 제대로 나오지 않을 때도 참여를 한다. 강의장으로 이동하며 듣기만 하는 강사를 위해 더욱 또박또박 낭독한다. 주위 사물이 구분되지 않는 깜깜한 새벽에 교육장으로 출발할 때는 운전이 힘들고 졸음도 온다. 새벽 출발이 화요일, 목요일이면 동료 강사들의 낭독 덕분에 책 속 내용이 더욱 선명하게 들리고 머리도 맑아진다. '나는 강사다'라는 자부심도 느끼면서 행복한 마음으로 강의장을 향해 운전하게 된다. 독서 모임에 참여한 덕분에 책 낭독을 들으며 출근하는 호강을 누릴 수 있는 것이다.

2024년 2월까지 독서 리더로 활동하면서 강사님들의 열정과 꾸준한 성실성에 박수를 보낸다. 한 분씩 얼굴을 떠올려 본다. 낭독을 들으며 강사의 스피치 능력을 정확하게 판단해 내는 김규인 협회장님, 출강이 많아서 가장 많이 새벽에 출발하다 보니 듣기독서를 하는 날이 많은 김은주 교수님, 중저음의 온화한 목소리로 낭독하셔서 강사들에게 귀 호강을 시켜 주시는 정종관 교수님, 허리가 아파서 한 시간 동안 서서 듣고 낭독하면서 참여하는 권미숙 강사님, 강아지가 따라 짖는다고 작은 목소리로 조용히 낭독하는 권은예 교수님, 아이들의 등교 준비를 하면서 독서에 참여하면서도 스피치 향상에 가장 많은 변화를 가져온 김경우 강사님, 가장 출석률이 높은 우등생 김용화 강사님, 고3 아들 챙기느라 가장 먼저 낭독해야 했던 민혜영 교수님, 또박또박 전달력 높은 목소리로 낭독하는 박은주 교수님, 자신의 마음을 순수하게 잘 표현하는 석정숙 강사님, 멀리 연평도에 강의하러 간 날도 새벽에 듣기독서에 참여했던 열정 가득한 유연옥 강사님, 다양한 예시로 적용 점을 잘 풀어서 전달하는 이서윤 강사님, 책 읽은 내용을 객관적이고 포괄적으로 정리를 잘해서 발표하는 이현주 교수님, 밝고 명랑한 목소리로 상큼함을 주는 정순옥 강사님. 모두 대단하고 각자의 장점이 많은 강사이기에 칭찬의 박수를 보낸다.

　새해를 맞이하면서 늘 열정적으로 참여한 강사들에게 스스로를 칭찬하는 의미로 공저 출간을 제안했을 때, 모두가 적극적으로 지지하고 참여해서 이 책을 출간하게 되었다. 독서의 중요성을 알면서도 잘 실천하기가 어려운 분들에게 '모블독'처럼 독서 모임을 권하고 싶다. 혼자서는 어려운 것도 함께하면 가능하다. 집에서 꾸준히 운동하기 어려운 사람이 헬스장에 등록하면 매일 운동하는 실천력이 높아진다. 건강하게 다져진 다른 사람들의 몸을 보면서 꾸준히 자신의 목표를 향해 실천할 수 있듯이 독서 모임도 그런 역할을 한다.

책을 읽든 읽지 않든, 누가 체크하거나 평가하지 않는다. 하지만 자신은 안다. 책을 읽지 않으면 어제의 나와 오늘의 내가 변화가 없으며 더 나은 강의 준비를 할 수 없다는 사실을. 지금보다 0.1%의 성장을 원한다면 독서하자. 오늘보다 더 나은 삶이 책 속에서 나를 기다리고 있으니까.

차례

1장 ──── 독자에게 주는 한 줄 문장

2장 ─── 나만의 독서 꿀팁

3장 ──── 책을 읽어야 하는 이유

1장

독자에게
주는
한 줄 문장

1-1.
너는 아름다운 나비가 될 수 있어

권미숙

초등학교 3학년 무렵『로빈후드의 모험』을 처음 읽었다. 책을 읽고 얼마나 울었던지. 사실 지금 생각하면 웃기는 일이다. 울게 만드는 대목이 어느 부분이었는지 40여 년이 지난 지금은 가물거린다. 아마도 로빈후드가 감옥에 갇힌 상황, 정의로움에 감동했던 모양이다. 그리고 책을 읽는 내내 주인공이 되었다. 그 이후로 전래동화를 읽기 시작했고『콩쥐팥쥐전』,『흥부전』,『장화홍련전』,『전우치전』등 다양한 전래동화를 읽으면서 초등학생 시절을 보냈다. 새로운 친구들과 선생님들은 중학생이 되어 만났다. 특히, 김천기 선생님이 기억에 많이 남는다. 하얀 도화지처럼 깨끗한 머릿속에 많은 것들을 그려 넣을 수 있도록 해 주었기 때문이다.

중학교 1학년 때 선생님이 주신 리처드 바크의『갈매기의 꿈』은 오랫동안 나에게 도움이 되었다. 꿈을 위해서 평범한 삶을 거부하는 갈매기의 이야기가 리처드 바크가 쓴 소설이다. 조나단은 단지 먹이를 구하는 갈매기가 아니었다. 더 멋지게 날기 위해 자신의 한계에 도전하였다. 더 멀리, 더 높이 날려고 고민하고 노력하는 모습을 통해 마음속에 꿈을 갖게 되었다. 인생에 있어서 무엇이 중요한지를 무던히도 고민했다. 먹고사는 것 외에 더 소중한 것이 무엇이 있을까? 가끔은 두근거리는 마음으로 밤을 지새운 적도 있었다.

『꽃들에게 희망을』은 지금까지 읽은 책하고는 차원이 달랐다. 다른 방식의 소설이었다. 읽고 또 읽었다. 애벌레가 꼭대기를 향해 가는 모습, 꼭대기에는 무엇이 있을까? 책을 읽는 동안 애벌레가 되었고 나비가 되는 꿈을 꾸었다. 꿈이 많은 아이는 선생님이 주신 책으로 자라났다.

문득 책장에 꽂힌 책들이 궁금해졌다. 지금도 있을까? 『갈매기의 꿈』, 『꽃들에게 희망을』 그리고 애지중지했던 생텍쥐페리의 『어린왕자』 등 선생님이 주셨던 책들 말이다. 오래간만에 찾아보았다. 몇 년 전까지만 해도 책장에 있었다. 마음이 공허할 때마다 한 번씩 보던 책들이었다. 마치 애착 인형처럼 위로가 되었던 책들이 보이지 않았다. 그동안 너무 정신없이 살다 보니 까맣게 잊고 있었다. 이사할 때 없어졌나? 갑자기 가슴이 빈 것처럼 허전하다.

책꽂이 한쪽에서 노란색이 보인다. 한 권밖에 보이지 않지만 다행이다. 있었구나. 나비와 애벌레가 그려진 책이다. 트리나 포올

로스의 『꽃들에게 희망을』이라는 책이다. 책장을 넘기자마자 "이 이야기는 자신의 참모습을 찾기 위해 많은 고통을 겪어 온 한 마리의 애벌레 이야기입니다. 그 애벌레는 우리 자신입니다."라는 말이 눈에 들어온다. '참모습, 애벌레, 우리 자신'이라는 단어에 동그라미가 그려져 있다. 연이어 빨간 색연필로 "그냥 먹고 자라는 것 이상의 무엇이 삶 속에 있지 않을까?"라는 곳에 줄을 그었다. 줄무늬 애벌레의 생각이자 그 당시 고민이었다. 그리고 오래도록 이어졌다. 단어 하나만으로도 생각이 이어지던 시절이었다. 책은 예민하던 나를 잠재우는 약이었다.

『꽃들에게 희망을』은 미국의 동화 작가 트리나 포올러스가 쓰고 그린 동화이다. 저자는 국제 여성운동 단체 '그레일(The Grail)'의 회원이라고 한다. 이 책은 동화의 형식을 취하고 있지만, 어른들을 위한 우화다. 읽어 볼수록 인생 책이라는 생각이 들었다. 줄무늬 애벌레처럼, 삶에는 지금보다 더 큰 의미가 있겠지? 안정적이고 편안한 직장 생활을 포기했다. 매달 꼬박꼬박 경제적인 수입이 보장된 직장이었다. 안정적이고 편안한 생활이기에 오래 고민했다. 그렇지만 지금보다 나은 큰 의미를 찾아 모험을 나섰다. 강사라는 커다란 기둥에 합류하여 성장을 위해 위로 올라가는 중이다. 여정 속에서 새로운 사람들을 만났다. 가끔 힘들 때면 "우린 날 수 있어! 나비가 될 수 있다고! 꼭대기에 아무것도 없더라도 상관없단 말이야!"라고 외치기도 한다. 때로는 나비가 되지 못한다는 두려움으로 선택에 어려움을 겪을 수도 있다. 그때마다

이 책은 내게 힘을 줄 것이라 확신한다. 학창 시절에도 그랬고, 성년이 되었을 때도 언제나 한결같은 위로를 주었기 때문이다.

애벌레 시절, 강사의 길에 막 접어들었을 때였다. 무턱대고 강사의 길에 접어든 나를 보고 주변에선 의아해했다. 어울리지 않는다며 염려했다. 18년 동안 제조업체에서 근무한 이력이 편견을 만들었다. 첫 번째로 도전한 것은 실버인지활동 놀이지도사이다. 당시 '대전평생교육진흥원'에서 수강을 했는데, 모 교수님의 말이 아직도 귀에 쟁쟁하다. 권미숙이가 앞으로 어떻게 변할지 가장 궁금하다고 했기 때문이다. 그도 그럴 것이 나는 강사가 되기 위한 어설픈 애벌레였다. 사람들 앞에 서면 쿵쾅거리는 가슴, 얼굴은 빨개졌다. 머릿속이 하얗게 되었다. 진행 멘트를 해야 하는데 단어가 생각나지 않았다. 사람들 앞에 서는 것이 주저되기도 했다. 더군다나 동작을 설명 후 구령도 붙여 가며 음악에 맞춰 몸을 움직여야 했다. 문제는 유행가를 몰랐다는 것이다. 리듬감이 없는 구제 불능의 몸은 걸림돌이었다. 그러다 보니 빠른 음악에서는 박자를 놓치기 일쑤였다. 음악은 동쪽으로 몸동작은 서쪽으로 움직였다. 그래서 정신없이 유행가와 동작을 익히느라 온통 초집중하는 시간이었다. 짝이 맞지 않은 신발을 신고 다녀도 몰랐으니 말이다.

그 당시 우리는 조별로 실습했다. 내가 속한 조는 어려움이 많았다. 천성적으로 몸이 음악을 따라가지 못하는 오합지졸이었다. 그럴수록 책에서 나오는 애벌레들처럼 끊임없이 나아졌다. 더 열심히 안무를 만들었다. 도구를 준비하고 복장을 준비하며 연습했다. 수업이 있는 날에는 따로 만나기도 했다. 평일에는 모이는 장소 선정이 어려워서 동기가 운영하는 반찬가게에서 만났다. 열악한 환경이었지만 싫은 내색 없이 연습에 전념했다. 하늘이 알았을까? 우리는 최고의 칭찬을 들었다. 참여한 수강생들의 추천으로 우승 상품도 받았다. 너무 좋아서 팔짝팔짝 뛰었던 날이 기억에 선하다. 자격증을 취득한 후에도 추가로 수강하며 1년을 보냈다. 경로당과 주간보호센터에서의 자원봉사도 1년여간을 하면서 음악을 몸과 마음에 익혔다. 차츰 사람들 앞에서 프로그램 진행이 자연스러워졌다. 그리고 지금은 배웠던 것들을 유용하게 사용하고 있다. 지금은 많은 대상자 앞에서도 얼굴이 빨개지기는커녕 더 신이 나서 웃고 있는 나를 발견하기도 한다. 지인들은 말한다. 미숙이 네가 그런 일을 한다고? 마침내 나는 아름다운 나비가 되었다.

『꽃들에게 희망을』에 나오는 매혹적인 문구를 소개해 본다. 이 문구는 지치고 힘들 때, 좌절감이 몰려올 때 힘을 준다. "너는 아름다운 나비가 될 수 있어. 우리 모두 너를 위해 기다리고 있는 거란다!" 이 문구는 내게 주는 pep talk이다. pep talk이란 누군가에게 격려하거나 응원을 해 줄 때 사용하는 표현으로, 격려의 말, 격려 연설, 응원, 덕담을 말한다. 『꽃들에게 희망을』에서는 마지막에 기둥을 이루었던 애벌레들이 뭔가를 깨달은 듯 우르르 내려온다. 그리고 제각각 번데기를 만들고 나비가 되는 모습을 보여 주는 아름다운 장면으로 마무리된다. 이 순간 자신의 인생 여정을 열심히 달려가면서 위로가 필요한 당신에게 응원의 pep talk을 보낸다.

"너는 아름다운 나비가 될 수 있어. 우리 모두 너를 위해 기다리고 있는 거란다!"

어려움은 나를 파괴하지 못한다

권은예

사는 게 평탄하기만 했다는 사람은 드물다. 인생은 멀리서 보면 희극이지만, 가까이서 보면 비극이라는 말이 있다. 겉으로는 잘 사는 듯 보이지만, 막상 이야기를 나눠 보면 각자가 가진 슬픔이나 고통이 있다. 실제로 내가 아는 사람은 사는 게 참 편안해 보였다. 항상 우아하게 옷을 입고, 미소도 부드럽다. 골프를 치거나 수영을 하면서 하루를 보낸다. 어려움이 전혀 없는 줄 알았다. 나중에 안 사실이지만, 그녀 역시 아들을 잃은 슬픔을 묻어 둔 채 살고 있었다. 아들을 보내고, 몇 번이나 생을 포기하려고 했었다고 한다. 그때 더 많이 알게 되었다. 우리는 일일이 말할 수 없는 사연이 있다는 사실을 말이다.

누구나 시련을 만난다. 살면서 어려움을 만났을 때, 해답을 찾는 방법에는 여러 가지가 있다. 부모님이 알려 줄 때도 있고, 인생 선배가 답을 보여 주기도 한다. 사람이 주는 위로도 힘이 되지만, 책 안에서 발견한 문장들이 힘이 될 때가 많았다.

마틴 E. 피글리시오의 『마음의 회복력』에 이런 부분이 나온다. "어려움은 당신을 파괴하지 않을 것입니다. 어려움을 이길 수 있다는 믿음을 갖고 계속 나아가세요." 고난은 누구나 만날 수 있지만, 그걸 이겨 내는 힘도 내 안에 있다는 의미였다. 나 역시 힘든 순간들이 많았다. 그럴 때마다 이 말을 떠올리며 마음을 다잡고는 한다.

2020년은 코로나19로 힘든 해였다. 박사 졸업을 하기 위해서는 논문을 통과해야만 했다. 양적 조사로 설문지를 받아 통계를 돌려야 했다. 코로나19가 기승을 부려 사람들을 만나는 것도 점점 더 힘들어졌다. 수시로 정부 방침이 달라졌다. 무조건 따라야만 했다. 박사 논문 제목의 대상자가 청소년이었다. 학생들을 만나 일일이 설문조사를 해야 하는 상황이었다. 코로나19가 종식될 기미도 없고, 거리 두기는 오히려 강화되고 있었다.

신경을 많이 써서 그랬는지, 흰머리가 눈에 띄게 늘었다. 그즈음 일어나면 어지럼증도 심해졌다. 이러다가 말겠거니 하고 참았다. 날이 갈수록 심해져서 견딜 수가 없었다. 이대로는 안 되겠다 싶어서 가까운 병원을 찾았다. 이석증이라고 했다. 말 그대로 귀 안에 결석이 생기는 질환이다. 원인은 다양했다. 스트레스 때문일 수도 있고, 호르몬의 영향으로 생긴 것일 수도 있었다. 심할 때는 제대로 앉아 있기도 힘들 정도였다. 수 초 동안 아무것도 할 수 없을 만큼 빙빙 돌다가, 어느새 나아지기도 했다.

어쩔 수 없는 상황이었다. 방법을 바꿔 인맥을 동원하기로 했다. 각 학교 교장 선생님들과 선생님들을 만나 설문지를 맡겼다. 설문하는 친구들에게 줄 선물까지 준비하다 보니 짐이 많았다. 가져가고 회수하는 일도 보통 일이 아니었다. 우여곡절 끝에 각 학교로 배부했던 설문지를 모두 회수했다. 힘든 과정을 거쳐 박사 논문이 통과되었고, 박사 학위를 받게 되었다.

기쁨도 잠시였다. 동시에 진행했던 한국어 교원 2급 자격증 과정이 있었다. 박사 선배의 추천으로 갑자기 하게 된 자격 과정이었다. 다른 자격증 공부와 다른 점이 많았다. 처음 권유받았을 때, 사회복지사 2급을 취득하는 것처럼 쉽다고 했었다. 많은 자격증을 취득했지만, 이 과정처럼 힘든 건 처음이었다. K 교수님이 하신 말이 아직도 떠오른다. 지금까지 한 공부 중에 가장 힘든 공부가 한국어 교원 공부라고.

매일 새벽 2시까지 강의를 들었다. 시험을 볼 때는 나도 모르게 험한 소리가 새어 나왔다. 어떤 과목은 교재를 검색해도 나오지 않았다. 분명 한국어인데 한글이 아니었다. 그 힘든 과정들을 거쳐, 외국인 네 명 앞에서 시험 강의까지 마쳤다. 결국 우여곡절 끝에 자격증을 취득할 수 있었다.

박사 학위와 제일 어려운 자격증까지. 도저히 불가능할 것 같았지만, 내 안에는 이겨 내는 힘이 있다는 걸 알게 해 준 시간이었다.

12월 6일 새벽 5시 15분! 엄마가 돌아가셨다. 둘째 언니는 내가 전화를 받지 않자 남편에게 전화했다고 한다. 남편은 전화를 받고 출근하던 통근 버스에서 무작정 내렸다고 했다. 택시가 안 잡혀 한 시간을 추위에 떨면서도 장례 준비를 했다고 한다. 짐을 챙기는데, 눈물이 앞을 가렸다. 삼우제까지 5일을 집을 비워야 하기에 준비해야 할 것들도 많았다. 엄마의 사망 소식을 알리기 위해 김규인 회장님께 전화했다. "회장님! 엄마 돌아가셨어요. 내일 강의 못 갈 것 같아요." 회장님의 따뜻한 위로와 배려에 눈물이 더 흘러나왔다.

엄마가 평소 다니시던 병원에서 장례식을 치르기로 했다. 낯선 곳에 계시게 하고 싶진 않았다. 요즘은 장례식장도 구하기 힘들다고 했다. 정해진 곳은 중앙대학교 장례식장 3호! 식당이 50석밖에 안 됐다. 선택의 여지가 없었다. 그곳이라도 있었던 게 다행이라고 한다. 협소한 장소와는 달리 이상할 정도로 마음이 편안했다.

엄마의 모습을 마지막으로 볼 수 있는 시간이다. 가족들이 많아서인지 입관하는 장소도 발 디딜 곳 없이 꽉 찼다. 엄마가 누워 계셨다. 임종 면회 때 봤던 모습보다 더 예쁘고 편안해 보였다. 원래도 얼굴이 작았는데 더 작고 하얗다. 정말 자는 것처럼 보인다. 장례지도사가 인사를 하라고 했다. 엄마를 안았다. 엄마 가슴에 얼굴을 묻었다. 볼과 입술에 뽀뽀를 해 드렸다. 모습을 지켜보던 가족들의 흐느끼는 소리! 금세 울음바다가 돼 버렸다. 얼굴이 차갑다는 느낌 말고 평소랑 똑같았다. 시체라는 생각도 무섭지 않았다. 더는 엄마의 모습을 볼 수 없다고 생각하니 눈물이 하염

없이 흘렀다. 입관 의식이 계속 진행되었다. 시어머니 때보다 더 아름다운 꽃 관이 준비되어 있었다. 막냇사위의 특별한 부탁으로 신경을 더 썼다고 했다. 마지막에 넣어 드릴 꽃도 따로 준비해 준 친절한 장례지도사님이었다. 꽃을 좋아한 엄마가 마지막으로 누워 계실 꽃 관! 고운 엄마와 잘 어울렸다.

마지막 가시는 길에 꽃향기 맡으며 아픔과 근심 모두 잊고 편안하게 가셨을 엄마의 모습을 상상해 본다. 화장터에서 한 줌의 재로 변해 유골함에 안치되신 엄마이지만, 입관식 때 본 고왔던 모습만 기억하려 한다. 내 기억 속에 영원히 남을 꽃향기 그윽했던 엄마의 입관식!

친정엄마는 나를 떠나지 않을 것 같았다. 나이가 아무리 들어도 엄마에게 난 아이였다. 늘 걱정되는 막내딸! 남의 일처럼 느껴졌던 엄마의 죽음이 나에게도 일어났다. 아버지가 일찍 돌아가시고 오빠, 언니들과는 나이 차이도 있어서 엄마와 단둘이 보낸 시간이 많았다. 그래서일까! 엄마와 난 더 끈끈했다. 친구 같은 사이였다. 한겨울 꽁꽁 언 손을 엄마 가슴에 넣어도 괜찮았다. "왜 이리 차갑노." 하시며 녹여 주시던 엄마가 그립다. 지금도 많이 보고 싶다.

이 외에도 힘든 구간이 많았다. 도저히 이겨 내기 힘들다고 생각했지만, 원하는 바를 이뤄 낼 때가 많았다. "어려움은 당신을 파괴하지 않을 것입니다. 어려움을 이길 수 있다는 믿음을 갖고 계속 나아가세요." 책에서 보석처럼 발견했던 이 문장이 나를 일으켜 주지 않았나 하는 생각이 든다. 내 손이 닿는 곳에 두어, 가끔 꺼내서 읽어 보기도 한다.

내 안에는 시련보다 더 큰 힘이 있다. 혹시 살면서 감당할 수 없는 시기를 지나고 있는 사람이 있다면 나처럼 이 문장이 도움이 되길 바란다. 책이 주는 장점을 알고 있기에, 시간을 내어 책을 꾸준히 읽으려고 노력하고 있다. 그 안에서 많은 스승을 만난다. 우리가 원한다면 언제든 볼 수 있다. 나와 같은 경험을 하는 사람이 많아졌으면 한다. 책에 있는 한 줄 문장에는 위로가 있고, 삶의 나침반이 있었다.

1-3.
행복하기 위해 배우는 경제

김경우

경제금융교육으로 강사 활동을 한 지 10여 년이 넘었다. 사람들은 경제를 배우면 부자가 될 수 있다고 생각한다. 현장에 나가서도 학생들이나 어른들에게 "경제를 왜 배울까요?" 하고 물으면 열에 아홉은 "부자 되려고요."라는 대답이 돌아온다. 대부분이 그러하듯 이 책을 읽기 전까지는 나도 그렇게 생각했다.

경제에 관한 책 한 권을 사려고 서점에 갔다. 교육생들에게 생활 속 경제에 관한 많은 사례도 알려 주면서 돈 버는 방법을 알려 주고 싶었다. 나도 경제 공부를 하면서 돈 벌 수 있는 좋은 기회란 생각이 들었다. 그래서 선택한 책이 독일 최고의 경제학자 하노 벡의 『경제학자의 생각법』이란 책이다. 핵심을 찌르는 통찰력과 지혜로운 문장들이 눈에 띄었다. 부제목은 '피가 되고 살이 되는 돈 버는 생각 습관'이라 쓰여 있다. 내용도 로또 이야기, 중고차 이야기, 축구 이야기 등 생활 속에서 일어날 수 있는 이야기들로 꾸며져 있다. 우리가 아는 국어사전처럼 경제생활 사전이라고 생각하면 된다. 내가 사려고 했던 바로 그 책이었다. 볼 것도 없이 집어 들고 계산부터 했다.

집에 와서 책을 펼쳤다. 첫 장부터 시작해 끝까지 내 마음을 사로잡는 내용이었다. 특히 내 마음에 들어오는 한 문장이 있었다. "구멍 뚫린 지붕은 맑을 때 고쳐야 하고, 망가진 외양간은 소가 있을 때 고쳐야 한다."라는 말이었다. 무슨 일이든 미리 준비해야 한다는 의미다. 경제 부분도 마찬가지다. 조금 여유로울 때, 나중을 생각해 미리 대비하는 습관이 필요하다. 이 문장이 살아가면서 많은 도움이 되었다.

로또에 관한 이야기도 흥미로웠다. 인생 역전은 역시 로또라는 생각이 들었다. 1등만 되면 지금 하는 일도 그만두고 떵떵거리며 살 것 같았다. 나와 남편은 당첨되면 당첨금을 반반 나누자고 했다. 다시 생각해 보니 가족이 다섯 명이었다. 정확하게 5등분으로 나누자고 약속했다. 예상 금액을 가지고 무엇을 할 건지 리스트를 적어 보았다. 우선 나를 위한 것, 가족에게 해 주고 싶은 것, 주위 사람들에게 감사 선물할 것 등을 적었다. 이렇게 우리는 핑크빛 미래를 꿈꿨다. 일주일 동안 기다리는 시간이 설렜다.

추첨 시간이 다가오자, 월요일에 산 로또 용지를 손바닥에 움켜쥐었다. 텔레비전 앞에 바짝 다가앉았다. 첫 번째 숫자가 나올 때 초집중했다. 첫 번째 숫자부터 비껴가기 시작했다. 그러면서 희망은 서서히 바람으로 바뀌었다. 2등이라도 되길 바라면서 두 번째 숫자에 집중했다. 그것조차 비껴갔다. 그러다 나중에는 본전이 생각나서 3개만이라도 맞길 바랐다. 결국 여섯 개 중에 두 개만 맞았다. 남편은 다른 사람에게 기부했다 생각하자며 툭툭 털고 일어났다. 우리 같은 집이 많았을 걸 생각하니 웃음이 나왔다.

이 책을 계기로 경제교육을 할 때 좀 더 실용적인 강의를 할 수 있었다. '로또 당첨 번호를 제대로 고르는 법'이라는 단락의 마지막 부분에 이런 말이 나온다. '어떤 숫자를 고르든 100% 손해는 없다. 로또에 투자한 대가는 분명히 있다. 바로 1등 당첨금을 받고 무엇을 할까 상상하고 꿈꾸는 시간이다.' 이 말에 공감한다. 당첨된 모습을 상상하면서 설레는 일주일을 보낼 수 있었다. 지금도 변함없이 로또를 산다. 행복을 사고 있다고 생각한다.

한 달에 한 번씩 교도소에 간다. 석방 대상자들을 만나기 위해서다. 출소 후 부채 해결이 시급하다. 재취업을 해서 경제 문제를 해결해야 한다. 그러다 보니 경제와 금융에 관심이 많다. 교육하다 보면 금융 관련 문제가 많았다. 보증, 사기, 카드 빚, 대출, 회사 부채 문제 등이다. 이때는 채무조정제도를 이용해 해결하는 방법으로 도움을 준다. "돈을 버는 게 중요할까요? 관리가 더 중요할까요?" 물어보는 사람이 있다. "돈을 잘 써야 합니다. 특히 잘 관리하는 게 중요합니다."라고 답했다. "돈이 있어야 관리하지요. 그러니 버는 게 더 중요하다."라고 말하는 사람도 있다. "사업할 때 부도가 나는 이유는 돈 관리가 안 돼서 그런 것"이라고 말했다. 통장 관리를 통해 돈 관리의 중요성을 강조해 준다. 돈을 잘 벌기 위한 투자 방법을 묻는다. 『경제학자의 생각법』에 투자에 관한 편중 리스크 이야기가 나온다. 모두가 그런 건 아니지만, 주식과 부동산에 관심 있는 분들도 많다. '계란을 한 바구니에 담지 말라'는 내용이다. 한 바구니에 담고 가다 떨어뜨리면 계란이 몽땅 깨질 수 있다. 투자도 마찬가지다. 부동산에만 투자하거나 주식에만 투자하는 행동이 바로 편중 투자다. 편중 리스크 관리를 위해 주식이나 부동산 여러 곳에 분산 투자하라고 말한다. 주식투자에도 편중 위험성이 발생한다. 주식을 말할 때 부채와 우산 장수 이야기를 많이 한다. 날씨에 따라 서로 반대의 영향을 주는 회사에 투자하는 것이 분산 투자다. 되도록 같은 사업을 하는 두 개의 회사에 투자하는 것은 추천하지 않는다. 대부분 같이 경기를 타기 때문이다.

교육을 마친 후 설문지를 작성한다. 시간이 부족하니 더 늘려달라고 하거나, 경제금융교육을 더 받고 싶다고 쓰여 있다. 부채 문제로 걱정이 많았는데 도움이 돼서 좋았다는 글들도 보인다. 경제금융교육으로 교육생들의 어려움을 함께 해결해 나갈 수 있어서 뿌듯하다.

은퇴에 관한 경제금융교육을 준비했다. 행복한 노년을 위한 은퇴 설계 재무다. 유튜브에서 동영상을 찾아보았다. 퇴적 공간이라는 단어를 이용해 설명하고 있었다. 머릿속에서 퇴적 공간이란 단어가 맴돌았다. 오근재 저자의 『퇴적 공간』을 찾아 읽었다. 요양원에 있는 노년의 이야기가 나온다. '생애 대부분의 기억을 잃어버린다. 방문할 때마다 누구냐고 묻는 환자를 보는 일이 흔하다.' 우리도 미래의 예비 노인이 된다. 『퇴적 공간』에 나오는 노인은 치매로 요양원에 있는 어르신들이다. 준비되지 않은 노년의 삶은 두렵다. 행복한 노년의 준비는 선택이 아닌 필수다. 나이가 들어감에 따라 소득은 한정적일 수 있다. 소비는 죽을 때까지 이어진다. 노년의 삶은 경제와 연관성이 많다. 한 고용센터에서 행복한 은퇴 설계를 위한 금융교육을 요청했다. 교육생 대부분이 연령대가 50대~80대였다. 진행 시간은 오후 2시였다. 1시간 30분 동안 쉬는 시간 없이 진행하기로 했다. 약100여 명의 교육생들에게 도움이 되었으면 했다. 옛날의 물가와 오늘날의 물가를 비교하는 퀴즈를 경매게임 하듯이 진행했다. 퀴즈 푸는 재미에 시간 가는 줄 몰랐다. 행복한 노년을 만들기 위한 '은퇴 레드존' 시기를 알아보았다. 은퇴 레드존이란 은퇴 전 10년으로부터 은퇴 후 5년을 말한다. 행복한 은퇴 설계를 위해 50세~60세까지 은퇴 리허설을 권했다. 이 시기에는 소득의 감소가 올 수 있기 때문이다. 조기 은퇴, 임금피크제, 연금 공백의 시기가 있다. 이런 문제를 해결하기 위해 계획표를 만들어 보기로 했다. 첫째, 한 달 200만 원씩 석 달 동안 살아 보기. 둘째, 은퇴 리허설을 위해 부부가 함께하면 좋은 것 생각해 보기. 셋째, 은퇴를 위한 예행연습에서 실수하는 것 알아보기. 이외에도 여러 가지 계획을 만들어 보는 시간을 가졌다.

하노 백의 『경제학자의 생각법』은 강의할 때 유용했다. 특히 "구멍 뚫린 지붕은 맑을 때 고쳐야 하고, 망가진 외양간은 소가 있을 때 고쳐야 한다."라는 문장을 통해 많은 도움을 받았다. 생활하는 데도 적용할 수 있었고, 노후 대비의 중요성도 알게 되었다. 특히 책은 나에게 아이디어 뱅크로 다가와 준다. 책에서 발견한 한 문장이, 살아가는 데 큰 지침서가 된다.

1-4.
상처를 품고 사는 이들에게 건네는 위로

김규인

다시 태어났다. 책 한 권이 내 인생을 바꿔 놓았다. 곽경희 작가의 『남편이 자살했다』라는 책이다. 이 책을 읽고 난 이후로 내 삶은 확연하게 달라졌다. 책 읽으며 이렇게 울어 본 적도 처음이다. 눈물은 치유의 효과를 준다. 사람이 감정적인 상황에서 경험하는 자연스러운 반응이다. 스트레스, 슬픔, 분노와 같은 강렬한 감정을 느낄 때 감정을 표현하고 내부적인 안정과 정서적인 해방을 경험할 수 있는 게 바로 눈물이다. 그래서일까? 이 책을 읽는 내내 위로받으며 치유를 경험했다. 공감의 눈물도 흘렸다. 나도 작가가 되어야겠다는 굳은 결심을 한 계기도 되었다. 나도 곽경희 작가처럼 상처를 품고 사는 이들에게 용기를 주고 싶었다. 내가 받은 위로와 용기처럼.

『고맙습니다, 내 인생』 나의 첫 개인 저서다. 이 작가로부터 용기를 얻어 집필했던 책이다. 순간순간 너무 아파서 포기하고 싶었지만, 나의 아픔이 다른 이에게 희망이 될 수 있다는 마음으로 끝까지 해냈다. 출간되기까지 내가 흘린 눈물은 아마도 곽 작가 만큼은 아닐 것이다. 나보다 열 배 이상 울면서 집필했을 책. 내 책이 출간되고 나서 다시 태어날 수 있었다. 세상에 당당해졌다. 내 잘못이 아니었음을 말할 수 있었다. 이후 용기를 얻어 본격적으로 사람을 돕고 싶었다. 〈국민강사교육협회〉가 탄생한 계기도 그 책으로부터 받은 용기가 한몫했다. 내 아픔을 다 쏟아 낸 후에야 모든 것이 정리되는 것만 같았다.

제목부터 강렬했다. 남편의 자살을 세상에 알릴 수 있는 용기. 어떤 사연인지 무척 궁금했다. 2020년부터 시작된 코로나19로 인해 휴식의 시간을 만끽하며 책을 여러 권 읽었다. 그중에서 가장 감명 깊었던 책을 꼽으라면 바로 이 책이다. 자신의 상처를 드러낸다는 것은 쉽지 않다. 곽 작가의 이런 용기는 아마도 많은 이들을 살렸을 것이다. 나도 곽 작가처럼 되고 싶었다. 나의 아픔을 세상에 알리고, 나처럼 아프고 힘든 이들에게 용기를 주기 위해 무대에 섰고, 글을 썼다.

곽경희 작가는 네 명의 아이를 두었고, 남편은 49세가 되기 전에 죽을 거라고 했는데 말 습관처럼 그것이 현실이 되었다. 그것도 끔찍한 자살. 가족에게 평생 씻을 수 없는 아픔을 주고 떠난 남편. 책을 읽는 내내 작가처럼 나도 화가 났다. 그 남편의 무책임. 마치 소설 같은 이야기였다. 어릴 때부터 친정엄마의 폭언과 폭행은 작가의 자존감마저 떨어뜨렸고, 쓸모없는 사람이라고만 생각했었다. 결혼 생활도 불행했다. 아이가 넷인데도 남편은 육아, 살림에는 전혀 관심 없었다. 오로지 술에 의지하며 친구들과의 시간만 좋아했다. 작가의 생활을 짐작해 보면 결혼 생활에 상당한 회의감이 들었을 것 같다. 자살 가족, 유족으로 감당하기도 어려웠을 일. 사람들의 시선은 어땠을까. 남편을 자살로 몰고 간 나쁜 아내. 직접 말하지 않아도 느껴졌을 곱지 않을 시선들. 그 아픔이 충분히 공감되었다. 네 아이를 데리고 남편의 자리까지 대신해야 하는 가장인 작가. 생활고에 시달리며 악착같이 살아 내야만 했던 삶. 죽고 싶었지만, 죽지 못하는 이유. 바로 자식들이다. 살아야 하는, 살아 내야 하는 이유다. 남편이 떠난 후 밥 먹는 것조차도 죄책감이 들었던 작가. 상실과 절망을 넘어 애도의 마음이 되기까지 얼마나 아팠을지 짐작이 간다. 다행히 조금씩 일상을 회복해 가는 작가와 아이들. 영원히 잊을 수 없는 아픔이겠지만, 작가의 아픔이 나에게 큰 위로와 도움이 되었다. 그렇게 지금처럼 많은 이들을 돕는 작가로, 우리 사회에 꼭 필요한 사람으로 성장했으면 좋겠다.

나도 남편이 죽었다. 나의 아픔이 가장 클 거라고 생각했다. 그런데 곽경희 작가의 이 책은 나의 아픔과 상처를 치유하기에 충분했다. 나보다 훨씬 악조건인 상황에서도 견뎌 내고 있는 작가를 보면서 감히 비교할 수조차 없었다. 곽 작가한테는 미안한 말이지만, 내 남편이 자살하지 않아서 다행이다. 만약 자살이거나, 교통사고이거나, 큰 재난으로 인해 남편의 시신이 형체도 알아볼 수 없었다면 어땠을까. 생각만 해도 가슴이 미어진다. 끔찍하다. 그나마 심장마비로 죽어서 깨끗한 모습으로 우리 곁을 떠난 것이 고맙게 느껴졌다. 결혼 생활 내내 부부싸움 한 번 하지 않을 정도로 서로 사랑했고 행복했다. 그 추억으로 견뎌 내고 있는 나에게는 큰 힘이 된다.

2023년은 자활센터 강의가 유난히 많은 해였다. 12월 29일 금요일. 아직은 깜깜한 새벽 6시. 두 시간 정도 잠시 눈 붙이고 운전대를 잡았다. "오늘만, 오늘 하루만 버티자. 오늘만 지나면 황금 연휴야." 나를 토닥이고 졸음운전을 참아 가며 우여곡절 끝에 2023년 마지막 무대에 섰다. 오전 9시~12시. 충북의 G지역자활센터 종무식 특강이다. 들어서자마자 숨이 콱콱 막혔다. 좁은 강의실에 30여 명가량 다닥다닥 붙어 앉아 있었다. 예상대로 교육에 별 관심 없는 사람들이었다. '행복 디자인'이라는 주제로 자존감 향상에 초점을 맞춰야 하는 강의다. 오프닝 10여 분 정도 하는데, 힘이 쭉 빠졌다. 자리를 박차고 나오고 싶을 정도였다. 어수선하고, 산만하고, 거기다 온갖 나쁜 냄새에 머리가 터질 것만 같았다. 꾹 참았다. 그분들의 특성을 아니까. 자활센터에서 많이 불러 주는 데는 이유가 있다. 그런 분들을 변화시킬 수 있는 강사, 신뢰할 수 있는 강사라는 피드백을 자주 듣는다. 소개도 많이 들어온다. 이런 감사함에 보답하기 위해 다시 힘을 냈다. 사명감, 강사로서의 책임을 다해야 한다. 진심을 다해 그들을 위로했다. 행복하지 못한 이유, 불행하게 사는 이유, 행복해지려면 어떻게 해야 하는지 등. 내가 살면서 느끼고 연구했던 내용을 전달했다. 눈빛이 점점 반짝이기 시작했다. 아예 자려고 누워 있던 사람도, 스마트폰만 보고 있던 사람도, 반항기가 잔뜩 있던 사람도 점점 내게 스며들었다.

공감과 위로였다. 자활센터에 오는 사람들은 대부분 생활도 어렵고, 몸과 마음이 지친 분들이다. 어떤 사연이 있는지, 어떤 아픔과 상처, 어려움이 있는지 잘은 모르지만, 그저 그들의 아픔을 공감하고 이해하고 싶은 마음이다. 나도 많이 아파 봤기 때문에 그들의 아픔이 보인다. 살아온 삶에 대한 위로와 칭찬, 격려를 아낌없이 했다. 진심으로 내 마음에서 우러나왔다. 자신을 돌보지 않는 그들의 모습과 차림새가 대신 말해 주었다. 지푸라기라도 잡고 싶은 심정으로 자활센터에 문을 두드렸을 그 용기에 '엄지 척'까지 해 줬다. 하염없이 눈물을 흘리는 분들에게 다가가 어깨를 토닥이고 손을 잡아 주었다. 소리 내어 울음을 토해 내는 두 남성. 괜찮다고 했다. 남자도 사람이고 감정이 있는데 왜 눈물을 참아야만 하냐고 했다. 자신의 인생이 슬프다고 했다. "아니요! 슬픈 게 아니라 감동적인 겁니다." 진지하게 말했다. 어떤 이유에서건 살아 보려고, 살기 위해 발버둥 치는 자신의 삶이 얼마나 감동적인지 아느냐고 위로했다. 더 크게 울었다. 그들과 웃고 웃으며 세 시간을 보냈던 2023년의 마지막 강의. 그렇게 마무리했다. 상처를 품고 사는 이들에게 위로가 된 것 같아 뿌듯했다. 돌아오는 길에 나 자신을 충분히 칭찬했다. 2023년 참 열심히 잘 살아

냈다고, 수고했다고, 자랑스럽다고. 가슴이 뜨거웠다. 나의 아픔이 많은 이들에게 희망이 되어서 참 행복하고 감사하다.

상처를 품고 사는 이들에게 한마디 건네는 위로. 반드시 행복은 찾아온다. 죽을 것만 같은 상처와 아픔이 있어도 그 시간을 견뎌 내면, 버텨 내면 아팠던 시간 이상 '행복'이라는 선물이 기적처럼 찾아온다. 기다려라. 오늘도 견뎌 내고 있는 당신. 아픈데 정상적으로 살아가는 것이 더 비정상이 아닐까. 당신의 아픔이 누군가에게 용기를 줄 수 있다는 사실, 잊지 않았으면 좋겠다. 내 인생 '희망'이라는 단어는 어울리지도 않고, 찾아볼 수도 없다고 생각했다. 그런데 견디고 버텨 냈다. 지금 나는 행복하다. 이 행복은 스스로 이겨 내고 찾아낸 행복이다. 내가 그랬듯이 고통으로부터 견뎌 낸 사람에게 특별히 주어지는 행복! 만끽하길 바란다.

강사의 독서법

1-5.
도전을 두려워하면 아무것도 할 수 없다

김용화

21년 전, 큰아들의 유치원 원장 선생님은 나에게 새로운 도전을 할 수 있도록 용기를 줬다. "어머님은 성격이 좋으시고 활발하시네요. 아이들 현장 학습날 선생님으로 오셔서 도와주세요." 예전에는 내성적이고 조용한 성격이라고 생각했지만, 이 말 한마디가 나를 움직이게 했다. 어릴 적 꿈이 떠올랐다. 선생님이라는 단어가 나를 설레게 했고, 떨리는 마음을 주체할 수 없었다.

트리나 폴러스의 저서 『꽃들에게 희망을』은 나에게 도전을 꿈꾸게 하고 희망을 안겨 준 고마운 책이다.

첫 장에 보면 작은 줄무늬 애벌레가 햇빛이 있는 세상에 태어난 것이 너무 좋았다고 말한다. 배가 고픈 줄무늬 애벌레는 나뭇잎을 갈아먹고 지내는 것이 행복했다. 그러다 문득 이런 생각을 하게 된다. '먹고 크는 것만이 삶의 전부는 아니라고, 그 이상의 뭔가가 있지 않을까?' 이 문장이 내 마음에 큰 울림을 줬다. 내가 하고 싶은 일, 행복해지는 일을 하자는 생각에 가슴이 콩닥콩닥 뛰기 시작했다.

새로운 일에 도전한 결과, 꿈꾸던 선생님은 아니지만, 강사로서 첫발을 내딛게 되었다. 처음 만난 대상은 집에서 30분쯤 걸리는 어린이집의 아이들이었다. 긴장감 때문인지 찾기가 쉽지 않았다. 선생님과 전화 통화를 몇 번이나 한 후에 겨우 찾을 수 있었다. 어린이집을 발견한 순간, 마치 구세주를 만난 듯한 기분이 들었다. 아파트 단지와 주택가를 사이에 둔 2층으로 된 작고 아담한 건물이었다. 첫 강의이다 보니 설레고 떨렸다. 반갑게 맞이해 준 담당자 덕분에 마음이 조금 편안해졌다. 해맑고 예쁜 미소를 가진 아이들을 보는 순간, 용기가 생겼다.

『사과가 쿵』이라는 그림책을 보여 주니 눈동자가 반짝반짝 빛이 났다. 어디서 왔는지 모르는 커다란 사과 하나를 작은 동물부터 큰 동물까지 사이좋게 나누며 행복한 시간을 보냈다. 사과 기둥은 비를 피하는 우산이 되었다. 책을 읽고 많은 이야기를 나누었다. 아이들의 다양한 성격이 보였다. 자신감이 넘쳐서 큰 목소리로 발표하는 친구, 소심하게 작은 소리로 대답하는 친구, 부끄러움에 손을 들지 못하는 친구들이 있었다. 그런 친구들에게는 할 수 있다는 구호를 외치면서 용기를 북돋워 주었다.

첫 강의를 무사히 마치고 나오니 손이 떨리고 나도 모르게 안도의 한숨이 나왔다. 운전하면서 집으로 오는 길에는 콧노래가 절로 나오고, 친구들의 말소리가 귓가에 맴돌았다. "선생님, 다음에 또 만나요." 친구들의 말 한마디와 웃음은 나에게 힐링과 행복을 주는 에너지다.

즐겁고 행복했던 강사 활동을 남편의 근무지 이동으로 잠시 접어야 했다. 대구에서 대전으로 이사를 왔다. 학창 시절, 대전에서 학교를 다녔지만, 16년이라는 시간은 너무 많은 변화를 가져왔다. 예전 모습을 찾을 수가 없어 모든 것이 낯설고 어색했다. 새로운 정착지에서 무엇을 할 수 있을까? 고민하고 있을 즈음 도서관이 눈에 들어왔다. 도서관은 내 마음을 달래 주는 유일한 안식처였다. 아이들을 학교에 보내고 나면 회사로 출근하는 직장인처럼 도서관으로 출근했다.

'이야기방'이라는 표지판이 눈에 들어왔다. 내가 그림책 놀이 강사라는 생각이 떠올랐다. 가슴이 뛰기 시작했다. 내 의지와 상관없이 발은 벌써 행정실 문 앞에 멈춰 있었다. 고개를 살짝 내밀면서 담당자를 찾았다. 그림책을 읽어 주는 놀이 강사라고 소개했다. 아이들에게 이야기를 들려주고 싶다고 말했다. 커다란 눈이 더 커진 주무관은 재능 기부를 해 준다고 오는 사람은 처음이라고 했다. 감사하다며 흔쾌히 허락해 주었다. 뛸 듯이 기뻤다.

일주일에 한 번, 화요일마다 봉사했다. 대상자는 어린이집 친구들, 유치원 친구들, 엄마 손을 잡고 오는 친구들이었다. 그림책을 읽어 주는 시간에 친구들 눈은 초롱초롱 빛이 났다. 하나라도 놓치지 않겠다는 표정이었다. 그림책 속에 숨어 있는 그림도 잘 찾았다. 책 속 주인공이 된 듯한 친구들 모습이 귀여웠다.

어느 날, 수업을 듣던 유치원 선생님이 다가왔다. "우리 유치원은 일주일에 한 번씩 도서관에 와요. 선생님이 들려주는 그림책 보려고 화요일로 변경했어요."라고 했다. 그 말에 미소가 절로 나왔다. 그 말 한마디에 심장이 두근거렸다. 화요일만 기다려지고 책을 고르는 재미에 푹 빠져 있었다. 봉사만 하기에는 재능이 너무 아깝다며 담당자는 '책 놀이 프로그램'을 제안했다. 그렇게 대전에 있는 도서관에서 그림책과 함께하는 수업을 하게 되었다. 연이어 부모 교육도 하게 되었다. 자녀에게 10분만 읽어 주어도 책과 쉽게 친해지는 방법을 알려 주었다. 그림책을 활용한 놀이도 공유했다. 부모 교육 참석자들은 하나라도 놓치지 않으려는 듯 열심히 메모했다. 평소 책 관련 궁금했던 부분에 대해 질문했다. 그동안 답답했던 속이 부모 교육 시간을 통해 시원하게 뚫리는 기분이라고 하는 부모님도 있었다.

즐겁고 행복했던 강사 일을 코로나19 바이러스로 인하여 할 수가 없었다. 공공장소뿐 아니라 모임 인원수를 제한하고 마스크 착용은 의무화가 되었다. 도서관에서 진행하는 봉사도, 강의도 할 수 없게 되었다.

10년 전 지인의 소개로 파트 타임으로 사회복지사 일을 병행하고 있었다. 취약 계층에 계신 분들을 돌봐 드리는 일이었다. 코로나19로 힘들 때도 내가 할 수 있는 일이 있어 감사했다. 하지만 몸에서 꿈틀거리는 강사로서의 목마름은 나를 더 힘들게 했다. 2022년은 반복되는 생활 속에서 갈등과 고민은 깊어 갔다. 취약 계층에 계신 분들을 돌봐 드리는 일도 보람되지만, 내가 하고 싶은 일에 미련이 더 많았다. 좋아하는 일을 하라고 또 다른 내가 외치고 있었다.

2023년 1월부터 겸업을 버리고 강사 일만 하게 되었다. 아침햇살은 온통 나만 비추는 느낌이 들었다. 교육 대상자를 만나는 시간만큼은 내 세상이었다. 하고 싶은 일을 하니 행복이 두 배, 즐거움은 세 배가 되었다.

사람은 삶의 여러 순간을 통해 변화하고 성장한다. 트리나 폴러스의 저서 『꽃들에게 희망을』에 나왔던 문장이 내 삶을 변화시켰다. '먹고 크는 것만이 삶의 전부는 아니라고, 그 이상의 뭔가가 있지 않을까?' 이 부분을 읽고 가슴이 뛰었던 게 또렷이 기억난다. 이를 계기로 내가 행복할 수 있는 일을 찾기 시작했다. 소극적이었던 내가 도서관 담당자를 먼저 찾기도 했다. 새로운 분야였던 강의에도 도전할 수 있었다.

삶은 끊임없는 도전과 성장의 여정이다. 어떤 어려움이 오든 용기를 낸다면 무엇이든 이루어 낼 수 있다는 것을 알게 되었다. 이제 나는 미래를 향해 더 큰 꿈과 희망을 안고 여정을 시작하고자 한다.

1-6.
성공은 부지런한 사람에게 주는 선물이다

김은주

아이들이 어렸을 때, 어떻게 하면 책과 친하게 지낼 수 있을까 고민을 많이 했었다. 이왕이면 공부를 좋아하는 아이로 성장했으면 했다. 여러 가지 방법을 찾으면서 부모 교육 관련 서적을 가까이하게 되었다. 『유배지에서 보낸 편지』책도 그중 하나이다. 이 책을 읽으면서 필사를 시작했던 기억이 난다. 지금도 강의를 준비할 때 가끔 들여다볼 만큼 좋은 문장들이 많은 책이다. 부모의 역할에 대해 많은 생각을 하게 되었다. 책에 메모도 많이 했다. 중요 페이지에는 포스트잇을 붙여 쉽게 찾을 수 있게 했다.

'내가 벼슬하여 너희들에게 물려줄 밭뙈기 정도도 장만하지 못했으니, 오직 정신적인 부적 두 자를 마음에 지녀 잘 살고, 가난을 벗어날 수 있도록 이제 너희들에게 물려주겠다. 한 글자는 근(勤)이고 또 한 글자는 검(儉)이다.' 정약용 선생님이 유배지에서 아들들에게 쓴 이 문장을 몇 번이고 되뇌어 읽었던 기억이 난다. 반복해서 읽는 동안 물음표가 생겼다. 나는 부모로서 아이들에게 뭘 주고 싶은 걸까? 경제적 풍요도 삶에서 빼놓을 수 없는 부분이지만, 이보다 중요한 것은 올바른 가치관이라 생각했다. 근검이라는 두 글자 중 '근(勤)'에 집중하기로 했다.

이 책에서 강조하는 부지런함이란, 할 일을 내일로 미루지 말고, 집안의 단 한 사람도 놀고먹는 사람이 없게 해야 한다는 뜻이다. 나는 과연 근면한 사람인가 생각해 봤다. 아이들에게는 오늘 할 일 미루지 말라고 자주 말했다. 그러면서 나는 계획했던 일을 자기 합리화하며 다음 날로 미루며 살고 있었다. 이 책을 읽기 전까지는 말이다. 정신이 번쩍 들었다. 새로운 습관을 만들기 시작했다. 해야 할 일과 해야만 하는 일을 메모했다. 매일 점검하고 계획하는 습관을 몸에 들였다. 처음에는 해야 할 일만 나열하는 정도였다. 메모하는 습관을 들이면서 조금씩 정리가 되어 갔다. "김은주를 떠올리면 근면, 성실이지."라는 말을 많이 듣는다. 강사로서 성장할 수 있었던 원동력도 부지런한 행동 덕분이라고 생각한다.

성공한 사람들의 공통점을 살펴보면 근면을 빼놓을 수 없다. 근면 하면 떠오르는 대표적인 인물로 고(故) 정주영 회장이 있다. 그는 젊었을 때부터 일찍 일어나는 습관이 배어 있었다고 한다. 일찍 일어나는 이유는 그날 할 일이 즐거워서, 기대와 흥분으로 마음이 설레어서이다. 어렵고 힘든 일이 많았지만, 매일 일을 할 수 있다는 희열 속에서 살았다. 그는 부모님으로부터 근면함을 배웠다. 언제나 내일은 오늘보다는 발전할 것이고, 모레는 내일보다 더 나아질 거라는 확신이 있었다고 한다. 한 사람의 가치관이 지금의 '현대'라는 그룹을 탄생시킨 초석이 되었다.

그가 말한 빈대 철학은 지금도 유명하다. 부두에서 짐을 나르던 젊은 시절 이야기다. 잠은 부두 옆에 있던 열악한 숙소에서 잤다. 종일 일하느라 몸은 녹초가 되었다. 하지만 자려고 할 때마다, 숙소에 있는 빈대가 그를 물었다. 안 되겠다 싶어 긴 상을 가지고 왔다. 물을 담은 그릇을 상다리마다 넣었다. 한 시간 정도는 빈대에서 벗어날 수 있었다. 얼마 지나지 않아, 다시 빈대가 그를 물기 시작했다. 불을 켜서 보니 빈대들이 천장으로 올라가 그가 있는 쪽을 향해 낙하하고 있는 게 아닌가! 그때 큰 깨달음을 얻었다. 이렇게 작은 빈대도 살려고 노력하는데, 사람이 이보다 못해서 되겠나 하고 말이다. 평생 부지런할 수 있었던 계기가 되었다고 그의 자서전에서 담담하게 말하고 있다.

부지런함을 중요하게 여기며 살다 보니, 주변에도 그런 사람이 많다. 덕분에 아침 일찍 블로그 모임, 독서 모임 등으로 설레는 하루를 맞이한다. 남들이 모두 잠든 새벽 5시에 시작한다. 처음에는 적응하기가 쉽지 않았지만, 조금씩 적응하는 중이다.

블로그는 2021년 12월에 시작했다. 그때까지 블로그의 중요성을 몰랐다. 선배 강사님들이 계속 권유하는 바람에 하게 되었다. 〈국민강사교육협회〉의 모임에 참여하면서 다양한 방법을 연구하게 되었다. 꾸준히 한 결과, 다양한 강의로 이어지고 있다. 경력을 쌓는 데도 많은 도움이 되고 있다. 나와 한 약속이다. 물론, 처음에는 모든 것이 낯설었다. 사진을 올리는 것도 서툴렀고 글을 쓰는 것도 두서가 없었다. 작년 하반기, 하루에 두세 건 강의로 눈코 뜰 새가 없었다. 집에 오면 녹초가 되었다. 다음 날 있는 강의 준비로 시간이 촉박했다. 도저히 블로그를 쓸 여유가 나지 않았다. 쉬고 싶은 마음이 가득했다. 하지만, 하루라도 건너뛰면 계속 쉬게 될 것 같았다. 블로그를 우선순위에 두기로 했다. 집에 오면 만사 제쳐 두고 블로그부터 썼다. 1박 2일 강의 일정이 있거나, 종일 강의가 있는 경우는 도저히 시간이 안 났다. 이럴 때는 주말에 두세 건을 미리 쓰기도 했다. 블로그에 예약 기능이 있어서 원하는 날짜와 시간에 올릴 수 있었다. 덕분에 하루도 빠지지 않고 포스팅을 이어 나가는 중이다. 무슨 일이든 꾸준히 하다 보니, 예전보다 수월해졌다.

많은 에너지를 쏟았던 강의가 떠오른다. 작년 하반기, 서울정신건강복지센터에서 있었던 강의였다. 대상자는 정신 관련 질환으로 인해 사회 경험이 없는 분들이었다. 이분들이 직장 생활을 하면서 겪게 될 갈등 부분을 미리 알아보고, 대처 방법을 함께 알아보는 강의였다.

담당자가 실생활에 유용한 강의를 해 달라고 여러 번 강조했다. 부담되었다. 자나 깨나 그 강의 생각뿐이었다. 우선 도서관으로 달려갔다. 갈등 관리에 관한 책을 찾아보기 시작했다. 운전을 하는 중에도 관련 영상을 들었다. 시간이 날 때마다 구글을 검색해서 자료를 알아보았다. 게다가 동료 강사들에게도 조언을 계속해서 구하기도 했다. 두 달 가까이, 많은 부담을 안고 강의 준비를 했다.

당일이 되었다. 두 시간 강의였다. 준비했던 걸 최대한 쏟아부었다. 강의 도중에도 담당자의 반응이 신경 쓰였다. 하지만 준비한 대로 풀어 나가기 시작했다. 카페에 근무하는 사람이 있어서 고객과 일어날 수 있는 갈등에 대해 역할극도 했다. 대상자들이 집중하기 시작했다. 마치 실제 일어난 일처럼 역할에 몰입하고 있었다. 담당자의 표정이 점점 밝아지는 게 느껴졌다.

지금까지 했던 강의 중에 가장 공을 들였던 강의였다. 머릿속에서 늘 떠나지 않았다. 내가 할 수 있는 건 부지런히 준비하는 것뿐이었다. 준비를 많이 한 만큼 피드백이 좋았던 강의였다. 스스로 후회가 들지 않을 정도로 최선을 다했다. 결과도 중요했지만, 무엇보다 과정이 만족스러웠다.

아이를 잘 키우기 위해 읽었던 『유배지에서 보낸 편지』라는 책은 나에게 큰 힘이 되었다. 정약용이 말했던 근면은 내 인생에 중요한 가치관으로 자리 잡았다. 어느 상황에서나 이 부분을 떠올리며 '근(勤)'을 실천하는 중이다. 책 속에서 만난 한 줄 문장이었지만, 살아가는 데 많은 도움이 되었다. 성공은 부지런한 사람에게 주는 선물이다. 미리 준비하므로 기회가 왔을 때 놓치지 않는다.

오늘도 변함없이 포스팅 하고 강의 준비에 최선을 다한다. 좀 더 나은 내가 되기 위해 노력하는 중이다.

무기력한 일상에서 삶의 에너지를
끌어올리는 독서의 힘!

민혜영

2019년 11월 17일, 도대체 이때 무슨 일이 있었는가? 새로운 유형의 변종 코로나바이러스인 코로나19에 의해 발병한 급성 호흡기 전염병이 돌았다. 그야말로 전 세계 팬데믹이 시작되었다.

무서운 코로나19로 인해 모든 생활이 마비될 정도였다. 몇 개월이면 끝날 줄 알았던 코로나19가 장기화하자 바야흐로 온라인 사회로 일상이 변했다.

회사는 재택근무를 시행했고, 학교는 온라인으로 수업을 진행했다. 강사인 나는 대면 강의를 못 하게 되었고 강의는 줄줄이 취소되고 연기되었다. 이때만 해도 '조금 기다리면 대면 강의를 하겠지.'라고 막연하게 생각했다. 급하게 온라인 강의를 요청한 곳도 있지만, 대부분은 취소되기 일쑤였다. 코로나19 이전에는 거의 매일 강의했다. 코로나19 이전과 이후 나의 삶은 완전히 달라졌다. 강의가 취소되니 처음에는 여유가 생겨서 좋았다. 하지만 직업병이었을까? 사람을 못 만나니 힘이 빠졌다. 나는 사람을 만났을 때 기분이 좋아지고 에너지가 생긴다. 코로나19로 인한 여유는 금세 내 일상을 흔들어 놓았다.

처음에 온라인 강의를 요청받았을 때는 어떤 프로그램을 써야 할지 막막했다. 솔직히 프로그램을 다룰 자신이 없으니 스스로 위축이 돼서 다음에 대면 강의를 하겠다고 말하기도 했다. 기존에 강의했던 곳에서 온라인 강의를 요청했는데도 속 시원하게 대답하지 못했다. 계속 강의를 해 왔던 M 지역 도서관과 기획 중이던 3개월 진로 독서 프로그램이 문제였다. 3개월씩 진행을 해서 1년 프로그램이었다. 교육 담당자는 고민하다 "강사님, 비대면으로 진행해 주시면 어떨까요?"라고 말을 했다. 곰곰이 생각하다 활동이 동반되니, 기다렸다 대면 강의를 하자고 제안했다. 사실은 대면으로 해야 효과가 훨씬 크기 때문에 비대면으로 하고 싶지 않았다.

현재, 강사로서 가장 필요한 게 무엇인가 생각하니 비대면 프로그램 진행이었다. 그중 가장 많이 사용했던 Zoom 애플리케이션을 공부하기 시작했다. 혼자 검색해 보기도 하고 영상을 찾아보기도 했다. 다행히 영상 제작하는 강사님이 강사들을 모아서 Zoom 강의를 해 주었다. 강의가 문제가 아니라 기계가 문제였기 때문이다. 대면으로 만나는 일보다 온라인 세상에서 사람을 만나는 일이 훨씬 많아졌다.

2020년 1월 1일, 신랑이 제안했다. 주제는 '매일 책 한 권 읽기' 프로젝트였다. 신랑은 책 읽는 속도가 빠르다. 그에 비해 나는 책을 읽고 나면 생각하는 시간이 길어진다. 한 번 생각에 빠지면 책을 읽은 내용과 시간보다 몇 배를 생각하고 있다. 가끔은 책을 읽고 나도 모르는 사이에 생각하는 나를 발견한다. 그러니 속도에서 차이가 나니 비교할 수가 없다.

신랑은 전문직으로 IT 분야에 종사한다. 코로나19로 몇 개월 동안 재택근무를 하기도 했다. 우리 부부는 일주일마다 도서관에서 책을 한 아름 빌려왔다. 신랑이 처음에 『1천 권 독서법』을 소개해 주었다. 전안나 작가의 『1천 권 독서법』으로 아마도 지쳐 있는 아내에게 동기 부여를 주고 싶었나 보다. 그리고 '혜영독서관리'라는 구글 스프레드시트를 만들어 주었다. 독서 관리 구글 시트는 서로 연동시켜서 상대 것을 언제든지 볼 수 있었다. 동기 부여 차원에서 아주 좋은 아이디어였다. 그 안에는 번호, 평점, 책 제목, 저자, 출판사, 분야, 시작 날짜, 종료 날짜, 위치, 책 내용, 내 생각, 적용 점이 들어 있는 독서 스프레드시트다. 줄거리와 새롭게 알게 된 점 느낀 점만 쓰면 되지 이렇게 자세히 해야 하나 생각했다. '평점은 또 뭐야' 하면서 말이다. 하지만 이런 분야를 잘 아는 사람이라 조용히 따라갔다. 책을 다 읽으면 칸에 맞춰서 적고 책 내용을 적었다. 가장 좋았던 것은 적용 점을 쓰는 부분이었다. 나의 새로운 생각이 마구 샘솟는 느낌이었다. 어떤 책은 창의적인 생각이 연결되기도 했다. 기획을 할 수 있는 좋은 아이템들이 많이 생각났다.

전안나 작가가 쓴 『1천 권 독서법』에 나오는 내용 중 '무기력한 일상에서 삶의 에너지를 끌어올리는 독서의 힘!' 누군가에게는 의미 없을 수도 있는 이 한 줄이 나에게는 많은 용기를 주었다.

이 책은 십 년 넘게 일한 회사 일로, 집안일로 대학원에 8번 떨어진 일 등으로 일상에 지친 작가 이야기다. 자존감마저 밑바닥으로 떨어진 상태였다. 박상배 작가의 『독서경영』이라는 강의를 들으면서 '독서'라는 실마리를 찾게 된다. 삶이 변하는 과정 안에 자신도 바뀌고 주변의 삶도 바뀌는 이야기다. 일반인 전안나는 사회복지사에서 작가의 삶으로 바뀌었다. 그 과정에는 회사 관계, 집에서의 남편과 아이 관계, 시댁 관계, 주변 관계 등을 책을 통해 에너지를 얻을 수 있다는 점에서 매력을 느꼈다.

강사가 되기 전까지는 책을 좋아하고 잘 읽었다. 그런데 의외로 강사가 되고 난 후부터는 자기 계발서 외에는 읽은 책이 없다. 시간이 없다는 핑계로 우선순위에 두지 못했다. 매일 책 읽기라는 목표를 세워 읽지 않았다. 읽을 때는 계속 읽고 바쁠 때는 한 달에 한 권도 제대로 읽지 못했다. 목표를 세우고 우선순위에 책을 넣으니까 정말 노력을 하게 되었다. 앞으로 100권을 목표로 삼으면서 매일 조금이라고 책을 읽어야겠다고 다짐했다.

하루에 10분이 될 수도 있고, 하루에 한 권이 될 수도 있다. 이 책을 소개해 준 신랑에게 감사했다. 저자와 비슷한 삶을 살고 있는 아내에게 책을 통해 에너지를 끌어올릴 힘을 주고 싶었나 보다.

2020년 나의 목표! 평균 일주일에 한 권씩 읽어서 100권에 도전하는 목표를 세웠다. 삶에 부담을 느끼지 않는 선에서 일주일에 한 권 정도면 내 노력으로 목표를 완수할 수 있으리라 믿는다. 아자, 아자, 아자~ 홧팅. ^^ 중요한 것은 책을 읽지 못했다 하더라도 포기하지 말자! 포기하는 순간 무너질 수 있기 때문에 꾸준히 읽겠다는 마음으로 조금씩~ 천천히~ 목표에 도전하자~ 민혜영

이 글은 그 당시 써 놓았던 글을 그대로 옮겨 왔다. 나의 책 읽기는 이렇게 또다시 시작되었다. 매일 반복되는 무기력한 일상에서 독서를 통해 삶의 에너지를 조금씩 채워 가고 있었다.

코로나19는 계속 이어졌다. 다른 점이 있다면 온라인 세상이 안정화되었다. 아픔과 슬픔 그리고 재앙을 낳았다. 하지만 좋은 점도 있었다. 바로 세상과 세상을 이어 주는 '온라인'이라는 세상을 조금 더 빨리 열어 주었다. 2022년 4월 말부터 마스크 착용을 제외한 모든 방역 규제에서 해제가 되었다. 해제되지 않은 것이 있다면 그것은 바로 온라인 세상이다. Zoom으로 회의하거나 자격증 과정을 열기도 한다. 대면으로 서로 시간 맞추기 어려운 상황을 온라인 프로그램에서는 한 번에 해결해 준다.

코로나19는 우리 세대 최대의 위기일 수도 있고 그 이상 최악의 위기가 또 찾아올 수도 있다. 중요한 것은 이 일을 계기로 전 세계가 전염병의 위험성을 깊게 파헤쳐 보고 연구했다. 미래에 또다시 팬데믹이 발생해도 이러한 경험으로 위기를 기회로 만들 힘

을 주지 않을까 생각해 본다.

　우리 부부의 매일 책 읽기 독서 프로젝트는 3개월 동안 꾸준히 진행되었다. 신랑은 70권, 나는 15권을 읽었다. 일 년 동안 꾸준히 실행하지 못했다. 코로나19는 계속 이어졌지만, 비대면 세상을 맞이할 수 있는 장치들은 안정을 찾아갔다. 영상을 제작하시는 강사님의 도움을 받아 강사 한 명씩 돌아가며 실습했다. Zoom 프로그램을 눈 감고 할 정도로 완전히 익혔다. 대면 강의를 기다렸던 독서 프로그램도 결국은 온라인으로 진행했다. 온라인 강의를 무리 없이 진행하게 되면서 다시 활기를 찾기 시작했다. Zoom 강의로 말이다. 일주일에 한 번씩 갔던 도서관은 한 달에 한 번씩 갔다. 남편은 150권 정도의 책을 읽었고, 나는 30권의 책을 읽었다. 목표였던 100권에 도달하지 못했다. 책의 권수가 중요한 것이 아니라, 이 경험은 나에게 좋은 습관을 주었다. 할 수 있다는 자신감을 얻었다. 책 읽는 즐거움을 다시 찾게 해 주었다. 무엇보다 무기력한 일상에서 삶의 에너지를 끌어올리는 작은 독서의 힘은 나를 변화시켰다.

1-8.
보수보다 많은 일을 하는 습관

박은주

강사로서의 성공을 꿈꾸며 많은 노력을 하고 있다. 그중 하나가 독서이다. 나폴레온 힐의 『성공의 법칙』을 통해 강사로서 자세를 배우고, 강의 현장에서 적용하는 문장이 많다. 특히, 7장 부(富)의 습관과 기회의 성취에서 한 줄의 보물을 만났다. 바로 "자신이 받는 급여보다 더 많은 양의 일을 하면 그만큼의 보답을 받는다."라는 내용이다. 강의 현장에서 이를 실천하기 위해 노력하고 있다. 예를 들어, 기업 강의를 100명을 대상으로 진행한다고 가정해 보자. 한 시간의 교육을 받기 위해 작업을 중단하고, 모두가 한자리에 모이는 일이 필요하다. 비록 강사에게 주어진 시간은 한 시간이지만, 그 시간은 실제로 100시간 이상의 가치를 지닌다고 생각한다. 그래서 그 한 시간을 절대로 소홀히 여기지 않으며, 강의에 최선을 다한다. 만족스러운 강의를 제공하고 좋은 피드백을 받는다면, 강의료 이상의 보람을 느낄 수 있다. 재섭외나 다른 강의로 이어질 수도 있다.

나폴레온 힐은 보수보다 많은 일을 해야 하는 이유를 설명하고 있다. 그는 '사랑으로 임하는 직업'이라는 주제로 수십 년간 강연해 왔다. 수고에 대한 보상보다는 강의할 수 있는 기쁨을 가지고 항상 솔직한 마음으로 강단에 섰다. 그 결과, 즉시 지급되는 금전적인 보상뿐만 아니라 많은 사람을 즐겁게 해 주는, 보이지 않는 지식이 되돌아왔다. 사랑하는 일을 택한 사람은 자신 적성과 취향에 맞는 일을 할 때 큰 행복을 느낀다. 또한, 돈만 바라고 일하는 사람보다 훨씬 더 많은 성과를 얻을 수 있다는 것을 알게 되었다. 나폴레온 힐은 "가치를 높이면 보상은 저절로 따라온다."라고 말한다. 따라서 보수보다 많은 일을 하는 습관을 길러야 한다. 보수보다 많은 일을 하는 습관을 기르게 되면 남들에게 없는 자신만의 특별한 적성을 개발할 수 있고, 기술을 연마할 수도 있다. 그에 따라 자신의 가치를 높일 수 있다.

강사로서 보수보다 많은 일을 하는 경험은 정말로 흥미로웠다. 경북 청송에서 강의 섭외가 왔다. 청각 장애인을 대상으로 진행하는 법정의무교육이다. 책정된 예산이 적어서 인근 지역인 안동, 구미 등 가까운 곳에 있는 강사면 좋겠다고 했다. 마케팅비도 없다는 조건이다. 강사 섭외가 원활하지 않아 긴급한 상황이다. 대구에 있는 나에게 강의가 연결되었다. 2023년 12월 1일, 140㎞ 거리를 두 시간을 달려 청송군 진보면에 있는 수어 통역센터에 도착했다. 강의장으로 들어오는 70~80대 어르신들과 반갑게 인사를 나누었다. 강의 자료는 보기 쉽고 이해하기 쉽도록 간단하게 정리하고, 시각 자료를 최대한 활용했다. 강의를 진행할 때는 통역사가 있지만, 어르신 중에는 수어를 모르는 분들도 많다고 한다. 그래서 입 모양을 정확하게 하고, 동작은 크게 했다. 강의 중간중간에는 손 유희 놀이를 활용하여 분위기를 즐겁게 만들고 집중도를 높였다.

강의가 끝나고 사인을 하는데, 강의료가 높게 책정되어 있다. 교육 담당자가 예산 범위 내에서 최대한 높은 금액으로 조정한 것이라고 한다. 처음에는 강의가 지루할까 봐 걱정했는데 재미있고 알차게 진행되어서 담당자도 어르신들도 만족도가 높았다고 한다. 이에 감사한 마음으로 교통비 명목으로 강의료를 더 지급한다고 설명했다. 가방 가득하게 떡, 쿠키 등 다양한 간식과 2024년 책상용 달력을 선물받았다. 무엇보다 내년에 또 와 달라는 말은 최고의 선물이었다. 현장에서 강의료 인상과 강의 재요청을 경험하며, 강사로서 전문성을 인정받는 것 같아 자신감이 높아졌다. 강의 현장을 연구하고 더 나은 교육을 제공하기 위해 노력하고 열정을 이어 갈 수 있는 동기 부여가 되었다.

청송은 맑은 공기로 유명하여 '산소 카페'라 불리는 곳이다. 상쾌한 공기를 마시며 행복한 마음으로 돌아왔다. 보수보다 많은 일을 할 때, 금전적인 이득뿐만 아니라 보람과 가치를 경험할 수 있다는 것을 깨달았다.

내 명의의 아파트가 생겼다. 대구로 이사를 온 지 10년이다. 월

세, 전세를 거쳐 드디어 자가 아파트를 계약했다. 방이 모두 확장되어 있어 크게 손볼 것은 없다. 그냥 입주해도 좋겠다고 생각했는데, 아이들은 다 계획이 있었다. 큰아이는 걸레받이와 몰딩을 화이트로 바꿔 달라고 한다. 작은아이는 붙박이 수납장을 떼어내고 방을 넓게 활용하고 싶다고 한다. 부동산에서 업체를 소개받았다. 아파트 상가에 위치한 D인테리어는 화려한 외관으로 평소에 눈길을 끌었던 업체. 사무실에서 상담을 진행하는데 시큰둥한 태도에 마음이 불편했다. 견적이 너무 낮아서인가 생각했다. 다음 날 오후 6시에 아파트를 방문하기로 했다. 30분이 지나도 연락이 없어 전화했더니 상담이 늦어진다고 곧 오겠다고 한다. 결국 한 시간이 더 지나 전화가 왔고, 다음날 11시로 다시 약속을 잡았다. 다음날도 약속을 잊고 다른 지역으로 출장을 갔다. "정말 죄송해요, 선생님. 다시 연락하시면 꼭 약속 지킬게요. 죄송합니다."라는 문자가 왔다. 이런 일이 반복되자 믿음이 점차 떨어졌다.

　지인을 통해 G인테리어를 급하게 소개받았다. 전화했더니 바로 방문해 주었다. 요구 사항을 듣고 친절하게 견적을 제시하고, 내가 궁금해하는 점을 알아차리고 충분히 답해 주었다. 집 안 구석구석을 돌며 이 집에서 일어난 인테리어 변화에 관해 설명해 주었다. 또한, 생활하면서 주의해야 할 사항까지도 알려 주었다. 보일러가 작동하지 않는 집에서 두 시간을 머물며 친절하게 작업을 진행했다. 이런 점을 고려하면 G인테리어 대표는 보수보다 많은 일을 하는 분이라는 생각이 들었다. 가족회의를 했다. 서재의 붙박이장이 고민이어서 부분 수리 하기로 했다. 작은아이 방은 붙박이장을 철거하고, 큰아이 방은 바닥도 교체하기로 했다. 전체적으로 조화롭고 공간 활용을 잘할 수 있도록 마무리되었다. G 인테리어에 집을 맡길 수 있어서 마음이 놓였다.

부동산에 전화했다. D 업체와 상담 과정에서 불친절함을 느꼈고, 두 차례나 약속을 어기는 일이 있었다는 사실을 전달했다. 그리고 친구에게 전화했다. 친구는 다음 달에 아파트를 계약하고 리모델링을 계획하고 있다. 나도 모르게 신이 나서 G인테리어를 홍보했다. 충분히 상담하고 소통하는 과정에서 나의 요구 사항을 정확히 파악하고, 결과가 만족스럽다. G업체의 전문성과 서비스에 대해 만족도가 높아서 다른 사람들에게도 추천할 수 있었다.

두 가지 경험을 통해 보수보다 많은 일을 하는 가치에 대해 깨달았다. 더 많은 일을 함으로써 더 많은 기회를 얻을 수 있다. 그 기회를 통해 새로운 아이디어를 발견하기도 한다. 자연스럽게 새로운 문제에 대한 해결 능력을 키울 수도 있다. 보수보다 더 많은 일을 하면 성취감과 만족감이 커진다. 대가를 바라지 않고 최선을 다해 일하는 태도는 자신의 가치를 높이고, 진정한 성공을 이루기 위한 열쇠 중 하나이다.

1-9.
영광은 트로피 안에 있는 게 아니라
행동 안에 있다

석정숙

　강사로서 간절히 원하는 일은 명강사 수식어를 얻는 일이다. 명강사로 거듭나기 위해 블로그도 하고 자격 과정 취득 후 재교육에 참석해서 반복적으로 익히고 있다. 현장 경험을 많이 배우기 위해 청강도 하고, 틈틈이 독서도 하고 있다.

　세계 최고 성공자 507명의 성공 비결을 집약해 놓은 나폴레온 힐『성공의 법칙』은 성공을 원하는 모든 사람이 한 번은 꼭 읽어야 할 책이라 생각한다. 그중에서도 잊히지 않는 한 문장이 있다. 바로 "영광은 트로피 안에 있는 게 아니라 행동 안에 있다."라는 부분이다. 이 문장을 알게 된 후로, 생각보다는 실천이 중요하다는 생각을 다시 한번 하게 된다.

　사람들은 타인에게 인정받고 싶은 욕구가 있다. 어떤 일을 했을 때 잘했다는 칭찬을 듣고 싶어 한다. 자신이 잘한 일에 대해 보상

받기를 원한다. 영광의 트로피는 거저 얻어지는 것이 아니다. 많은 실패와 좌절을 극복하는 정신력과 행동이 있을 때 가능하다.

연기자들이 시상식에서 트로피를 받는 것은 연기력을 인정받는 일이다. 2023년 KBS 연기 대상은 최수종 씨가 받았다. 어느 정도 예상을 했지만, 수상 소감이 감동적이다. "감사합니다. 저보고 상 복이 많다고 하는데, 대상은 4번째 수상입니다. 지금까지 살아온 시간과 지나온 순간들이 정말 당연한 것이 하나도 없었습니다." 그의 말 중에 '당연한 것 하나 없는' 이 부분에서 심장이 멎는 듯했다.

최수종 씨는 2012년 드라마를 찍다가 낙마해서 어깨뼈, 빗장뼈, 손뼈가 부러져 대수술을 받았다. 6개월 동안 입원해야 하는 상황에서 2주 만에 퇴원했다. 드라마를 중단하면 먹고살 일이 막막하다는 한 스태프의 말을 들은 후였다. 의사를 졸라 마약 성분 진통제를 처방받아 먹으면서 드라마를 찍었다. 생명에 위협을 느낀 사고로 인해 승마 장면이 있는 역할은 다시는 하지 않겠다고 다짐했던 배우가 다시 용기를 내어 11년 만에 〈고려 거란전쟁〉이란 대하드라마에서 강감찬 장군이 되어 말을 타고 등장했다.

연기 대상 트로피는 그냥 주어지는 것이 아니다. 역경에 좌절하지 않고 두려움에 도전하고 고난을 이겨 내는 행동이 있기에 가능하다는 것을 피부로 느꼈다. 수상 소감을 발표하는 순간, 관객석의 배우들이 모두 일어나 축하해 주었다. 그 모습을 보면서 역경을 이겨 낸 최수종 씨에게 마음의 응원을 보냈다. 우리가 거둔 성공의 뒤에는 같은 양만큼 시련도 있다. 빛나고 아름다운 영예를 안고 싶다면 고난을 이겨 낼 의지와 좌절에 굴복하지 않을 용기가 필요하다.

강의 스킬을 높이고자 국민건강보험공단 백세 강사에 도전장을 내밀었다. 서류 통과 후 정성껏 면접을 준비했다. 면접 당일이 되어 떨리는 마음으로 면접 장소에 대기하고 있었다. 세 명씩 한 조가 되어 면접실로 들어갔다. 6명의 면접관이 앉아 있었다. 떨리는 마음을 억누르고 대답을 했는데, 문을 나서니 무슨 말을 했는지 기억도 나지 않았다. 머리가 아득하고 손발에 힘이 하나도 없었다. 그냥 눈물이 주르르 흘렀다. 너무나 간절했던 도전이었는데 패배를 맛보았다.

그다음 해는 용기가 없어 아예 서류를 내지도 못했다. 이듬해는 미련이 남아서 한번 넣어 보자는 마음으로 서류를 접수했다. 또 떨어졌다. 나하고는 인연이 없다고 생각하고 다른 기관을 알아보았다.

5년 만에 아는 강사님에게서 국민건강보험공단 백세 강사 서류 접수해 보자고 연락이 왔다. "붙으면 좋은 거고, 그것도 아니면 말고." 시원하게 말하는 강사님의 자신감이 부러웠다. 같은 시기에 강사 활동을 시작한 분이라 더욱 힘이 되었다. 한 번 더 도전해 보기로 했다. 용기 내 서류를 접수하고 최종 합격자 발표날이 되었다. 떨리는 마음에 문자 확인을 못 하고 있었다. 한참 후에 기도하는 마음으로 스마트폰 화면을 눌렀다. 내 눈을 의심하는 문구였다. '귀하는 국민건강보험공단 백세 강사에 합격하셨습니다.' 가슴속에서 환희의 샘물이 마구 솟아올랐다. 괜히 입꼬리가 히죽히죽 올라가고 자랑도 하고 싶었다. 가족들에게 말하고 함께 기쁨을 나누었다. 도전하고 실패했다. 넘어졌지만 다시 일어섰다. 영광의 트로피를 가슴에 안은 기분이었다.

강의 영역을 넓히고 싶어서 강사 양성 기관을 찾던 중 〈국민강사교육협회〉와 인연이 맺어졌다. 매일 새벽 5시 30분에 블로그 모임을 하는데, 잠이 많아서 참석할 엄두를 내지 못하다가 일단 시작은 했다. 글쓰기 일은 어려웠다. 강의 요청을 염원하는 마음으로 썼다. 쏟아지는 잠도 참고 글 쓰다 보면 마무리 단계에서 성취의 기쁨을 맛보기도 했다. 강의 일기를 쓴다는 마음으로 블로그를 썼다. 강사의 열정과 사명감을 다시 한번 새기는 시간이기도 했다.

다른 강사님들은 가끔 블로그로 강의 요청이 왔다. 내 블로그는 6개월이 지나도 소식이 없었다. 지쳐 가고 있었다. 남편은 건강에 이상 신호가 왔고, 쉽게 잠들지 못하는 예민함이 극에 달했다. 떨어져 지내는 남편을 제대로 챙겨 주지 못한 죄책감이 몰려왔다. 강사 활동을 접어야 하나 갈등했다. 블로그 쓰는 일이 점점 줄어들었다. 저녁형 인간에서 아침형 인간으로 생활 습관을 잡아가던 중이었다. 브레이크를 멈추고 보니 삶에 의욕이 사라졌다. 한 번 잃은 건강은 되돌릴 수 없기에, 남편 건강을 우선으로 생각하고 형편이 닿는 대로 블로그를 쓰기로 했다. 쉬지 않고 꾸준히 쓰다 보면 언젠가 강의 요청이 오리라 다짐하면서 서두르지 않고 기다렸다.

막내딸의 여름 방학 때 기숙사에 짐을 빼려고 춘천을 갔다. 케이블카도 타고, 맛있는 냉면도 먹고, 즐겁게 지내고 집으로 돌아오는 길에 문자 한 통이 와 있었다. 전화를 안 받아서 문자 남긴다는 말과 함께 연락을 달라는 강의 요청 문자였다. 시간을 보니 5시간도 지나 있었다. 놓쳤다고 생각했다. 별 기대를 하지 않고 전화를 걸었더니 교육 담당자와 연결이 되었다. 자세한 사항을 알려 주어서 강의 계획서를 보내고 절충한 끝에 강의가 성사되었다. 그토록 원했던 블로그 강의 요청이 온 것이다. 그동안 고생과 설움이 한순간에 날아가는 듯했다. 행동하는 자에게 복이 있다는 것을 깨달았다.

한국폴리텍대학 청주 캠퍼스 직원 소양 교육으로 인권 교육, 친절 교육, 소통 교육, 스트레스 관리 웃음 힐링을 두 번에 나눠서 1박 2일 과정으로 진행했다. 무심한 표정으로 앉아 있던 분이 강의 마치고 나서 환하게 웃는 모습으로 말을 걸어와 주실 때, 강의가 만족스러웠음을 알 수 있었다. 음료수와 과자를 챙겨 주시는 분도 계시고, "강사님, 멋져요."라고 엄지 척 해 주는 분도 계셨다.

블로그 글쓰기가 순조롭지는 않았다. 포기하고 싶은 적도 많았다. 한동안 활동을 쉬기도 했다. 다시 마음을 다잡고 블로그를 쓰면서 한국폴리텍대학 강의와 같은 큰 행운이 왔다. 강사는 강의 하나를 준비하기 위해 어마어마한 노력과 시간이 필요하다.

강의를 나가기 전에 대상자들에게 어떤 메시지를 전달하면 좋을지 생각이 나지 않을 때 책을 열어 본다. 책 속에서 한 문장을 발견하면 힘이 되고 자신감도 생긴다. 내게 위로가 되었듯이 힘든 삶을 열심히 사는 학습자에게 위로가 될 한 문장을 선물하고 싶다. '영광은 트로피 안에 있는 게 아니라 행동 안에 있다.' 지친 사람들에게 영혼을 맑게 해 주는 명쾌한 해답을 선물로 주고 싶다. 부지런히 노력하고 날마다 꾸준히 실행하는 사람은 영광의 트로피 주인공이 될 것이다.

1-10.
나는 희망의 증거가 되고 싶다

유연옥

막연하게 언젠가는 내 이름으로 책을 내고 싶다는 생각을 품고 살았었다. 아마도 그 꿈은 중학교 다닐 때 국어 선생님께서 "꿈을 키워 봐."라고 하신 말씀 때문인지도 모른다. 아니, 그보다 훨씬 이전인 초등학교 3학년 때인 것 같다. 초등학교는 한낮에 버스가 지나가면 신작로에 뽀얀 먼지가 가득했던 곳이었다. 코스모스가 한들거리던 어느 가을날, 담임 선생님께서 군에 입대했다. 제대할 때까지 위문편지를 썼다. 하얀 편지지에 궁서체로 빼곡히 써서 보내 주신 글에 일주일이 멀다 하고 답장을 보냈다. 어느 날, 선생님 부대 주소로 낯선 이름의 편지를 받았다. 담임 선생님의 후임이라고 하면서 편지글이 예쁘다며 훗날 좋은 작가가 될 수 있겠다고 했다. 그 아저씨의 동글동글한 글씨체와 군대 이야기가 재미있어서 제대할 때까지 위문편지를 썼다.

강사의 독서법

2006년 봄, 지역 교차로에 지역 금연지도자 양성 과정을 실시한다는 광고를 보고 무조건 접수했다. 내 고향 천안에서 도움을 줄 수 있는 사람이 되고 싶었다. '여유가 있어서 봉사하는 것이 아니라 바쁜 시간을 나누어 봉사활동을 한다'라는 말이 와닿았다. 금연지도자 양성 과정을 수료한 후에 금연 캠페인에 참석했다. 거리 홍보, 대학교 등 자원봉사 활동에 빠지지 않고 참여했다. 봉사 활동 참여는 생활에 변화를 주었다. 흡연자에 대한 인식의 변화도 있었다. 직원들과의 신뢰 관계도 형성되었다. 직원들의 상담 과정을 보며 흡연 예방 교육 강사가 되고 싶은 꿈을 키웠다.

첫 강의는 동네에 있는 '삼일 육아원' 학생 대상 흡연 예방 교육이었다. 극장식 강당에는 초등학생부터 고등학생까지 20여 명의 남녀 학생들이 세상에서 가장 편한 자세로 앉아 있었다. 강의안을 몇 번씩 수정하고 리허설까지 하며 준비했다. 그러나 학생들을 보는 순간, 무슨 말부터 해야 할지 입이 떨어지지 않았다. 10분쯤 지난 것처럼 긴 시간으로 느껴졌다. 나의 첫 마디는 "여러분은 지금 꿈을 꾸고 있나요? 그 꿈을 이루기 위해 무엇을 하고 있나요? 꿈을 이루는 데 필요한 게 무엇일까요?"였다. 얼마 전에 감명 깊게 읽은 서진규 박사의 『나는 희망의 증거가 되고 싶다』에 대해 이야기했다. 고등학교를 졸업하고 가발 공장에 취업한 주인공의 이야기였다.

완성품을 내지 못해 몇 끼를 굶어야 했고, 굶어 죽지 않을 만큼 친구들에게 밥을 얻어먹었다고 한다. 죽고 싶어 한강에 갔지만 수영을 못한다는 생각이 들었다. 그래서 죽지 못했다는 말과 함께, 죽을 만큼이면 어떠한 것도 해낼 수 있으리라 다짐했다는 이야기였다. 작가는 가발 공장에서 벗어나기 위한 방법을 찾았다. 가정부를 구한다는 작은 광고를 보고 미국에 가기로 했다. '여기서 죽으나 미국에서 죽으나 죽는 건 마찬가지다. 죽을 만큼 열심히 하면 무엇이든 될 수 있다.'라는 생각으로 떠났다고 한다. 그 후 작가는 여군이 되어 소령으로 제대하고 하버드대학교에서 박사 과정을 마쳐 자신의 꿈을 이룬다는 이야기이다. 작가는 고등학교를 졸업하고 가발 공장에서 일하면서 완성품을 내지 못한 것은 자신이 하고 싶지 않은 일을 억지로 했기 때문이라고 회상했다.

학생들에게 하고 싶었던 이야기는 지금 비록 육아원에 있지만, 미래는 찬란하다는 것이었다. 이루어지지 않을까 봐 걱정하지 말고 큰 꿈을 가지라고 했다. 꿈을 크게 가지면 일부분만 성공해도 작은 꿈이라도 이루어지니 말이다. 흡연 피해 이야기보다 학생들의 미래 꿈 이야기를 더 많이 했던 것 같다.

그런데 강의 중반쯤 학생들의 자세가 바뀌기 시작했다. 세상에서 가장 편안했던 팔다리가 가지런해지고, 정면을 주시하고 있었다. 학생들의 바뀐 표정을 보면서 흡연 예방 교육을 무사히 마칠 수 있었다. 동행한 천안시 보건소 주미웅 주무관은 잘했다고 칭찬해 주었다.

육아원 첫 강의 후, 다시는 강의를 하지 않겠다고 다짐을 했었다. 무대에 서니 두 다리는 사정없이 떨리고 입은 커다란 찹쌀떡을 문 것처럼 떨어지지 않고, 교육생들이 저승사자처럼 무섭고

강사의 독서법

두려웠다. 그렇지만 첫 강의를 잘 풀어낸 덕분인지 보건소 러브 콜로 첫해에 50회 이상 봉사 활동으로 출강할 수 있었다.

다음 해 여름날, 기업에 유료 강의로 출강하게 되었다. 강사로서 인정을 받았다는 기쁨도 잠시였다. 쥐구멍에 들어가고 싶은 일이 발생했다. 간접흡연 피해에 대한 설명 중에 "담배도 피워 보지 않은 여자가 금연 강의를 한다."라고 말하며 한 명이 나갔다. 강의장이 어수선해지고 이어서 몇 명이 더 나갔다. 당황스러웠지만 아무 말도 하지 못했다. 마무리도 못 하고 황급히 회사를 빠져나왔다. 공원 옆에 주차하고 세상을 다 잃은 아이처럼 목놓아 울었다. '왜 금연 교육 강사가 되었을까? 봉사 활동은 왜 하겠다고 했을까?' 선택을 잘못했다며 자책했다.

자책의 시간이 지나고 나의 부족함을 알게 되었다. 자극적이지 않은 표현을 했으면 좋았을 텐데, 역량 부족임을 알게 되었다. 이대로 주저앉을 수도 없었다. 이 늪에서 빠져나가기 위해 다시 시작했다. 가정 폭력 전문상담원, 성폭력 상담원, 인터넷 중독 예방, 청소년 성교육, 학교 폭력 예방, 부모 교육, 미술치료사, 가족 상담사, 금연운동협의회 전문 강사 등 자기 계발 프로그램으로 역량을 강화했다. 대학에서 취득한 청소년지도사 2급, 평생교육사 2급, 보육교사 1급과 대학원 졸업 후 사회복지사 1급 국가자격증 취득도 출강 준비에 힘이 되었다.

2010년, 충남 wee스쿨에 청소년 지도사로 취업했다. 학생들은 학교에 가지 않아서 좋다고 했다. 대안 학교 출석 일수만 채워 졸업만 하면 된다고 했다. 고등학교는 졸업해야 하고 싶은 걸 할 수 있다고 말해 주어도 주유소, 편의점, 배달업 등 할 일이 많다고 대답했다. 아이들의 미래가 걱정되어 나의 이야기를 꺼냈다.

"선생님은 여자라는 이유로 고등학교 진학을 하지 못했어. 공부가 너무 하고 싶어서 낮에는 전자 회사에 다니고 밤에 학원을 다녔단다. 친구들이 고등학교 2학년 여름 방학을 보낼 때, 선생님은 대입 검정고시에 합격해서 고등학교를 졸업했어. 그 뒤로 방송대학과 대학원까지 졸업하게 되었단다. 너희들과 수업하고 있는 지금이 너무 행복하다."라고 하자 아이들이 "샘 짱인데요?"라며 손뼉을 쳤다. 내 이야기를 꺼내는 일은 쉽지 않았다. 그러나 내가 살아온 삶이 아이들에게 희망이 된다면 말해 주고 싶었다. 서진규 박사의 『나는 희망의 증거가 되고 싶다』 책의 메시지처럼 아이들에게 희망을 전해 주고 싶었다.

1-11.
침묵 수도원[1]이란 시에 끌렸다

이서윤

십여 년 전, EBS 라디오에서 류인서 시인 낭송의 「침묵 수도원」
이라는 시를 들었다. 경상도 사투리로 들려주는 그 시가 귀에 쏙
쏙 들어왔다. 당시 내게는 낯설고도 엄청난 시의 발견이었기에
감탄사를 연발했다. 검색했더니 그즈음 세 권째 시집이 출간된
것을 확인하고 세 권을 다 주문했다. 신세계를 만난 듯 시에 빠져
들기는 그 시인이 처음이었다. 더욱이 시집 제목도 『신호대기』다.
시의 품과 격에 내재한 절제미에 빠져들었다. 다음날, 막 도착한
시집을 펼치며 「침묵 수도원」부터 찾았다.

침묵은 귀 밝은 늙은 동물,

놀랍게도 그 굽은 등을 지반 삼아 집 짓는 사람들을 보았다

---

1) 류인서 시집 『신호대기』 중 p16 「침묵 수도원」 중에서

선잠 든 침묵의 귓불을 건들지 않으려 가만가만 시간을

벽돌 쌓으며 걷는 젊은 수도사의 조심성 많은 뒷모습을 보았다

가을겨울가을겨울 더 깊어지는 회랑이 침묵의 방벽이 되어주는

말없음의 시간을 보았다

- 「침묵 수도원」 중 일부

도심에 산다는 것은 많은 소음을 감내해야 한다. 층간 소음, 엘리베이터 동작음, 안내 방송, 자동차 소리, 음악 소리, 대화 소리, 떠드는 소리, 온통 소리다. 하다못해 교육받으러 가더라도 조용한 강의 시간 도중 뒷자리에서 넣는 추임새에 신경이 쓰여 강사에게 집중하지 못한다. 수많은 소리소리에 밀려갔다 밀려오는 삶을 산다.

인구 밀집도가 높은 도시에서만 산 나는 어린 시절에도 한 반에 70명이 넘는 초등학교에서 2부제 수업을 받았다. 돌이켜 보면 하루도 소리 없이 산 적이 없었을 것이다.

수많은 사람을 만났다. 은행을 다닐 때는 수많은 예금 고객을 만났다. 매장을 운영할 때는 매출을 올리려 고객을 설득하고 직원들과 대화하며 정신없이 살았다.

그런 와중 남편이 강원도 부연마을에 오지 체험을 예약했다. 여행이라면 의례 볼거리 먹거리가 많고 북적대는 곳만 다녀서인지, 처음에는 탐탁잖았다. 영동고속도로에서 내려 한참을 산길로 돌고 도느라 조수석에 앉은 나는 멀미가 날 지경이었다. 산 중턱 어

딘가에 도착하니 아늑한 펜션이 한 채 있었다. 주인이 안내하는 숙소에 들어갔더니 TV가 없었다. 그때부터 내 입에서 불평불만이 터져 나왔다. 여기서 뭐 할 거냐고 연신 되물었다. 남편은 한적한 산속에서 하루 지내고 싶었다고 말했다. 짐을 내리고 마당에서 이른 저녁 식사를 차리는데, 아차 싶었다. 쌈장을 잊어버린 게 아닌가. 주인아주머니가 된장을 주겠다며 장독대에서 생된장을 퍼 주었다. 뜻밖의 나눔에 흠칫했다. 한 번도 양념이 되지 않은 날된장을 먹어 본 적이 없었는데, 생된장을 내밀며 그걸 그냥 먹으란다. 감사하다는 인사는 했지만, 이걸 어떻게 그냥 먹을 것인지 여간 난감하지 않았다. 남편은 쌈 채소에 된장 한 점을 얹더니 맛을 보곤 괜찮다고 먹으라며 쌈을 싸 줬다. 고기와 쌈이 입안에 들어가는 순간 눈이 동그래졌다. 맛이 없을 거라는 생각이 잘못된 것을 알았다. 된장 본연의 맛을 처음 봤다. 진한 노란빛 된장 색깔을 본 적도 없거니와, 메주를 씻는 과정은 봤어도 된장을 담는 어머니를 거들어 드린 적도 없었다. 된장찌개를 좋아하지 않아 된장찌개를 끓인 기억도 별로 없다.

깨달음이란 그렇게 왔다. 자연의 맛이 어떤 것인지 알게 됐다. 펜션은 장독대가 넓고 항아리가 엄청 많았다. 알고 보니 펜션 주인이 콩을 직접 재배해 그것으로 메주를 만들어 된장을 판매했다. 식사가 끝나기 전에 된장을 사자는 말이 나왔다. 가미되지 않은 자연의 맛이 무엇인지 그날 알게 되었다.

저녁 식사 후에 할 일이 없어 어두운 하늘을 봤더니 별이 엄청나게 많았다. 도심에서는 못 보던 헤아릴 수 없는 별들이 반짝이고 있었다. 늦은 밤까지 풀벌레 소리를 들으며 창 위로 넘어가는 별을 보고 잠이 들었다.

다음 날 아이들은 TV도 게임기도 없다며 심심하다는 투정이 싹 사라졌다. 펜션 옆의 개울에 가서 물고기를 잡으려 풍덩거리고 소금쟁이와 놀고 있었다. 아이들과 산길을 걷는데, 차 소리가 한 대도 안 들린다는 것을 그 순간 처음 알게 됐다. 북적대던 도심의 수많은 소음 속에 있던 내게 무음이라는 세상이 생긴 것이다. 간간이 새소리, 개울물 흐르는 소리가 들릴 뿐이었다. 소리가 나지 않는 것이 얼마나 마음을 편안하게 해 준다는 것을 알게 되자 그 시간부터는 다 즐거웠다. 아니, 다 즐겼다.

아쉽게도 일요일 오후에는 다시 집으로 돌아가야 했다. 지금도 부연 오지마을 체험이 참 좋았다며 다시 가고 싶다고 하면 처음에는 투덜거리지 않았냐고 남편이 이야기한다. 다시 찾아가도 그때처럼 조용할까? 그때의 평화를 그대로 느낄 수 있을까?

조용해야만 볼 수 있고 들을 수 있는 것이 있다. 나는 그걸 오지마을 체험을 통해서 깨달았다.

「침묵 수도원」이라는 시를 알게 된 덕에 자연에서 보낸 시간이 생각이 난 게 아닐까? 시 속에 나오는 젊은 수도사의 조심성 많은 뒷모습에서 침묵해야 볼 수 있는 것을 보았다. 침묵의 귓불을 건드리지 않으려 시간의 벽돌 쌓은 모습에서 시간이 내는 소리를 볼 수 있었다. 수도원 담장을 넘은 신발이 발자국도 내지 않고 뛰노는 모습이 침묵의 장면으로 그려졌다. 가족과 체험한 부연 오지마을의 시간과 연결되었다.

어쩌면 말을 줄이고 싶었을지 모르겠다. 나는 원래 말수가 많지 않았다. 할 말도 많지 않거니와 말을 많이 하면 뒤돌아서 드는 후회가 싫었다.

그렇지만 언젠가부터 내 주장을 하기 시작했다. 환경이 바뀌어서? 아니면 나이가 들어서? 사업체 운영을 하면서 직원을 관리하다 보니 바뀌었을까? 아마도 강사가 되고 바뀐 것 같았다. 강사가 되기 위해 많은 교육을 받고 조직 내에 강사들의 시강을 보고 평가하는 시간을 보내다 보니 언제부터 내가 말을 많이 하고 있었다.

때로는 어느 장소든 질문을 하는 자신에게 스스로 놀랐다. 왜지? 굳이 그런 질문까지 할 필요가 있었을까 하며 자문할 때도 있다.

사람은 말을 통해 문명으로 발전할 수 있었다. 하지만, 말만큼 조심해야 하는 것도 없다. 현재는 시청각 시대이다. 즉각적으로 말을 한다. 말하는 것을 참지 않는다. 요즘의 나도 이전과 다르게 감정을 잘 숨기지 않는다. 그럴 때 꺼내 보는 시가 바로 류인서 시인의 「침묵 수도원」이다.

언어가 사라진 뒤에야 우리는 뭔가를 볼 수 있다.

기회가 온다면 다시 부연마을로 오지 체험을 가 봐야겠다. 그때처럼 완벽하게 도시의 소음이 제거될지 궁금하다. 출발할 때 류인서 시인의 『신호대기』도 반드시 챙겨야겠다.

1-12.
내가 나에게 묻는다
'나답게 사는 것은 무엇인가?'

이현주

　가면증후군은 무엇일까? 객관적으로 충분히 능력 있는 사람이 지만, 자신이 무능력하다고 생각하면서 두려워하는 현상을 말한 다. 내 능력으로 여기까지 왔는데도 의심하고 의심한다.

　니체는 『차라투스트라는 이렇게 말했다』에서 이렇게 말한다. '인간은 자신을 극복한다는 것은 진정으로 나답게 사는 것이다.' 나답게 산다는 것이 바로 니체가 말하고 싶었던 초인의 삶일 것 이다. 그렇다면 인생의 전환점에서 어떻게 해야 진정으로 나답게 살 수 있는가?

　나답게 살려면 먼저 자기 자신을 사랑해야 한다. 스스로를 사랑 하려면 먼저 자기 자신을 존중해야 한다.

　사람은 관계적 존재이다. 사람은 홀로 남겨졌을 때 불안을 느낀 다. 많은 사람들과 끊임없이 관계를 맺으며 살아가는 데 자신을 사랑할 줄 아는 사람만이 다른 사람들과 소통하고 공유할 수 있다. 내가 사람들에게 사랑을 나누어 주면 받은 사람들은 그 사랑을 나에게 되돌려준다. 하지만 자기 자신을 사랑하지 않는 사람은 자신을 잘 알지 못한다. 나도 자신을 알지 못하는데 누가 믿어 주겠는가? 나는 강사다. 자신을 먼저 사랑하고 존중하면서 청강자들에게 믿음과 신뢰를 보여 줘야 한다.

이번 주는 리더십 강의로 바쁜 연말을 보내고 있다. 다양한 연령대를 만나면서 리더십 강의를 한다. 시대가 원하는 리더상은 무엇인지 알아가는 즐거움도 있어 내가 나에게 선물을 주는 한 해이기도 하다.

아침에 일어나 거울을 보고 내가 나에게 묻는다. 오늘도 나를 믿고 자존감 향상을 하면서 행복을 나누는 하루가 되자고 외치며 자기 격려를 한다.

오늘 만나는 친구들과 준비된 활동을 하면서 즐거웠다. 자신의 이야기를 표현하는 모습을 보면서 나의 관심과 재능으로 가치를 모두 전달하고 왔다. 작은 스티커 하나로 서로 인사를 나누면서 즐거워하는 친구들이다. 서로 협력하며 소통하는 팀 빌딩을 한다. 컵으로 다양한 모양을 만들어 본다. 모든 미션이 끝난 친구들은 더 높이 쌓아 올리면서 의견을 조율해 나간다. 의견이 맞지 않아 충돌이 있어도 계속 웃으며 이야기한다. 활동이 끝나자 친구들은 서로 발표를 한다고 손을 든다. 서로 있는 그대로를 수용하고 인정해 주면서 발표를 한다. 서로 다른 친구들이 모여 하나가 되는 모습이다. 내가 전달하는 강의로 친구들 마음이 따뜻해지고 있다. 처음에는 말을 하지 않고 눈 마주침도 없던 친구들이 격려하는 말을 해 주고 긍정적인 언어로 표현을 한다. 내가 내 가치를 인정하는 순간이다. 누군가의 삶에 긍정적 가치를 주었다. 기억 속의 나, 현재의 나, 기대 속의 나는 계속 발전한다. 강의를 하면서 많은 사람들과 소통을 한다. 매일매일 만나는 사람들로 내가 만들어 낼 가치도 있다.

리더십은 자기 존중과 자기 격려의 필수 강의다. 리더십 교육은 자기 존중에 다양한 영향을 미칠 수 있다.

이번 강의를 통해 친구들에게 강점과 약점을 인식하게 해 준다. 자신의 삶에 긍정적인 영향을 미치며, 리더로서의 자신감과 확신을 강화시켜 준다.

2학기가 되면 상담 일정으로 많은 사람을 만난다. 학업 중단 위기에 있는 학생에게 숙려 기회를 주고 상담 프로그램을 지원하는 제도이다. 학업 중단을 예방하기 위해 시행되고 있다. 숙려 기간은 2주에서 7주까지 심리, 진로 상담에 참여한다. 참여하지 않으면 무단결석으로 처리될 수도 있다. 대부분 숙려제로 오는 친구들은 자기 자신을 아끼고 사랑하는 법을 모른다. 낙담해서 오는 친구들이다. 인생의 주인공은 나라는 사실을 알려 준다. 자신을 스스로 관리하고 이끌어 가는 셀프 리더십으로 사랑하는 마음을 가질 수 있게 한다. 생각만 하는 것이 아니라 행동 변화에 초점을 둔다.

중학교 3학년 친구가 졸업을 두 달 앞두고 학업중단숙려제로 왔다. 학업중단숙려제는 자퇴나 유예 등 학업 중단 의사를 밝힌 학생이 담임이나 상담 교사의 관찰을 통해 숙려의 기회를 주는 것이다. 상담 등의 프로그램을 지원하여 학업 중단을 예방한다. 전화로 먼저 약속을 정하고 만나기로 한다. 전화에서 들려오는 목소리는 힘도 없고 귀찮아 보이는 모습을 상상하게 한다. 드디어 만나는 날이다. 벨이 울리고 첫 만남을 하는 날, 아니나 다를까 눈에 초점이 없고 나를 바라보지 않는다. 인사를 겨우 하고 의자에 앉는다. 시간을 때우고 가려고 하는 모양이다. 자신에 대한 믿음이나 신뢰가 없다. 3회기를 만나면서 라포를 형성하고 눈 마주침이 이루어진다. 주거니 받거니 하는 의사소통을 한다. 고등학교 진학 문제를 상담하면서 친구가 진학하고 싶은 고등학교 1차 합격 소식을 듣는다. 다음 날 상담 시간에 다시 만났다. 부쩍 말수가 많아지고 명랑해졌다. 무기력해 보이는 친구가 먼저 말을 하고 웃고 있다. 이틀 후 2차 실기시험을 보고 와서 우울하다고 한다. 이유를 묻자, 망했다는 표현을 하면서 낙담을 한다. 그 친구에게 따뜻하고 힘이 되는 말을 건넨다. 말이라도 들으니 좋다고 한다. 위로해서 고맙다고 하면서도 돌아서는 친구의 어깨는 축 처져 있었다.

　다음 날, 벨 소리의 울림이 다르다. 친구가 문을 열고 들어오자마자 "선생님, 저 합격했어요. 선생님 말이 맞아요. 진짜 합격이에요. 너무 기뻐서 소리 지르고 싶어요." 이렇게 자신을 아끼는 모습을 몇 회기 만에 처음 본다. 드디어 가면을 벗은 친구의 모습은 환하게 웃는 너무 예쁜 친구이다. 그동안 왜 웃지 않았을까? 웃을 일이 없어서일까? 자신을 사랑하지 않고 낙담을 낙관으로 바꾸려고 하지 않아서이다. 자신의 가능성을 보았고 무언가를 극복하면서 진심으로 스스로 사랑할 줄 알게 된 것이다. 상담하는 마지막 회기까지 친구에게 들은 말은 기대가 된다는 말이다. 나를 사랑하면서 나답게 살아가는 것은 뚜렷한 목적의식을 가지고 노력으로 변화하는 모습이다. 올해 마지막 상담을 하면서 자신을 극복하려는 의지가 생기고 새로운 꿈을 꾸는 친구를 응원한다.

나는 생산적인 삶을 살아가고 있다. 남을 이롭게 하는 일을 하면 나의 존재감과 자존감은 올라간다. 자신을 사랑하며 나답게 살아간다는 것은 그 가치를 지키며 산다는 의미이다. 가치는 우리의 삶에 방향을 제시하고 자아를 강화시키기도 한다. 삶에서 오는 행복과 만족감을 주기도 한다. 나의 가치는 나만이 결정할 수 있다. 자신을 소중히 여기고 생각이나 행동으로 실천한다. 더 풍요로운 강의로 나의 삶과 타인의 삶, 사회공동체의 삶에 균형을 이루면서 살아간다.

강사의 독서법

봉사의 힘! 사람 사는 향기를 뿜어내다

정순옥

『사람 중심 리더십』이란 제목이 눈에 들어온다. 변화를 꿈꾸는 강사가 되기 위해서는 다양한 분야의 지식을 갖추어야 한다. 4차 산업혁명 시대의 핵심 역량인 리더십을 주제로 한 책이라 강사인 나에게는 분명 필독서이다. 아침마다 독서 모임으로 나눔을 가져 더 큰 시너지로 성장시킨 책이다. 그중 일곱 번째 Chapter인 내가 행복해야 상대방도 행복하다는 '행복 리더십' 단락에 가장 마음이 간다. 행복이라는 단어에서 따뜻함이 묻어난다. 나는 확실히 감성적 성향이 강한가 보다. 그러나 자라면서 주변 환경에 따라 성향도 많이 바뀌고 행복의 기준점도 많이 달라졌다.

유년 시절, 시골에서 자라 새로운 환경을 접해 볼 기회가 많지 않았다. 버스를 타고 '시내'라는 곳을 가 본 것도 초등학교 6학년 때였다. 나의 무대는 친구들과 어울려 놀던 학교 운동장과 마을

풍경이 전부였다. 그래도 옛 추억을 생각하면 투박하고 시골스럽지만 정겹고 따뜻했던 공간의 포근함이 항상 마음속에 남아 있다. 유일하게 새로운 환경을 꿈꾸게 했던 건 TV와 책이었다. 드라마와 책 속의 멋진 주인공이 되어 넓은 세상을 상상하며 자랐다. 그런 이유였는지 끄적거리며 글 쓰는 것을 좋아했다. 덕분에 중학교 시절 교내 문예 활동으로 공로상을 받으며 졸업했다. 지극히 내향적이던 유년 시절과 달리, 나는 의외로 사람들과 어울리기를 좋아한다. 물론 약간의 낯가림은 있지만 금방 분위기에 적응하고 사람들과 친해지는 장점이 있다. 그래서인지 시끌벅적하고 북적거리는 사람 향기 나는 곳을 좋아한다. 『사람 중심 리더십』이란 제목에 끌린 이유가 아닐까 싶다.

이 책의 일곱 번째 Chapter인 '행복 리더십'에서는 '내가 행복해야 상대방도 행복하다'라는 부제목으로 단락을 시작한다. 우리가 살아가는 목적에 가치를 생각하면 모든 꼭짓점은 결국 '행복'이라는 주제와 연결되어 있다. 이 책에서 마틴 셀리그만과 소냐 류보머스키는 '행복은 좋은 유전자나 행운으로 얻어지는 것이 아니라, 끊임없는 연습과 노력으로 만들 수 있음을 과학적으로 증명했다.'라고 말하고 있다. '진정한 행복이란 다른 사람과 관계를 맺으며 자신이 하고 싶은 일을 하며 즐거움을 찾고 사회에 공헌하는 의미 있는 삶을 영위하는 것으로 본다.'라고 명시하고 있다.

언제부터인가 가치 있는 삶에 대해 생각하게 되었다. 몇 해 전, 지인들과 봉사 단체를 만들었다. 평소 봉사라곤 단체 활동을 통해 일괄적으로 참여한 환경 정화 봉사가 전부였다. '할 일도 많고, 먹고살기도 바쁜데 봉사는 무슨 봉사야'라는 생각으로 살았다. 봉사는 시간도 많고 여유 있는 사람들만 할 수 있는 특별한 경험이라 생각했다.

가치 있게 사는 게 무엇일까? 우리도 당당하고 멋지게 한번 살아 보자는 주제로 몇 명이 모여 인생 토론을 한 적이 있다. 그렇게 만들어진 가치 있는 삶의 첫 번째 도전 키워드가 '봉사'였다. 바로 '신발 끈' 봉사단이다. 사람들은 봉사단 이름을 듣고 많이 웃는다. 무슨 운동화 끈도 아니고 신발 끈이냐며 우스갯소리를 하기도 한다. 그래도 우린 나름 심사숙고해 지은 이름이다. '신발 끈 꽁꽁 동여매고, 도움이 필요한 곳이라면 어디든 달려가 마음을 나누자'를 모티브 삼아 지은 이름이다. 우리는 그렇게 동네에 있는 옥녀봉 등반을 창단식 삼아 소박한 활동을 시작했다. 처음으로 누군가를 위해 봉사할 수 있다는 기대감으로 설레었다.

'시작은 미약하나 그 끝은 창대하리라'

자긍심이 얼마나 대단했던지 단체 스티커를 만들어 차에 붙이고 다니며 봉사단을 알렸다. 한번은 주유소에 갔는데 주유원이 나를 보고 "봉사 단체 이름이 진짜 참신하네요."라며 히죽히죽 웃는 것이다. "그렇죠. 저희가 정말 열심히 해 보려고, 색다르게 지어 봤어요."라고 자랑스럽게 말해 주었다. 집에 와서 차 트렁크를 여는 순간, 뒤 유리창에 붙은 '신발 끈'의 '신'에서 'ㄴ' 받침이 떨어져 나간 것이었다.

이건 마치 완벽한 메이크업을 하고 눈썹을 그리지 않고 돌아다닌 모양새다. '시발 끈'으로 온 시내를 누비고 다녔다. 덕분에 홍보 효과 백 점! 이미지 부각 만점으로 우리는 활발한 활동을 했다. 밥차 봉사, 김장 봉사, 연탄 봉사, 요양원 힐링 봉사 등 부르는 곳이면 눈썹 휘날리게 달려가 마음을 나눴다.

특히 한 달에 한 번 요양원 생일잔치 봉사는 더 즐거웠다. 그날은 "체면은 집에 두고, 망가질 배짱만 가지고 오자"고 했다. 홍이 많은 어르신은 함께 나와 덩실덩실 춤도 추고, 몸이 불편한 어르신에게는 다가가 손뼉 치며 홍을 돋우어 드렸다. 어느 날, 공연 진행을 맡게 되어 생신 맞은 어르신, 보호자에게 노래를 부탁했다. 점잖은 모습과 달리 어머니 앞에서 홍을 돋우며 노래하는 모습이 인상적이었다. 환하게 웃는 어머니 모습이 오랜만이라며 노래 시켜 줘 고맙다는 말을 연신 했다. 그리고는 어머니에게 큰절을 올리고 싶다고 무릎을 꿇은 후 한참을 일어나질 못했다. 큰 체구 어깨를 들썩이며 흐느끼던 애달픈 마음이 고스란히 내 심장으로 전해졌다. 진행이고 뭐고 주책없이 같이 울었던 기억이 난다. 이게 바로 사람 사는 향기가 아닌가 싶다. 그 향기가 얼마나 진했던지, 아직도 깊은 자국이 마음에 남아 있다. 바로 봉사가 가져다준 행복이라는 선물이었다.

왁자지껄 봉사가 끝나면 우리는 말했다. 몸이 녹초가 되고, 이에 김 붙이고, 가발 쓰고, 엉덩이 뿡 바지 입고 우스꽝스러운 모습이어도 항상 즐겁다고 말이다. 거기 모인 모두가 그러했다. 단 한 사람도 불평하는 사람 없이 즐거워했다. 대가 없는 봉사여서 그러했다. 그리고 우리는 모두 행복하다고 말했다. 내가 가진 것을 함께 나눌 수 있어서 행복하다고 말이다. 바로 이 책의 일곱 번째 Chapter에서 말하는 행복 리더십의 "내가 행복해야 상대방도 행복하다"라는 의미와도 맞닿아 있다.

봉사의 힘은 사람 사는 좋은 향기를 뿜어낸다. 행복의 향기는 나의 마음에서부터 시작된다. 내가 행복해야 다른 사람의 마음도 살필 수 있다. 긍정의 마음으로 내 마음에 물을 주자. 그리고 꽃 피우자. 나의 향기가 힘든 누군가에게 사람 사는 좋은 냄새로 다가가 용기를 얻을 수 있게 말이다. 그 향기가 세상에 퍼져 당신에게도 '피그말리온 효과'처럼 꿈꾸던 일들이 이루어질 수도 있을 것이다. 그리고 또 다른 행복 선물로 부메랑이 되어 나에게 되돌아올 것이다. 기적은 꿈꾸는 사람에게만 주는 특별한 선물이기 때문이다. 그것이 우리가 생각하는 가치 있는 삶의 행복이 아닐까 싶다.

1-14.
하루 3시간 놀라운 비밀

정영혜

대학을 졸업하고 유치원에 근무하던 시간을 제외하고도 유아교육 현장에 근무한 지 30년이 되었다.

3월부터 유아교육 현장을 떠나 강사로 전업하였다. 떠나야 할 때를 아는 사람의 뒷모습이 아름답다고 사람들은 말한다. 30년 동안 해 오던 일을 정리한다는 것이 그리 쉽지만은 않았다. 늘 근무하던 익숙한 공간을 떠난다는 서운함, 새로운 길로 방향을 바꾼다는 것이 두렵기도 했다. 사람은 누구나 자신이 늘 해 오던 일을 잘한다. 강사로 전업하기 위해서 3년 정도 열심히 준비했지만, 교육 현장에 근무 한 30년에 비하면 무척 짧은 시간이다.

찬 서리가 내리기 전에 어린이집 뒷뜰 고춧대를 정리하면서 두 눈에 고이는 눈물을 닦았다. '마지막으로 어린이집 풋고추를 따는 날이구나.' 산타 행사를 하면서도, 크리스마스트리를 정리하면서도 아이들을 위한 겨울 행사를 준비하는 것이 이번이 마지막이라는 생각을 했다. 요 며칠 순간순간 하던 일을 멈추고 멍하니 서 있었다. 어린이집 원장으로서 하는 일들이 마지막이라는 생각에 눈시울이 붉어져 누가 볼까 봐 혼자 눈물을 훔쳤다. 일요일은 다음 주 간식과 식자재를 구매하러 가는 날이다. 습관처럼 '몇 시에 다녀오지?' 시계를 보다가 아니라는 생각에, 아직은 마음 편하고 기쁘기보다는 습관에 익숙한 나를 깨닫고 눈에 가득 고이는 눈물을 닦는다.

우리 어린이집에 다니는 아이들과 학부모, 교사는 원장과 익숙한 관계이다. 하지만 강사는 다르다. 언제 어디서든 강의 요청이 왔을 때 달려가는 강사에게 고객이 정해져 있지 않다. 교육 담당자와 교육 의뢰 시 충분히 이야기를 나누었음에도, 교육 현장에 가면 변수가 생길 때가 있다. 교육 대상자들도 강사인 나를 처음 보고, 나 역시 강의를 듣기 위해 앉아 있는 교육 대상자들을 처음 본다. 그래서 강의 시작 전 아이스브레이킹이 무척 중요하다. 강사를 신뢰하는 마음이 생겨야 교육 대상자들이 더욱 집중해서 교육을 듣는다. 강사와 교육 대상자의 첫 만남이 어색한 건 어떤 유능한 강사도 마찬가지일 것이다. 교육 대상자들의 눈빛을 짧은 시간에 강사에게로 향하게 하는 집중력 시간에 따라 유능한 강사인지 아닌지가 결정된다. 강의 시작 후 5분이 지날 때쯤이면 오늘 강의가 잘 될지, 힘들 것인지 알 수 있다. 힘들 것 같은 예감이 들 때는 교육 대상자들에게 맞도록 빠르게 교육을 조정해야 한다. 교육 대상자들에게 맞추는 교육의 지혜는 강사에게 꼭 필요한 재능이다.

익숙함은 엄마의 품같이 편안하다. 인생을 살면서 나이와 상관없이 새로운 도전을 한다는 것은 성인이 되어 홀로서기를 할 때와 같다. 잘하든 못하든 자신이 그 길을 선택하고 계획하고 실행해 가야 한다. 스스로 피드백하면서 조금씩 더 나은 길을 향해 가는 것이다. 강사라는 새로운 길로 접어든 지금, 엄마 품을 떠나 홀로 서야 한다. 현재의 내 마음을 잘 표현하는 책이 있다. 이현수 작가의 『엄마 냄새』이다. 이 책에는 유아교육 전문가가 볼 때 많은 감동적인 내용이 있다. 그중에 가장 마음에 와닿는 문장이 있다. '하루 3시간 엄마 냄새는 세상 모든 엄마가 가진 놀라운 비밀이다.'

『엄마 냄새』를 쓴 이현수 작가는 K대학교 정신건강의학과에서 20년간 심리 검사와 상담을 했다. 우리나라 부모들이 자녀에게 지대한 관심을 쏟고 있지만, 아이들의 행복 지수는 바닥인 현실을 보면서 양육 방식에 문제가 있다는 걸 깨달았다고 한다. 작가는 상담실에서 수만 명의 아이를 만났다. 삶의 경계에서 위태로운 아이들을 보면, 삶의 결정적 시기에 엄마 냄새를 충분히 맡지 못해 인생이 송두리째 흔들리는 경우가 많았단다. 그래서 엄마 냄새의 소중함을 알리고자 이 책을 썼다.

아이가 행복하고 건강하게 자라려면 하루에 최소 3시간은 엄마 냄새를 맘껏 누려야 한다. 엄마 냄새는 안전감과 행복감을 불러일으키며, 아이가 안심하고 성장하도록 하며, 단단한 어른으로 살아가게 하는 듬직한 버팀목이 된다. 아이를 올바로 키우는 데 가장 필요한 것은 엄마 냄새이다. 직장을 다니는 워킹맘도 전업주부도 바쁘다는 핑계는 버리고 반드시 아이와 시간을 보내야 한다.

이 책에 '양육의 333 법칙'이 나온다. 아이의 출산 기간이 배속의 10개월이 아니라, 엄마 배에서 나온 후에도 3년 동안 계속된다는 것이다. 일정한 온도의 양수 속에서 보호받던 아이는 태어난 후에도 엄마 냄새와 일정한 온도를 통해 보호받는다는 느낌이 들어야 한다. 인간의 탄생은 태어난 뒤에도 3년 정도 계속 진행 중이기 때문이다. 그다음의 3은 하루에 최소 3시간 놀아 주기이다. 아기의 뇌는 태어난 후에 완성된다. 부모는 출산 후 아이의 미래를 위해 돈을 벌러 가지만, 아이는 부모가 주는 사랑의 시간이 필요하다. 부모 돈은 아이가 자라서 자신의 진로를 모색하기 시작하는 그때 투자하는 것이다. 그래야 최적의 결실을 얻을 수 있다.

아이는 냄새로 엄마를 각인하고 엄마 냄새는 행복 호르몬을 부른다. 누구도 부모의 사랑을 대신해 주지 못한다. 아이는 자신이 안전하다고 느껴야 상위 단계의 뇌 발달이 이루어진다. 아이 인생이 엄마에게 달려 있다. 아이를 키워 주는 양육자가 있더라도 저녁에는 부모 중 한 사람이 반드시 아이와 함께 충분한 시간을 보내야 한다. 아이에게 주어야 하는 것은 엄마 냄새와 품이다.

『엄마 냄새』의 '양육의 333 법칙'을 요약해 보면 하루 3시간 이상 아이와 같이 있어 주어야 하고, 발달의 결정적 시기에 해당하는 3세 이전에는 반드시 그래야 하며, 피치 못할 사정으로 떨어져 있다 해도 3일 밤을 넘기지 말아야 한다. 만약 3년을 제대로 채우지 못했을 때는 하늘과 땅 차이로 아이 인생이 달라진다고 작가는 말하고 있다.

강사인 나에게 엄마 냄새와 엄마 품을 내어 주는 분이 있다. 김규인 회장님과 선배 강사님들이다. 회장님과 선배 강사님들의 품 속에서 강사로서의 기초를 배우고, 다음 단계를 준비하고 행복 호르몬도 공급받고 있다. 〈국민강사교육협회〉에서 강사 준비를 한 시간이 3년째이다. 책 내용과 비유하자면 온전한 인격체로 엄마 품을 떠나 홀로서는 강사가 되려면 아직 시간이 더 필요한 셈이다. 지금도 혼자 강의 준비를 하고 출강을 하지만, 더 노력하고 공부해야 한다는 것을 항상 느끼고 있다. '그래, 강사라는 인격체로 독립하는 데 36개월을 투자해 보자.' 교육은 사람을 농사짓는 일이기에 36개월만 공부하면 끝이라는 뜻이 아니다. 평생 공부하는 자세로 노력하는 강사는 그렇지 않은 강사보다 강의의 질과 강사의 품격이 달라질 것이다. 그 공부 중의 하나가 바로 독서이다. 책에서 강의 아이디어를 많이 얻는다.

지나간 30년 동안 아이들의 밝은 웃음소리와 함께 지냈다. 어린이집 원장으로 교사들에게 엄마 같은 존재로, MZ세대 부모님들의 친정엄마 같은 존재로, 아이들에게는 낮 엄마 같은 존재로 살았다. 나름대로 매 순간 최선을 다했다. 그렇지만 교사나 부모,

아이들에게 부족한 원장은 아니었는지 반성도 해 본다. 가던 길을 멈추고 다른 길을 간다는 것이 두렵기도 하다. 하지만 나는 나를 잘 안다. 무엇이든 최선을 다하는 열정이 내 안에 가득하다는 것을.

이제 엄마 품을 떠나 출발한다. 새로운 시작이다. 유능한 선배 강사님들의 냄새를 쫓아 비상을 준비한다. 올해는 또 어떤 행복한 일들이 나를 기다리고 있을까? 하루하루가 무척 설렌다. 양육의 333 법칙처럼 강사의 333 법칙을 세워 본다. 하루 3시간 교육과 관련한 공부를 하고, 3년 동안 강사가 되기 위한 준비를 하고, 강의 준비를 쉬는 날이 3일을 넘기지 않도록 해야겠다.

'하루 3시간 강의 준비는 세상 모든 강사가 가진 놀라운 비밀이다.'

1-15.
꿈 너머 꿈

정종관

　집이 가난했다. 책을 읽을 만한 여유가 없었다. 아니, 책을 살수도 없었고, 사 주지도 않았다. 책 읽는 것을 썩 좋아하지 않는다. 지금 생각해 보면 핑계다. 태생이 독서를 지독하게 싫어했다. 독서는 초등학교 수업 시간에 국어책을 읽는 것이 전부였다.

　독립운동가였던 안중근 의사는 옥중에서 '일일부독서 구중생형극(一日不讀書 口中生荊棘)', 즉 '하루라도 책을 읽지 않으면 입안에 가시가 돋친다.'라면서 독서의 중요성을 강조했다. 중국 전국시대 송(宋)나라의 철학자 장자(莊子)는 '남아수독오거서(男兒須讀五車書)'라는 말로 독서를 게을리하지 말아야 함을 강조하고 있다. 내용은 이러하다. '사내라면 모름지기 다섯 수레에 실을 만큼의 책을 읽어야 한다.'라는 의미이다. 여기서 '사내'라는 표현은 당시의 시대상을 감안했겠지만 '사람으로 태어났으면'으로 해석해 본다. 핵심은 다독(多讀)이다.

모두 독서의 중요함을 강조한 말이다. 적어도 강사가 되기 전까지는 나와는 별 상관이 없는 말들이었다. 시험을 치르기 위해서 외웠던 정도였기 때문이다. 강사가 되고 나서부터는 달랐다. 적지 않은 인생 경험 덕분에 지혜는 뒤지지 않는다는 자부심이 있다. 그런데 지식은 아니다. 서점에 가면 정말 많은 책이 진열되어 있다. 인터넷에 검색하면 필요한 지식은 얼마든지 얻을 수 있다. 그러나 내 것으로 만들지 않으면 아무 소용이 없다. 책을 보거나 인터넷을 검색하면서 강의할 수는 없지 않은가?

군 생활을 하면서 장교이고 지휘관이기에 장병들에게 정신 교육을 할 기회가 많았다. 그때마다 많은 준비를 해야 했다. 뭔가 전문적이고 의미 있는 내용을 전달해야 했기 때문이다. '우리 지휘관은 뭔가 달라도 달라. 머리에 든 게 많은 것 같아.'라는 말을 듣고 싶었기 때문이다. 준비하는 시간이 너무 많이 걸렸다. 어떤 날은 10분 교육하기 위해서 밤을 꼬박 새는 날도 비일비재했다. 많은 내용을 빨리 읽고 핵심을 정리해야 하는데, 그게 어려웠다. 읽는 연습도, 핵심을 정리하는 것도 훈련되지 않았기 때문이다. 한마디로 독서를 안 했다는 말이다. 우리는 지식과 지혜가 넘쳐나는 시대에 살고 있다. 내 것으로 만드는 것의 중요함, 독서의 필요성을 실감한다.

어느 날 장병들을 대상으로 '꿈'이라는 주제로 정신 교육을 해야 했다. 막막했다. 꿈, 많이 들어 보고 강의도 많이 들었던 내용이다. 그런데 막상 내가 입을 열어 교육해야 하는 상황에서는 생각나는 것이 없었다. 인터넷에서 급히 '꿈'이라는 단어를 입력하고 서핑을 시작했다. 책 제목에 꿈이라는 단어가 포함되어 있는 책이 왜 이리도 많은지, 책을 선택하는 것만으로도 긴 시간을 허비했다. 마침내 눈에 확 띄는 제목을 발견했다. 고도원 선생님의 『아침 편지 고도원의 꿈 너머 꿈』이라는 제목이었다. 그래! 이 책에서 교육할 만한 내용을 찾아서 스토리텔링 기법으로 교육을 해야겠다는 마음을 먹었다. 글씨도 크고, 내용도 많지 않고, 200여 쪽 되는 분량인데 읽는 속도가 너무 느리다. 그리고 모든 문장이 다 중요하다. 한 번 더 읽어 보았다. 눈으로만 읽었던 것을 중요한 부분에 밑줄을 치면서 읽어 보았다. 내용이 대충 정리가 되어 갔다. 그런데 교육을 할 수 있을 정도로 내용이 정리되지 않았다. 이번에는 밑줄이 그어져 있는 부분에 그 의미를 적어 보았다. 그리고 어떤 말을 해야 할지 정리 멘트도 적었다. 그 부분만 다시 읽어 보니 훨씬 수월하게 정리가 되었다.

개략적인 내용은 이렇다. 저자는 카이스트 대학원생을 대상으로 강연을 했다. 한 학생에게 꿈이 무엇인지 질문을 했다. "과학자가 되고 싶습니다. 와우! 대단하십니다. 정말 위대한 꿈을 가지고 있네요." 그리고 다시 질문한다. "과학자가 돼서 뭐 하시게요?" 머리만 긁적이면서 답이 없다. 다른 학생의 답도 별반 다르지 않다. 저자는 이렇게 대화를 풀어 나갔다. 지금 당신의 마음을 채우고 있는 꿈은 무엇인가? 그 꿈을 이룬 다음에는 무엇을 하고 싶은가? 꿈 너머 꿈으로 가는 길을 당신을 찾고 있는가? 머리를 큰 망치로 맞는 느낌이었다.

　같은 질문을 나에게도 해 보았다. 나는 왜 군인이 되었는가? 진급해서 장군이 되고 싶다. 거기까지였다. 장군이 된 다음에는 무엇을 하고 싶은가에 대한 답을 가지고 있지 않았다. 아니, 생각해 본 적도 없었다. 책 읽는 속도가 나질 않는다. 빨리 정리해서 장병들에게 교육할 내용을 메모해야 하는데, 한참 동안 멍하게 앉아 있었다. 처음에 읽었을 때도 분명히 이 문장이 있었을 것이다. 밑줄을 그으면서도 인지하지 못했다. 멘트를 적어 보려고 다시 읽다가 이 문장을 발견했다.

　작가는 다음 말을 이어 간다. '꿈이 있으면 행복해지고, 꿈 너머 꿈이 있으면 위대해진다.' 나는 다른 부분을 다 읽지도 않고 '꿈 너머 꿈'이라는 제목으로 준비해서 장병 교육을 마쳤다. 교육에 참여했던 간부들이 입이 마르도록 칭찬해 준다. 의미 있는 교육이었다고, 덕분에 꿈 너머 꿈을 갖게 되는 동기 부여가 되었다고. 기분이 좋았다. 35년여의 군 생활을 마칠 때까지 이 내용으로 많은 정신 교육을 했다. 군에 처음 입대한 신병에게도, 리더로 시작하는 초급 간부들에게도, 군 생활을 마무리하고 전역을 앞둔 장병들에게도. 많은 세월이 지났지만 지금도 잊히지 않는다.

　에이브러햄 링컨(Abraham Lincoln) 대통령이 노예 해방에 서명한 지 약 백 년이 되는 해에 '마틴 루터 킹(Martin Luther King Jr.)'이라는 청년이 '나에게는 꿈이 있습니다'라는 연설을 했다. 노예 해방이라는 꿈을 이루었지만, 아직도 백인에 대한 불신이 있었기 때문이다. 현재 이룬 꿈이 신으로부터 부여받은 자유와 인권이 전 아메리카 대륙으로 퍼져 나갈 수 있도록, 즉 '아메리칸드림'이 될 수 있도록 하는 연설이었다. 그 연설은 당시 세대는 물론 다음 세대까지 이어지는 꿈이 되었고, 결국 현실이 되었다. 꿈 너머 꿈을 간직한 한 청년의 연설이 선한 영향력을 발휘한 대표적인 사례이다. '꿈 너머 꿈이 있으면 위대해진다.'라는 말을 증명해 준 사례이다.

지금에 와서 다시 같은 질문을 나에게 해 본다. 나는 왜 강사가 되었는가? 강의를 듣는 사람에게 선한 영향력을 전파하기 위해서다. 그 꿈을 이룬 다음의 꿈은 무엇인가? 역시 다음의 꿈은 없다. 장병들에게 기회가 있을 때마다 입이 마르도록 강조하고 강조했었다. 선한 영향력, 그다음은 생각해 본 적이 없다. 나에게 꿈 너머 꿈을 가지라고 독촉해 본 적도 없다.

지금은 다르다. 내가 이룬 꿈은 나의 후대 사람들의 디딤돌이 될 수 있다. 군에서의 첫 번째 정년, 직장에서의 두 번째 정년 이후 제3의 삶으로 강사를 선택했다. 그리고 즐기고 있다. 많은 분의 도움을 받았고 미진하지만, 지인 강사들에 대한 도움이 되어 주기도 했다. 롤 모델도 있다. 그를 뛰어넘는 것이 꿈이다. 선한 영향력으로 청중들의 삶에 변화를 이끄는 강사가 되면 누구나 부러워할 것이다. 나를 롤 모델로 삼은 강사들이 나를 뛰어넘어서 또 다른 명강사로 다시 태어나게 하는 것이 꿈 너머 꿈이다. 이루어지고 있는 과정이다. 내가 장애물이 아닌 디딤돌이 되고 싶다. 그럴 만한 각오도 되어 있다. 나는 오늘도 '꿈 너머 꿈'을 꿈꿨다.

2장

나만의 독서
꿀팁

2-1.
힘든 것을 즐기는 자가 일류다

권미숙

바둑판의 무늬는 다지면 다질수록 더욱 단단해진다. 이 문구는 오래도록 나를 따라다녔다. 만화책에서 읽은 내용인데, 그 시절 너무나 강렬하게 가슴속에 자리 잡았다. 그 말에 푹 빠져 연애편지 등에 단골 멘트로 사용하기도 했다. 지금도 이렇게 기억하고 있으니 강렬한 느낌을 준 문구가 분명하다.

초등학교 시절에는 무척이나 책을 좋아했다. 하늘이 보이는 집, 책으로 둘러싸인 집에서 살아 보는 것이 소원이기도 했다. 그렇지만 초등학교 시절에는 책을 접할 기회가 적었다. 토끼하고 발맞추는 산골에 살았기 때문이었다. 영화관이나 책방은 아예 없었다. 우리 집에서는 책을 찾아볼 수 없었다. 할머니가 가지고 있던 『장끼던』이 전부였다. 두툼한 실로 묶였던 것으로 기억한다. 그나마 이장이었던 아버지 덕분에 『월남은 왜 망했나?』라는 묶음 책자는 질리도록 많이 보았다. 학교도 마찬가지였다. 교실 한편에 자리 잡은, 일렬로 선 동화책이 전부였다. 요즘은 넘쳐나는 책들을 게으름으로 보지 못하는 경우가 허다한데, 그때는 어린 눈에도 적어 보였다.

언제부터인가 생활이 바쁘다는 이유로 책을 멀리했다. 그동안 보았던 책들이 희미해져 갈 무렵, 대전대학교 평생교육원에서 열리는 속독 프로그램에 참여하게 되었다. 학부모 대상 교육이었다. 이미 학부모가 아닌 상황에서 운이 좋게도 참여할 수 있었다. 대전대학교 방 교수님의 추천이 있었기 때문이다. 독서대와 외눈박이 안경, 작은 소책자를 사용하여 전문가로부터 지도를 받았다.

빵집 아줌마에서 대학교 교수가 되어, 독서를 알리고 있는 분을 만나게 되었다. 책을 빨리 읽는 방법뿐만이 아니라 독서 하는 방법도 알아 갔다. 책 읽는 시간을 계획표로 만들었다. 그리고 집 안 여기저기에 붙여 놓았다. 습관을 들이기 위해서다. 미라클 독서 모임에도 가입했다. 처음에는 순조롭게 진행되었다. 그런데 10일 정도 지나자 시들해졌다. 계획한 분량을 읽지 못하니 독서 모임에도 참여하는 빈도가 낮아졌다. 독서에 진심이신 분들을 보며 동기 부여는 많이 되었다. 하지만 독서 수준을 따라가기가 힘들었다. 결국에는 책 읽기를 포기한 채 다시 바쁜 일상으로 돌아왔다.

〈국민강사교육협회〉에서 강사로서의 역량을 키우고 있을 무렵, 독서 모임에 또 들어갔다. 새벽 5시 30분에 시작하여 1시간 이어지는 모임이다. 이번에는 참여를 꾸준하게 해야겠다고 생각했다. 책을 제대로 읽고 싶었기 때문이다. 처음에는 참여자들이 읽고 있는 책을 주제로 삼았다. 책에서 읽은 감동을 이야기했다. 읽지 않았어도 읽은 것과 같은 효과를 주기도 했다. 그러나 점점 힘이 들었다. 강의 자료를 준비하면서 책을 읽는 시간을 내기가 어려웠다. 계속 이렇게 진행된다면 독서 모임에 꾸준하게 참여할 수 있을까 하고 걱정했다.

그 무렵 자연스럽게 책을 읽는 방법에 변화가 생겼다. 나폴레온 힐 『성공의 법칙』을 선정하여 페이지를 정하고 읽어 본 후 참여하는 방법으로 바꾸었다. 이 책은 세계에서 성공한 사람들의 성공 비결이 들어 있는 책이다. 무려 507명이다. 책을 읽고 강사들의 경험과 강의 소재를 찾아보는 독서법은 강사의 역량 강화 방법으로 적당했다. 그래도 책을 읽고 참여하는 것은 역부족이었다. 읽지 않고 참여한 날은 다른 참여자에게 미안한 마음도 들었다. 그런 마음을 알았을까? 독서 운영자는 독서 방법을 바꾸었다. 계속해서 독서법은 참여자들의 상황에 맞게 진화했다. 이는 강사들의 자발적인 참여를 원하는 리더의 참마음에서 비롯된 것이 아닐까?

지금의 독서법은 이렇다. 독서 운영자는 굳이 책을 읽어 오라고 하지 않는다. 책을 읽는 부담을 주지 않는다. 자발적인 참여로 강사들이 함께하길 원한다. 그리고 우리는 큰 소리로 읽는다. 가끔은 새벽이라서 목소리가 나오지 않기도 한다. 그럴 때면 배에 힘을 주고 목소리를 내도록 집중한다. 강사로서 발성이 중요하다는 것은 누구나 알 것이다. 책을 읽어서 마음의 양식을 쌓는 동시에 강사의 역량을 키우고 있다. 자발적인 참여로 책을 읽는 시간이 즐거웠다. 명언으로 시작되는 날은 더 따뜻하게 하루를 시작했다. 그런 날들이 차츰 많아졌다. 자유스러운 분위기에서 경험을 나눈다. 보석 같은 꿀팁이 나오기도 한다. 책 속에서 쏟아져 나오는 명언들과 사례들은 강의 자료로 만들어서 즐거운 마음으로 나누어 주기도 한다. 2023년을 마무리하는 시점에서 나폴레온 힐 『성공의 법칙』을 파트별로 나누어 감동적인 문구들을 정리하는 과제도 운영자의 지혜로 만들어졌다. 참여하는 강사들의 감동 문구가 머지않아 소책자로 만들어진다고 생각하면 가슴이 벅찼다.

책을 좋아했지만 잘 읽을 수 없었다. 읽기를 시도했지만 실패했다. 만족했던 경험도 있다. 부족하지만, 이런 경험을 통해 얻은 나만의 독서 방법을 몇 가지 적어 본다.

첫 번째는 작심삼일을 반복하는 것이다. 실패를 두려워하지 않고 끊임없이 도전하고 지속적인 관심을 가질 때 작심하는 마음이 생긴다. 일련의 과정을 통하여 오류를 찾아내고 동일한 실수를 반복하지 않으면서 이어 가는 것이다. 실패를 해 봐야 성공하는 법도 알 수 있다. 이때 필요한 것은 작심삼일을 하더라도 포기하지 않고 나아가는 일이다.

두 번째는 목표를 설정하는 것이다. 무작정 읽기보다는 책을 읽는 목표를 설정하는 것이 중요하다는 것을 나폴레온 힐 『성공의 법칙』을 읽으면서 알았다. 강사로서의 역량 강화라는 목표를 세우니 책 읽는 시간이 더 소중하고 재미있고 즐거웠다. 감동 문구를 정리하고 공저에 참여하는 적극적인 아이디어 역시 그런 맥락에서 탄생한 것이 아니겠는가? 그래서 책을 읽을 때는 목표를 세우는 것이 중요하다.

세 번째는 나만의 독서법을 찾아라. 독서법들은 많다. 이렇게 하면 좋다는 지침서들도 가득하다. 그러나 언제나 그 방법이 모두에게 정답일 수는 없다. 참고하기도 하고 모방할 수는 있다. 실제로 좋다는 방법을 그대로 해 보았으나, 지속적인 만족감이 없었다. 작심삼일을 반복하다 보니 나만의 방법이 생겼다. 처음에는 단지 읽는 것에 몰두했다면 지금은 좋은 문구는 기록한다. 좋은 구절이 있는 곳은 접어 놓고 메모도 빠짐없이 한다. 책을 깨끗이 읽어야 한다는 고정 관념이 있었다. 그러나 지금은 경험이나 강사들과 나눈 이야기를 기록한다. 이렇게 책 읽는 방법도 내 것을 찾아 계속 진화하는 중이다.

네 번째는 지속성이다. 꾸준하게 하는 일은 혼자 하기에는 역부족이었다. 그래서 독서를 처음 시작하는 사람이라면 독서 모임에 들어가서 하는 것을 적극적으로 추천한다. 혼자라면 벽돌같이 두꺼운 나폴레온 힐『성공의 법칙』을 읽는 것을 감히 엄두도 못 냈을 것이다. 독서 모임을 통하여 강사들과 함께하니 독서를 할 수 있었다. 처음 5시에 기상했을 때 눈이 얼마나 뻑뻑하고 불편했던지, 앉아 있기가 힘들었다. 허리가 불편해서 앉아 있기가 불편한 날은 기분 좋게 일어서서 참여했다. 차츰 습관이 되면서 눈이 자연스럽게 떠지고, 알람보다 일찍 일어나는 경우도 더러 생겼다.

중요한 것은 책 읽는 시간을 점차 즐기게 되었다.

다섯 번째는 지금 당장 시작하라. 종종 좋은 느낌이 있다. 강의를 들을 때, 책을 읽을 때, 누군가의 말에서도 감동이 밀려올 때가 있다. 그런데 감동은 오래가지 않는 경우가 있다. 그것은 바로 시작해야 할 시점에 실행하지 않기 때문이다. 느낌이 올 때 바로 시작하는 것, 바로 감동을 길게 유지하는 방법이다. 책을 읽는 것도 마찬가지다. 일단 미루지 않고 시작하는 것. 그때가 바로 경험하는 기회다.

"힘들 때 우는 건 삼류다. 힘들 때 참는 건 이류다. 힘들 때 웃는 자가 일류다." 가수 이상민이 tvN 스타 특강 show에 나와 경험을 이야기하면서 한 말이다. 이 말은 원래 셰익스피어가 했던 말이라고 한다. 엄청난 실패를 경험한 뒤 재기한 이상민이 했기에 이를 본 사람들에게 깊은 울림을 주었다고 한다.

나 역시 아직 책 읽는 습관이 생긴 건 아니지만, 이 순간을 즐기려고 한다. 계속하다 보면 책과 친해지는 날이 올 거라 믿는다. '힘든 것을 즐기는 자가 일류다.'

2-2.
꾸준함이 빛을 발하는 순간

권은예

제임스 클리어의 『아주 작은 습관의 힘』 책에 이런 표현이 있다. "결과를 지속시키는 비결은 발전을 멈추지 않는 것이다. 일하는 것을 멈추지 않는다면 성과를 낼 수 있다. 배움을 그만두지 않는다면 지식을 얻을 것이다. 작은 습관들은 더하기가 아니다. 그것들은 복리로 불어난다."

나도 꾸준히 하고 싶은 분야가 있다. 바로 독서다. 시간이 없다는 핑계로 읽지는 못하고 있지만, 그동안 내가 해 왔던 나름의 방법을 몇 가지 소개하고자 한다.

첫째, 자신이 흥미 있는 주제나 좋아하는 장르의 책을 선택한다. 흥미롭게 읽는 것이 독서 환경을 즐기며 지속적인 독서 습관을 형성할 수 있다.

고등학교 2학년 시절! 1988년 올림픽이 열리던 해이다. 노처녀인 김 선생님. 키가 크고 긴 파마머리를 한 선생님은 나의 1, 2학년 담임 선생님이다. 가르치는 과목이 국어다. 매주 한 권씩 책을 읽고 독후감을 쓰게 했다. 돌아가면서 독후감 발표까지 하게 했다. 숙제를 안 하면 혼도 내셨다. 혼나기 싫어서 책도 읽고 독후감을 썼다. 선생님이 과제로 내주는 책은 재미가 없었다. 그런 책보다는 달콤한 이야기에 관심이 더 갔다. 그전까지는 『하이틴 로맨스』라는 책에 푹 빠져 있었다. 교과서 안에 쏙 껴서 읽기 딱 좋은 사이즈다. 수업 시간에 몰래 봤던 책이다. 철없고 순수했던 학창 시절이다. 담임 선생님이 읽으라고 추천하는 책은 생각을 많이 해야 하는 장르였다. 독후감을 쓰려면 줄거리도 파악해야만 했다. 귀찮았다. 왜 이런 걸 하게 하는지 정말 싫었다. 하지만 혼나지 않으려면 억지로라도 읽고 독서 노트에 적어야 했다. 결과물이 쌓였다. 의무적으로 했던 독서 노트가 한 학년이 끝날 무렵에는 몇 권의 책으로 변해 있었다. 온전한 나만의 독서 노트였다.

지금도 생각난다. 그 당시 읽었던 책들과 독서 노트에 쓰여 있던 내용이 생생하게 떠오른다. 『안네의 일기』, 『마지막 잎새』, 『젊은 베르테르의 슬픔』, 『노인과 바다』 등 책도 다양하다.

둘째, 독서 관련 자격증을 취득하는 것도 독서에 도움이 된다.

평택 새로 일하기 센터에서 2014년도 여성 직업교육훈련으로 독서 미술 심리상담사 과정을 한다고 했다. 친한 동네 친구와 동생이 같이 하자고 해서 수강 신청을 했다. 과정이 끝날 때까지 하루도 안 빠지고 참여했던 수업이다. 듣기만 해도 되는 수업인 줄 알았다. 그런데 해내야 하는 과제가 점점 많아졌다. 특히 독서심리치료는 수업을 듣고 나서 본인이 직접 만든 성과물을 내야 통과가 된다고 했다. 많은 과제에 불평, 불만을 가지는 수강생들도 점점 많아졌다. 도중에 그만두는 사람도 생겼다. 과정이 힘들었지만, 끝까지 견뎌 냈다. 교수님이 시키는 대로 했다. 다양한 대상을 상대로 심리치료 기법에 대해 배워 나갔다. 시, 수필, 동화 등 여러 장르의 책도 접했다.

마지막 관문인 실습 일지를 제출하기 위해 대상자를 선정해야 했다. 고민 끝에 아이들을 대상으로 정했다. 그러려면 그림 동화책을 많이 읽어야 했다. 그림책을 함께 보며 발문하고 대답하며 마음을 알아 가는 과정이다. 그림책을 그렇게 많이 보기는 처음이다. 프로그램을 짜고 계획안을 만들어 내려면 책도 필요했다. 도서관에서 빌릴 수도 있었지만 기간이 정해져 있어서 불편하고, 무엇보다 소장하고 싶은 마음이 더 커졌다. 내가 필요해서 샀던 그림책들이 지금도 책꽂이에 진열되어 있다. 언제든지 꺼내 볼 수 있어서 좋다. 내 생애 처음 그림책으로 진행한 강의다. 드디어 심리상담사 자격증을 취득했다. 꾸준함과 성실함이 가져온 결과이다.

셋째, 중요한 내용이나 인상 깊은 구절을 메모한다. 이를 통해 독서 경험을 기록하고 장기적으로 기억에 남을 수 있다.

어렸을 적 일기 쓰는 것을 좋아했었다. 일기장이 나의 가장 친한 친구였다. 일기장에는 속마음을 다 털어놓을 수 있었기 때문이다. 그 사건이 일어나기 전까지는 말이다.

누군가가 볼 거라고 전혀 생각하지 못했다. 집을 비운 사이에 언니가 내 일기장을 훔쳐봤다. 티를 내지 말았어야 했는데, 집에 귀가하자마자 따지듯 물어 왔다. 일기장 속 내용에 대해 꼬치꼬치 캐물었다. 고문이었다. 일기장을 갈기갈기 찢었다. 내 마음을 다 털어놓을 수 있는 친구를 빼앗겨 버렸다. 다음날 언니는 예쁜 일기장을 사다 줬다. 미안하다는 말과 함께 말이다. 그날 이후 난 더는 일기를 쓰지 않았다. 30여 년이 지난 지금까지도 일기는 쓰지 않는다. 일기는 나만의 것이어야 되는데, 누군가가 언제 볼지 모른다는 트라우마 때문이다. 쓰는 걸 좋아했던 내가 사라졌다. 이후에는 형식적인 기록만 하게 되었다.

습관 때문일까! 지금도 뭔가 적어 놔야 안심이 된다. 탁상 달력에 중요한 것들을 기록한다. 달력은 식탁에 항상 놓여 있다. 습관처럼 식구들도 본인의 행사를 기록해 둔다. 달력을 보면서 누가 뭘 하는 날인지 파악한다. 처음부터 그렇지는 않았다. 한 해가 시작되는 달력이 오면 전년도 달력을 보며 생일, 제사 등 주요 행사를 옮겨 적었었다. 돌이켜 보면 내 기억력의 한계가 만든 좋은 습관이다.

나이가 들수록 기억력이 떨어진다. 반복적으로 들었던 것들은 그나마 기억나는데, 새로운 지식은 지우개처럼 싹 지워져 버린다. 책 읽을 때 더 심하다. 좋은 글귀가 있어서 외웠다. 책을 덮자마자 싹 날아가 버린다. 그래서 생각한 것이 기록이다. 독후감을 쓰는 것이 아니라 단순히 기록만 해 둔다. 책 제목과 작가 이름을 적는다. 시간도 별로 들어가지 않아 한때 선호했던 방법이다. 이렇게 해두면 내가 무슨 책을 읽었는지 한눈에 알 수 있어서 좋다. 번호를 쓰면 몇 권을 읽었는지 쉽게 볼 수 있고, 숫자가 많이 적힐수록 왠지 모르게 부자가 된 느낌이 들기도 한다.

서너 살 때 아들 원호와 막내딸 영아는 유난히 책을 많이 읽어 달라고 했다. TV에서 많이 보던 장면이 있다. 아이는 침대에 누워 있고 부모가 책을 읽어 주면 잠드는 모습이었다. 하지만 현실은 다르다. 밤만 되면 둘이서 경쟁하듯이 책을 한 아름씩 들고 왔다. 둘이서 들고 온 책이 스무 권이 넘어갈 때도 있었다. 가지고 온 책 중 한 권이라도 안 읽어 주면 끝까지 읽어 달라고 떼를 썼다. 잠자기 전에 아이 둘이 가져온 책을 읽어 주다 보면 목이 아플 정도였다. 매일 밤 하루도 빼지 않고 읽어 줬던 동화책들이 수백 권이 된다. 매일 밤 아이들에게 들려주기 위해 소리 내어 읽었던 것이 많은 도움이 되었다. 많은 글자가 적힌 책을 읽을 때도 눈에 잘 들어오고 문장 파악도 빨리할 수 있다. 특히 자격시험을 볼 때 빨리 풀기 때문에 유리했다. 꾸준히 소리 내어 읽어 주었던 것들이 쌓인 결과물이다.

미국 작가 대런 하디의 『The Compound Effect』에는 지속적인 노력이 어떻게 성공의 지름길이 될 수 있는지에 관한 이야기가 담겨 있다. 아주 작은 목표라도 설정하고 목표를 달성하기 위해 꾸준히 노력하는 것만큼 큰 자산은 없다고 믿는다. 책도 마찬가지다. 지금 많은 양의 독서를 하는 건 아니지만, 조금씩이라도 매일 읽으려고 하고 있다. 꾸준함을 통해 멋지게 성장하게 될 미래의 나를 그려 본다.

좋아하는 책 위주로, 필요한 부분만 골라서,
동아리 참여로

김경우

책 겉표지와 책날개에는 작가의 모든 마음이 오롯이 담겨 있다. 겉표지와 날개를 읽으며 작가의 마음을 느껴 본 후 책을 구매한다. 보통 책을 구매하면 표지에 띠지가 둘러 있다. 책을 읽다 보면 걸리적거린다. 예전엔 책을 사면 걸리적거려서 띠지부터 버렸다. "띠지에도 작가의 마음이 들어 있다."라는 어느 지인의 말 덕분에 유심히 보게 되었다. 지금은 접어서 책갈피로 잘 쓰고 있다. 아니, 이제는 띠지가 없는 책을 보면 서운한 감이 들기도 한다. 책마다 다양하게 나와 있어서 보는 재미도 쏠쏠하다.

책을 고를 때 꽤 괜찮은 방법이 있어서 소개해 본다.

첫째, 책과 친해지기 위한 노력부터 한다.

그러기 위해서 도서관이나 서점을 자주 방문한다. 우선 서점에 가서 다양한 책들을 살펴본다. 베스트셀러가 아니어도 좋다. 마음에 드는 단어가 들어가 있는 책, 좋은 글귀로 감동을 주는 책도 좋다. 책을 고른 후 열 페이지 정도 읽고 책과 소통하는 시간을 갖는다. 그런 후에 책을 산다. 생명을 불어넣어 주듯이 새 책에 바람을 넣어 준다. 손가락을 이용해 앞에서 뒤로 드르르 넘기고 다시 뒤에서 앞으로 드르르 넘긴다. 몇 번을 반복해서 해 준다. 책이 너무 빳빳하면 읽을 때 불편하다. 중간중간 책을 쫙 펼쳐서 손으로 꾹꾹 눌러 준다. 그러면 책이 부들부들해지면서 손안에 착 감기는 맛이 난다. 이러는 과정에서 책과 가까워진다는 느낌이 든다.

서점도 자주 간다. 특별히 무언가를 열심히 읽어야겠다는 생각보다는, 그곳의 공기가 좋다. 도서관에 가면 책에 집중하고 있는 사람을 많이 만난다. 사람은 분위기에 따라가게 되는 경우가 많다. 자연스럽게 나도 앉아서 책을 읽게 된다. 다들 무슨 책을 읽는지 궁금해서 곁눈질로 볼 때가 있다. 자격증 공부를 하는 사람도 보이고, 두꺼운 문학책을 읽고 있는 사람도 있다. 누군가는 얇은 시집을 들고 오랫동안 한 페이지에서 머무는 사람도 보인다. 책이 있는 곳으로 가면 자연스럽게 책과 만날 기회가 늘어난다.

둘째, 읽기 쉬운 책부터 읽는다.

나는 만화책을 좋아했다. 어렸을 때는 가정 형편도 어렵고, 섬에 살아 지리적 여건이 안 좋다 보니 책을 많이 접할 수 없었다. 내가 읽을 수 있었던 유일한 책은 만화책이었다. 읽고 또 읽어도 재미있었던 만화책. 책 귀퉁이는 다 해졌고, 찢어진 부분은 밥풀을 이용해 종이로 붙였다. 구멍가게에서 껌도 많이 샀다. 껌 한 통을 사면 그 안에 미니 만화책이 들어 있었다. 껌은 뒷전이었다. 미니 만화책을 읽기 위해 껌을 산다. 언니 몰래 돼지 저금통의 배를 가른 적도 많다.

2남 4녀 중 막내로 태어났다. 섬이다 보니 한전에서 보내 주는 전기가 들어오지 않았다. 마을 발전기가 집으로 전기를 보내 준다. 낮에는 전기가 안 들어온다. 오후 5시쯤 되면 전기가 들어오고 밤 12시면 전기가 꺼진다. 가끔은 발전기가 고장이 나서 불이 안 들어오기도 한다. 그럴 때면 많이 불편하다. TV를 볼 수 없다. 만화책 역시 볼 수 없다. 이렇게 전기가 안 들어오는 날은 호롱불을 켰다. 초도 있긴 한데, 귀했다. 제사 지낼 때만 쓰느라 아꼈다. 호롱불을 켜 놓고 놀 때마다 으레 부모님은 호롱불을 끄고 어서 자라고 야단이다. 시간이 어찌 되든 간에 어두우면 잔다. 낮에는 실컷 놀다가 숙제는 저녁에 한다. 그런데 전기가 안 들어오면 전기를 핑계로 숙제를 안 한다. 학교에 그냥 간다. 숙제를 안 해 가도 선생님은 혼내지 않는다. 그날도 발전기가 고장이 나서 불이 안 들어왔다. 8시쯤 됐는데 만화책이 보고 싶었던 언니와 나는 엉뚱한 생각을 했다. '형설지공'이라는 이야기가 생각났다. 눈이 달빛에 반사된 빛과 반딧불이의 불빛에 의지해 글을 읽었다는 내용이다. 언니와 나는 반딧불이를 잡으러 병을 들고 밖으로 나갔다. 나가서 닥치는 대로 열심히 반딧불이를 잡았다. 병에 넣었는데 생각보다 밝았다. 언니와 난 반딧불이가 들어 있는 병을 방에 갖고 들어왔다. 우리가 좋아하는 만화책을 보았다. 불빛이 오래가지 않다 보니 읽다가 까무룩 잠들었다. 반딧불이를 열심히 잡아서 고단했나 보다. 좋아하는 책을 보기 위해 반딧불이 잡았던 추억이 생각나서 흐뭇했다.

셋째, 나의 관심사에 맞는 책을 골라 읽는다.

음식 만드는 걸 좋아한다. 학교를 졸업하고 취직했다. 한식 요리학원에 등록해서 요리를 배웠다. 그 당시 요리학원의 등록비가 내 월급의 20%가 넘었다. 요리하면서 궁금한 것이 많았다.

서점에 가서 음식에 관한 책을 알아보았다. 소설책이 아닌 실습이 들어 있는 음식 요리책이 눈에 들어왔다. 정미경 작가의 『요리만 못하는 똑똑한 여자들을 위한 요리책』이었다. 음식은 밥이 기본이다. 밥만 맛있게 지어도 별 반찬 없이 한 그릇 뚝딱한다. 목차를 보니 햅쌀과 묵은쌀의 밥물 맞추는 방법, 국수 삶는 방법, 채소 손질법, 고기 손질법 등 없는 게 없는 음식 백과사전이었다. 그 밖에도 맘에 드는 것이 많았다. 밑반찬과 기본 찌개를 시작해서 닭고기, 돼지고기, 서양 요리 등등 종류가 많았다. 바로 책을 구매했다. 처음에는 정독했다. 그런데 진도가 안 나가는 거였다. 책에 나오는 모든 요리에 관심이 있지는 않았다. 더구나 다 만들어 볼 것도 아니다. 그래서 일일이 다 정독하는 건 어려웠다. 처음에는 읽으면서 색연필로 밑줄을 그었다, 읽으면서 포스트잇에 키워드를 쓰니 이것도 저것도 다 중요한 듯했다.

고기를 좋아했다. 오죽했으면 엄마가 정육점으로 시집보내려고 하셨을까? 닭이 들어간 음식은 다 좋아한다. 달걀도 좋아한다.

섬에 살다 보니 읍내 장에 나가려면 나룻배를 타고 가야 했다. 반찬을 사려면 불편한 점이 많다. 바람이 불면 배가 육지로 못 나가니 먹거리는 섬에서 스스로 구하는 편이다. 우리 집도 예외는 아니다. 집에서 기른 닭이 나은 알로 반찬을 해서 먹는다. 가족은 총 여덟 명이다. 계란 반찬이 나오는 날은 전쟁이다. 하루는 계란찜을 하려고 찬장에 한 개 두 개 모아 둔 알 한 개를 꺼냈다. 엄마 몰래 옷장에 들어가 먹었다. '날달걀이 비린내가 난다'라는 말이 있지만, 맛만 좋았다. 어린 마음에 혼날까 봐 껍질을 못 버리고 옷장 안에 감춰 두었다. 며칠 후 엄마가 옷을 넣으려고 옷장을 열었다. 수북하게 쌓인 달걀껍데기를 발견했다. 그때 부지깽이로 많이 맞은 기억이 난다. 지금도 엉덩이가 얼얼한 듯하다.

닭고기와 돼지고기 위주로 선택해서 읽었다. 관심이 있으니 내용도 잘 들어왔다. 꼭 알아야 할 것은 색연필로 밑줄을 그어 가며 읽었다. 다 읽은 후에는 책을 덮고 포스트잇을 이용해 키워드만 적었다. 키워드를 가지고 문장으로 요약했다. 직접 음식도 만들고 후기도 썼다. 그랬더니 음식 요리법을 쉽게 이해할 수 있었다. 그 방법 덕분에 요리사 자격증도 취득하고 요리를 더 사랑하게 된 계기가 되었다.

책이 주는 이점이 많다는 건 익히 알고 있다. 하지만 이런저런 핑계로 늘 뒷전이 되고는 한다. 그래도 책과 친해지기 위해 나름대로 노력해 왔다. 서점이나 도서관을 일부러 시간을 내어 간다. 끝까지 읽는 즐거움을 위해 읽기 쉽고 좋아하는 책부터 읽었다.

그러면서 관심이 가는 책을 주로 선택했다. 그 덕분에 예전보다는 책을 더 많이 읽을 수 있었다. 지금도 나만의 독서 방법을 찾아가는 중이다.

2-4.
자신에게 맞는,
실천하기 좋은 독서법을 권합니다

김규인

새벽 4시 기상. 주간 계획표를 보니 오늘 해야 할 일들이 눈에 들어온다. 하나도 마무리되지 않은 상태에서 책을 폈다. 5시부터는 독서 시간이기 때문이다. 한 시간 동안 얼마의 양이 되었든, 무조건 책을 읽고 독서 노트 작성해야 한다. 정독할 때도 있고, 읽는 둥 마는 둥 할 때도 있다. 일찍 강의가 있는 날은 거의 지키지 못한다. 오늘은 유난히 다른 일이 눈에 들어와서 집중이 안 되었다. 결국 한 시간을 다 채우지 못하고 색연필을 끼워 둔 채 책을 덮었다. 나와의 약속이기 때문에 안 지켜도 아무도 모른다. 4년째 '나의 성공 체크리스트 작성표'를 작성하고 있다. 한 달 동안 지켜야 할 사항. 시간별 할 일을 적어 놓고 그날 그 일을 했으면 동그라미, 안 했으면 엑스를 한다. '독서, 독서 노트 작성표'에는 엑스 표시가 많다. 못 지킨 것에 대한 아쉬움을 넘어 자꾸만 나를 꾸짖게 되어 자존감이 떨어질 때가 많았다. 생각을 바꿨다. 못 지킨 날보다 지킨 날에 대한 칭찬을 아낌없이 했다. 그러니까 실천하는 횟수가 더 많아져서 좋았다.

자기 계발 책이나 에세이에 관심이 많다. 학창 시절부터 줄곧 독서를 했는데 몰아서 읽는 편이다. feel 받을 때는 며칠 내내 책만 읽을 때도 있고, 오랫동안 안 읽을 때도 있다. 강사가 되어서부터는 무조건 읽어야 한다는 압박감이 들었다. 강사는 책을 읽어야만 더 크게 성장할 수 있기 때문이다. 그래서 실천하기 시작했던 독서는 지금의 나를 만들었다.

사람마다 자신만의 독서법이 있을 것이다. 독서하는 법, 독서의 중요성 같은 책이나 강의가 넘쳐난다. 나도 작가들이나 강사들이 권하는 방법으로 독서를 해 보았다. 그 과정에서 얻어 낸 답은 나한테 맞는 스타일, 내가 실천하기 좋은 방법이 정답이라는 결론을 얻었다. 그래서 지금까지 실천해 왔던 나만의 독서 꿀팁을 공개해 보겠다.

첫째, 독서하기 좋은 시간을 선택한다. 위에서 말했듯이 루틴 중 새벽 5시부터 6시까지는 독서 시간이다. 새벽 4시부터 7시까지는 뇌가 가장 활발하게 움직인다. 그 시간에는 딱히 방해받는 일도 없고, 세상이 고요하다. 소음에 민감한 성격이라 그 시간을 선택했다. 하던 일을 멈추고, 해야 할 일을 생각하지 않고 오로지 독서에만 집중한다. 그렇다고 매일 지키는 건 아니다. 내 방에 책상이 두 개가 있다. 큰 책상에는 각종 기기가 있고, 거기서 주요 업무를 본다. 오른쪽으로 붙여놓은 작은 책상은 가로 160cm, 세로 40cm 정도 된다. 그 책상에는 스케줄 표가 펼쳐져 있고, 그 옆에는 읽고 있는 책이 쫙 놓여 있다. 지금 보니 여섯 권이 가지런히 놓여 있다. 병렬 독서를 했었다. 요일별 병렬 독서를 해 봤는데 잘 지켜지지 않았다. 요일마다 다른 책을 읽는 방법이다. 예를 들어 월요일에 읽은 책은 일주일간 덮어 두었다가, 다시 월요일이 되면 그 책을 이어서 읽는 방법이다. 그렇게 해 보니까 장단점이 있었다. 앞의 내용을 까먹어서 다시 읽어야 하는 번거로움이 있었지만, 책 한 권 읽는 데는 별 무리가 없었다. 어차피 책 한 권 읽어도 맥락만 기억할 뿐, 다 기억하지는 못한다. 하지만 작가의 마음이나 작가가 전하고자 하는 몇 가지 메시지는 가져올 수 있다. 이런 병렬 독서를 하다가 지금은 그냥 손 가는 대로 읽거나, 읽고 있는 책을 이어서 읽기도 한다. 책상 위에 놓여 있는 책 중에서 쉽게 술술 읽히는 책은 금방 정독하게 되고, 읽다가 어렵거나 책갈피가 잘 안 넘어가는 책은 오랫동안 잘 안 펼친다. 그런데 책꽂이에 끼워 두지 않고 책상 위에 그대로 둔 이유는, 꼭 읽어야 하거나 읽고 싶은 책이기 때문이다. 눈에 자꾸 띄어야 읽기 때문에 책꽂이에 꽂지 않는다.

둘째, 화장실 독서법이다. 화장실 독서? 대부분 볼일 보면서 독서한다고 생각할 것이다. 아니다. 그렇게라도 한 꼭지 읽으려는 나만의 강제 독서법이다. 나와의 약속이다. 2020년, 2021년은 내 인생에 있어서 책을 가장 많이 읽었던 해이다. 작가가 되어야겠다는 결심을 하고 나서 많은 책을 읽어야 도움이 될 것 같았다. 실제로 도움이 되었다. 코로나19로 인해 강의가 별로 없어서 가능하기도 했다. 침대에 누워서 베개를 배 밑에 깔고 읽어 봤고, 불편하면 다시 몸을 뒤집어서 천장을 향해 들고 읽기도 했다. 불편했다. 카페에서 책을 읽는다? 나는 불가능한 독서법이다. 작은 소음에도 집중 잘 못하는 스타일이라서 엄두도 못 낸다. 대중교통을 이용하면서 읽는 방법도 불가능하다. 오로지 책상 위에서만 집중하는 편이다. 그런데 화장실 독서법은 아주 좋았다. 화장실에 들어갈 때마다 한 꼭지 읽기! 나와의 약속을 정했다. 일단 볼일 보고 나서 물을 내리고 난 후, 다시 변기에 앉는다. 편한 자세다. 화장실에 놓아 둔 책을 한 꼭지씩 무조건 읽는다. 책이 술술 넘어가면 두 꼭지, 세 꼭지 읽고 나올 때도 있다. 그렇게 하니까 한 달에 한두 권은 읽어졌다. 독서는 내가 가장 편한 자세, 가장 편한 장소, 가장 집중할 수 있는 곳이 중요하다.

셋째, 독서 모임이다. 2020년 3월, '인생디자인학교'라는 오픈 채팅방에서 독서 모임에 가입했다. 일주일 동안 정해진 양의 책을 읽고, 매주 일요일 밤 8시~10시까지 독서 토론을 하는 모임이었다. 1년 정도 했던 모임이었는데 고전을 많이 읽었다. 그때 읽은 책 중에서 가장 기억에 남은 책은 나폴레온 힐의 『성공의 법칙』이다. 가보로 물려주고 싶은 책일 만큼 작가가 내게 준 선물이 많았다. 벽돌 책이다. 두께만큼이나 정독하기 어려웠다. 몇 번을 읽어야만 이해하는 부분도 있었고, 강의 자료로 쓰면 좋을 내용도 많았다. 실제로 강의할 때 인용해서 쓰는 문장이 많다. 그 문장을 나름대로 해석해서 강의 분야에 따라 다르게 사용하기도 한다. 그 독서 모임이 해체된 이후에도 한 번 더 읽었다. 지금은 개정 증보판으로 나온 책을 다시 읽고 있다. 만약 그 독서 모임이 없었더라면 이 책을 만날 수 없었을 것이다. 현재 이 책으로 〈국민강사교육협회〉에서 매주 2회 새벽에 독서 모임 하고 있다. 좋은 건 나누어야 한다. 내가 감명 깊게 읽었기에 독서 모임에 강력 추천 해서 강사들이 읽고 있다. 혼자는 불가능한 일을 함께하면 훨씬 쉽다. 두꺼운 책일수록 함께 읽는 것을 추천한다. 혼자는 읽어도 그만, 안 읽어도 그만이다. 하지만 독서 모임을 하게 되면 진도에 맞춰서 읽어야 하기 때문에 억지로라도 읽게 된다. 1년 정도 독서 모임을 꾸준히 했다고 생각해 보자. 1년 동안 정독, 완독한 책이 얼마나 많을지 생각만 해도 마음의 부자가 된 기분이다. 독서 모임은 자신이 읽었던 책 중에서 감명 깊게 읽었던 책을 회원들에게 추천하거나, 읽고 싶은 책을 권장해서 공유하는 방법이므로 참 좋은 방법이다.

지금까지 나만의 독서법을 나누어 보았다. 사람들이 권하는 여러 가지 독서법 중에서 자신에게 맞는 독서 자세, 독서 방법, 독서 시간 선택이 가장 중요하다고 생각한다. 많은 양의 독서보다는 한 권을 읽더라도 정독하는 것을 권한다. 한 권의 책이, 하나의 문장이, 자신의 인생을 바꿔 놓을 수도 있기 때문이다. 어떤 방법이든 좋다. 한 달에 한 권이든, 1년에 한 권이든 책을 통해 변화하고, 성장하고, 성공할 수 있다면 그보다 값진 일이 어디 있겠는가.

2024년 좌우명 '불편해야 성공한다! 김규인, 불편하자!'라고 써서 책상 앞에 딱 붙여 놓았다. 책상에서 고개 들면 바로 보인다. 쉬고 싶은 유혹도 뿌리칠 수 있는 방법이다. 독서도 불편해야 실천할 수 있다. 오늘도 나는 불편한 시간을 나에게 선물한다.

보물 지도 없이도 보물을 찾을 수 있어요

김용화

초등학교 다닐 때의 일이다. 수채화 그림 그리기, 일기 써 오기, 독후감 써 오기 등 숙제는 여름 방학이든 겨울 방학이든 빠지지 않는다. 특히 독후감 쓰기는 꼭 해야 하는 숙제였다. 3편 이상 써야 한다. 왜 3편 이상일까? 지금 생각해도 궁금하다. 그 당시 책을 읽는다는 것은 쉬운 일이 아니었다.

책은 서점에서 사서 보거나 학교 안에 있는 도서관에서 빌려 보았다. 학교 도서관은 작고 좁았다. 키보다 높은 책장 속에는 초등학생들이 볼 수 있는 책보다 중·고등학생들이 보는 책이 더 많았다. 독후감 숙제는 항상 방학 끝나기 직전에 했다. 아빠의 사업 실패로 경제적으로 어려워 책 사기가 힘들었다. 숙제하려면 서점이나 가까이 사는 친척 집으로 가야 했다.

학창 시절 책을 마음껏 보고 싶어서 도서관 봉사를 했다. 도서관 구석에 앉아서 시간 가는 줄 모르고 읽은 책은 에세이나 시집이었다. 서정적인 문구가 마음을 편안하게 만들었다. 유안진 작가의 『지란지교를 꿈꾸며』라는 에세이를 읽으면서 많은 꿈을 꾸었다. 마음에 드는 글귀를 필사하면 내가 작가가 된 것 같은 기분이 들었다.

집 근처에 도서관이 있다는 것은 큰 재산이다. 아이들 손을 잡고 도서관으로 갈 때는 소풍 가는 기분이다. 그림책을 좋아하는 아이들과 매주 새로운 그림책을 만나는 것은 보물을 얻는 것과 같다. 그림과 문자가 주는 교훈적인 메시지를 말하지 않아도 자연스럽게 배우게 된다. 그림책 속에 숨어 있는 그림을 찾는 것도 엄청 재밌는 일이다. 도서관은 보물 창고이다. 무료 강좌를 통해서 자기 계발을 할 수 있고, 자격 취득의 기회를 가질 수 있다. 원하는 강좌를 듣기 위해서는 아침 일찍부터 줄을 선다. 접수할 때까지 기다리는 것은 힘들지만, 원하는 강좌를 들을 수 있다는 것은 큰 행운이다.

2007년 수성도서관에서 '그림책과 함께하는 이야기' 강사 양성과정이 있다는 것을 알게 되었다. 그림책에 대하여 좀 더 자세히 배우고 재미있게 이야기를 나누고 싶어 신청했다. 엄청난 경쟁자를 뚫고 당첨되었다. 그림책이라서 쉽겠다고 생각했다. 착각이었다. 앞표지부터 뒤표지까지 보는 방법도 중요하고, 그림이 전달하는 의미를 아는 것도 중요했다. 하나의 주제로만 연결되어야 한다고 강조했다. 노련한 선생님의 그림책 이야기는 귀에 쏙쏙 들어왔다. 그 시간이 어느 순간부터 고민하는 시간으로 바뀌었다. 책을 읽고 발문하고, 발표하는 것으로 끝나는 것이 아니었다. 그림책 필사도 하고, 그림도 그리고 이야기를 들려주는 과정도 필요했다. 도서관에서 주관하는 축제에서 『해님 달님 이야기』 인형극 발표를 해야 모든 교육 과정이 마무리된다고 했다. 교육생들은 우리가 잘할 수 있을지 걱정하기 시작했다. 연습하기도 부족한 시간인데 인형까지 만들어야 하는 어려움이 있었다. 인형은 처음 만들어 보았다. 솜씨가 좋은 교육생들은 예쁘게 잘 만들었다. 나는 꿰매는 것은 자신 있는데, 형태를 만드는 부분은 힘들었다. 우여곡절 끝에 인형이 완성되었다, 대본 연습도 열심히 했다. 축제 시간이 가까워지면서 주민들이 오지 않으면 어쩌나 걱정이 되었다. 다행히 많은 주민이 와서 자리를 가득 채워 주었다. 시작을 알리는 순간, 힘찬 박수로 맞이해 주었다. 인형극에 몰입해 준 주민들 덕분에 무사히 잘 마칠 수 있었다. 함께라서 해낼 수 있었다. 뿌듯하고 감격스러운 순간이었다. 12주라는 시간을 무사히 마치고 자격증을 받는 날, 힘들었던 순간들이 스쳐 지나갔다. 아이들을 위해 시작한 공부였지만, 책을 더 좋아하게 된 계기가 되었다.

독서의 습관을 만들어 주고 책과 친할 수 있는 나만의 독서 방법을 공개해 본다.

첫째, 책을 읽는 것을 힘들어하는 분들에게는 그림책을 추천한다. 그림책은 쉽게 접근할 수 있고, 나이가 들어도 친구가 될 수 있는 즐거운 책이다. 성인이 무슨 그림책이냐고 할 수 있지만, 그림책은 나이에 구애받지 않고 즐길 수 있고 이해하기 쉽다. 초등학교 1학년 친구가 독서 수업할 때 책 읽는 것을 힘들어했다. 받침이 있는 글자나 어려운 단어가 나오면 책을 읽지 않으려고 했다. 그 친구 수준에 맞는 그림책으로 바꾸었다. 자연스럽게 어휘력도 늘고 문장을 만들어 내는 힘도 생겼다. 학년에 맞는 책이나 나이에 맞는 책이 아니라, 좋아하는 책을 먼저 보는 것이 중요하다. 독서의 즐거움을 먼저 알아야 두려움이 사라진다. 글 읽기 싫어하는 친구들에게는 글자 없는 그림책으로 상상력을 펼칠 수 있는 시간을 만들어 주는 것이 좋다. 데이비드 위즈너『이상한 화요일』은 글은 적지만 자신만의 이야기를 만들어 내는 즐거움을 찾을 수 있다.

둘째, 도서관을 이용하는 것이다. 독서는 우리에게 끝없는 세계를 열어 주는 열쇠이다. 꾸준한 독서 습관을 만들기 위해 가장 좋은 장소 중 하나는 바로 도서관이다. 도서관에는 다양한 장르의 책이 있기에, 책을 선택할 때 실패하는 일이 적다. 읽고 싶은 책을 몇 권 꺼내 놓고 읽어 본다. 언제 읽었는지 모르게 금방 읽는 책이 있고, 페이지가 넘어가지 않고 하품만 나오게 하는 책도 있다. 지루한 책은 바로 덮고 다른 책으로 도전하면 된다. 그 책을 읽지 말라는 것은 아니다. 나중에라도 그 책에 흥미가 생기면 읽을 수 있다.

도서관에 가면 꼭 신간 코너에 가 본다. 새로 나온 책을 찾아보고, 하나씩 펼쳐 본다. 마음에 와닿는 책이 있으면, 빌려 오기도 한다. 소장하고 싶고 마음에 드는 책은 구매한다.

좋은 점이 또 있다. 바로 책 읽는 사람을 보면서 동기 부여가 된 다는 점이다. 책에 흠뻑 빠져서 읽고 있는 사람들을 보면 무슨 책을 읽고 있는지 궁금할 때가 있다. 자연스럽게 나도 책을 읽고 싶다는 기분이 든다. 다양한 책을 만날 수 있고, 읽는 분위기에 스며들어 나만의 독서 습관도 만들 수 있다.

셋째, 글귀 필사를 하면 도움이 된다. 필사하는 것은 독서 경험을 풍부하고 의미 있게 만들어 주는 중요한 방법 중 하나이다. 감명 깊게 느낀 문구나 표현을 필사하면, 그 문구를 기억하고 내 것으로 만들 수 있어 독서 경험이 더 깊어진다. 필사하는 과정에서 작가가 전하고자 하는 의도를 파악하면서 책의 핵심을 더 잘 이해할 수 있다. 노트를 이용하기도 하고 휴대 전화에 필사하기도 한다. 언제 어디서나 쉽게 볼 수 있고 바로 필기할 수 있어서 좋다. 필사한 글귀를 읽으면 얇은 책 한 권을 읽은 듯한 기분이 든다. 필사한 내용을 통해 책에 대한 정보를 한눈에 볼 수 있어 좋다. 필사해 놓은 글귀는 강의 계획서나 강의안을 만들 때 많은 도움이 된다. 강의할 때 인용 문구를 활용하여 교육생들에게 긍정적인 에너지와 새로운 메시지를 줄 수 있다. 필사 노트를 작성할 때는 빨간 볼펜으로 문장을 먼저 따라 적고, 검정 볼펜으로 한 번 더 써 본다. 모르는 단어의 뜻을 사전으로 찾아보면 문장을 잘 이해할 수 있다. 이런 과정은 자기 주도 학습에 큰 도움을 주는 효과적인 방법이 될 수 있다.

아일랜드의 소설가 올리버 골드스미스는 이런 말을 했다. "좋은 책을 처음 읽을 때는 새 벗을 얻는 것 같고, 전에 정독한 책을 다시 읽을 때는 옛 친구를 만나는 것과 같다." 그의 말처럼 책을 읽는 것은 좋은 친구를 사귀는 일이다. 언제나 용기 나는 말을 해 주고, 방향을 잃었을 때 길을 안내해 주기도 한다. 마음만 먹으면 언제든 좋은 친구를 만날 수 있다. 책을 읽는 다양한 방법을 통해, 좋은 인연을 많이 만들어 가길 바란다.

2-6.
흔적을 남기고 독서 환경을 만들자

김은주

책 읽는 방법은 사람마다 다르다. 하지만 독서 습관을 잘못 잡아 책과 더 멀어지는 경우도 많다. 책에 익숙하지 않은 사람들에게 독서 습관을 잡기를 바라는 마음으로 몇 가지 독서법을 소개한다.

첫 번째 자투리 시간 활용법이다. 새해가 되면 결심을 많이 한다. 독서도 빠지지 않고 실천 목록에 들어간다. 하지만, 작심삼일에 그치고 책을 읽지 못한 이유를 물으면 '시간이 없어서'라고 말한다. 책은 시간을 정해서 읽는 게 아니다. 읽고 싶을 때 읽을 수 있어야 한다. 조금 급한 성격으로 강의 시간보다 일찍 도착하는 편이다. 강의장에 들어가기 전에 알람 설정을 하고, 조수석에 있는 책을 펼친다. 조수석에는 항상 책이 있다. 이렇게 짬짬이 읽기 위해서다. 차 안에서 읽을 때 집중이 잘 된다. 또한 강의 들어가기 전 잠깐 읽은 구절로 인사말을 시작하기도 한다. 강의 시작 바로 전에 읽은 단어, 구절 등이 강의를 풀어 갈 때 윤활유가 되는 경우가 많다. 그래서 강의 들어가기 전에는 한 페이지라도 읽으려고 노력한다. 운전을 많이 안 할 때는 가방에 책을 넣고 다닌다. 약속이 있을 때 지인을 기다리면서 잠시 읽는 책으로 기분이 달라진다. 이렇게 자투리 시간을 활용해서 책을 읽으면, 일상에 활력이 된다.

두 번째는 목차대로 읽지 않는 방법이다. 특히 강의장에 들어가기 전 차에서 책을 읽을 때는 목차를 중요하게 생각하지 않는다. 눈길이 가는 곳을 펼친다. 또는 지난번 읽었던 부분 중 인상적이었던 부분을 다시 펼친다. 그리고 소리 내서 읽는다. 어떤 경우에는 한 문장만을, 한 구절만을 반복해서 읽기도 한다. '오늘 강의 때 이 구절 활용해야겠구나!'라는 생각이 들 때는 그 문장만 계속 읽는다. 그렇다고 목차를 전혀 안 읽는 것은 아니다. 처음 책을 읽을 때는 목차, 머리말을 꼭 살펴본다. 오늘 읽어야 할 부분도 목차를 보고 찾는다. 책을 읽을 때, 처음부터 끝까지 읽어야 한다는 부담감을 느끼는 경우가 많다. 그래야 책을 읽은 것 같다는 생각이 든다. 독서 습관을 들이고 책을 즐기는 사람이 되기 위해서는 편하게 책을 펼칠 수 있어야 한다. 처음부터 끝까지 읽어야 한다는 생각만 버려도, 책 읽기가 편하게 다가올 것이다. 강제로 읽는 게 아니고 내 마음대로 읽는 것이니 편안한 마음으로 책을 찾게 된다. 책을 자유로운 마음으로 바라보는 습관이 필요하다.

강사의 독서법

세 번째는 흔적을 남기는 방법이다. 나중에 다시 읽고 싶은 구절이나 마음에 울림을 주고 구절은 먼저 줄을 긋는다. 이런 습관으로 책을 읽을 때는 볼펜을 늘 쥐고 있다. 더 중요하게 생각되면 별 모양을 세 개 그리거나, 단어나 구절에 동그라미로 표시해 둔다. 마지막으로 포스트잇을 그 페이지에 붙인다. 포스트잇 한쪽에 나만 알아볼 수 있는 단어를 적는다. 책을 다시 볼 때는, 붙여 놓은 포스트잇의 단어를 찾아본다. 그러면 쉽게 원하는 구절을 찾을 수 있다. 이렇게 하면 정리하기도 쉬워진다. 붙여 놓은 포스트잇만 보아도 뿌듯하게 느껴질 때가 있다.

가끔은 줄 그어 놓은 구절을 필사한다. '몇 페이지 인권교육 관련 강의에 활용하면 좋음', '자활센터 강의 활용' 같은 메모를 해 두면 강의안 만들 때 도움이 된다. 노트에 따로 필사하지 않고 그 구절에 직접 메모하는 방법도 좋다.

신문을 읽고 기사 밑에 소감을 계속 적었더니, 말을 잘하게 되었다는 연예인의 이야기를 들었다. 책을 읽으면서 그 연예인을 따라 하기 시작했다. 느낌을 적는 습관이 생겼다. 저자의 생각에 '왜 이렇게 되었을까? 나라면 이런 방법보다는 다른 방법을 선택했을 것이다.'라며 작가에게 편지글을 쓰는 느낌으로 몇 자 적는다. '아, 얼마나 힘들었을까! 정말 대단하다! 짝짝짝짝!' 이런 식으로 마음속의 느낌을 그대로 표현한다. 시간이 흐른 후, 메모했던 흔적들을 보면 그때의 감정이 생각나 웃기도 한다.

네 번째, 독서 환경에 많이 노출하는 방법이다. 부모 교육 강의에 강조하는 말이다. "우리 아이가 책을 싫어해요." 이런 말을 하는 부모님들에게 동네 도서관에 자주 가라고 권한다. 책에 흥미 없는 아이들도 다양한 책으로 가득 찬 도서관에 가면 자연스럽게 책을 펼친다. 성인도 마찬가지다. 책을 좋아하는 사람들과 친하게 되면, 자연스럽게 책을 좋아하게 된다. 독서 환경에 많이 노출될수록 책을 가까이한다.

〈국민강사교육협회〉에서 독서 모임으로 주 3회 강사들과 함께 책을 읽는다. 독서 모임에 참여하면서 평소 읽지 않았던 분야의 책도 읽게 되었다. 『나폴레온 힐 성공의 법칙』도 읽을 수 있었다. 만약 혼자 읽었으면 엄청난 두께의 분량에, 중간에 포기했을 것이다. 독서 모임에 참여하고 함께 읽으니 얇은 책이든 두꺼운 책이든 분량은 중요하지 않다. 독서 환경이 책 가까이 갈 수 있게 도와준다.

독서 환경을 쉽게 만드는 방법이 있다. 내가 많이 머무는 곳곳에 책을 놓는 것이다. 책상에 있는 시간이 많으니까 책상 주변에 많이 놓는다. 거실에도, 식탁에도, 차 안에도 놓는다. 언제든 손만 뻗으면 책이 닿을 수 있는 환경을 만든다. 강의안 준비하다가 안 풀릴 때 눈에 띄는 책을 읽는다. 잠깐만 읽어도 생각이 정리되는 것이 느껴진다.

마지막으로, 도서관에 자주 가는 방법도 책 읽기 습관을 들이기에 좋다. 낯선 분야의 강의안 준비할 때 책을 활용하고 있다. 익숙하지 않은 분야의 강의 의뢰가 들어오면 일단 도서관에 간다.

주제 관련 도서를 최대한 대출한다. 대출한 책이라 밑줄을 못 긋는다. 이럴 때는 사진을 찍거나 메모를 해서, 그때그때 슬라이드로 만들어 놓는다. 10권 정도의 책을 읽는 동안 욕심이 나는 책은 사서 읽는다. 강의 자료 만들 때 책을 활용하면 강의안의 질이 향상된다. 나에게 들어오는 정보도 많아진다.

다행히, 집에서 멀지 않은 곳에 도서관이 있다. 이게 얼마나 큰 행복인지 새삼 깨닫고 있다. 도서관은 제법 오래된 건물이다. 규모도 그렇게 크지 않다. 하지만 특유의 책 냄새를 맡으면 마음이 편안해진다. 그래서인지 그곳에 가면 집중이 잘 된다. 도서관은 총 4층으로 되어 있다. 1층은 성인 열람실이고, 2층은 어린이를 위한 공간이다. 3층, 4층은 공부를 하는 곳이다. 아이들 어릴 때, 유모차로 끌고 자주 왔었던 곳이다. 우리 가족의 추억이 담겨 있는 소중한 공간이다.

시간이 많을 때는 가나다순으로 책을 하나씩 훑어보는 습관이 있다. 다른 사람이 대여했던 책을 담아 둔 카트를 눈여겨보기도 한다. 요즘 사람들이 주로 어떤 관심사가 있는지 도움이 된다.

우리에게 익숙한 미국의 데일 카네기도 '도서관은 자유와 지식의 성채'라고 극찬한 바 있다. 우리가 잘 이용하기만 한다면 책과 친해질 수 있는 가장 좋은 공간이 아닐까 생각한다. 더 많은 사람이 도서관을 찾았으면 좋겠다.

사람마다 책 읽는 방법은 다양하다. 인생에 정답이 없듯, 책 읽는 것도 마찬가지다. 나한테 맞는 방법을 찾아가면 된다. 그러기 위해서는, 다양한 방법을 시도해 볼 필요가 있다. 사람들이 하는 독서법을 참고해 보고, 나중에 수정하면서 내 것으로 만들면 된다. 위에 말한 다섯 가지의 방법이 누군가에게 도움이 되길 바란다. 내가 책을 읽으며 성장했듯, 누군가도 멋진 성장을 이룰 수 있었으면 한다.

질문해라, 생각하는 능력을 키우자!

민혜영

"Leaders are readers."

독서를 즐긴다고 모두 지도자가 되는 건 아니지만, 대부분 지도자는 독서광이 많다.

성공한 사람들 역시 독서를 많이 하고 있다. 독서를 즐기다 보니 성공의 요소가 많아진다고 생각한다. 책을 읽다 보면 성공의 요소가 무엇인지 느껴진다.

사이쇼 히로시의 『아침형 인간』을 읽었을 때 성공의 요소는 '시간'이었다. 자연은 인간에게 하루 24시간 이상 주지 않는다. 그것은 누구에게나 동등하다. 사람에게 공평하게 나누어지는 자원은 시간이 유일하다. 권력이나 돈으로도 타인의 시간을 뺏을 수 없다. 그래서 시간을 잘 경영하는 사람이 인생을 다스릴 수 있고 성공적인 삶을 이룰 수 있다.

'나만의 독서 꿀팁을 공개합니다.'라는 주제를 곰곰이 생각해 보았다. 어렸을 때부터 많은 시간을 독서하는 데 투자했을 것이다. 그런데 이렇다 할 꿀팁이 생각나지 않았다. 과연 나만의 독서 꿀팁은 무엇이 있을까? 책을 읽으면 생각이 많아진다. 정확히 말하면 생각을 많이 한다. 책을 끝까지 다 읽은 후 책을 덮고 그냥 끝내지 않는다. 작가와 비슷한 경험이 있었는지 떠올려 본다. 작가의 의도를 다 알 수는 없지만, 최대한 알아보려고 노력한다. 생각하는 능력이 나의 꿀팁이 아닐까? 내가 생각하는 독서에 대한 꿀팁을 몇 가지 공개해 본다.

첫째, 독서 모임을 했을 때 책을 꾸준히 읽게 되고 생각을 많이 하게 되었다.

십 년 전에 독서 치료 모임을 2년 정도 진행했다. 6~7명이 주 멤버이고, 주 1회 오전 두 시간 동안 진행했다. 상담 심리를 공부하고 학원을 운영하는 김 선생님이 모임을 주최했다. 책을 선정하는 것부터 매주 이끄는 역할을 했다. 처음 몇 개월은 김 선생님이 주도했고, 그 이후는 돌아가면서 리더의 역할을 했다. 독서 치료 모임에 참여하기 위해 금요일 두 시간은 무조건 빼놓았다. 끝나고 시간이 맞으면 커피를 마시며 모임에서 못다 한 이야기를 나누었다. 이 시간을 함께 즐기기 위해 나의 소중한 하루를 빼놓았다. 책 이야기를 꽃피우는 소중한 시간이었다.

단순히 책을 읽고 서로의 느낌을 이야기하는 모임이 아닌, 치료의 목적이 있었다. 처음에 특별한 치료를 위해서 모임에 들어간

건 아니었다. 독서 모임을 찾다가 우연히 함께하게 되었다. 김 선생님이 자살 시도를 두 번이나 했던 이야기는 질문을 통해서 나온 말이었다. 아버지에게 학대받은 다른 멤버들의 사연도 있었다. 치료란 과거의 시점으로 돌아가 웅어리져 있는 것을 끄집어내는 것부터 시작된다. 나중에 심리학을 공부하면서 많은 도움이 되었다.

책에 따라 주제도 바뀌었지만, 질문을 만들어 내는 것 또한 중요한 요소였다. 얇은 책은 전문을 모두 읽기도 하고, 두꺼운 책은 발췌해서 읽기도 했다. 책 선정은 그림책부터 지식인의 책까지 광범위했다. 책 한 권이 그날 끝나기도 하고, 몇 주가 걸리기도 했다. 성인을 위한 그림책을 주로 선정했다. 같은 책이라도 아이의 시점에서 읽을 때와 성인의 시점에서 읽을 때 의미가 다르게 느껴지기도 한다. 대표적으로 앤서니 브라운 작가의 『돼지책』이 그렇다. 제목은 『돼지책』이지만 피곳 가족의 일상을 담고 있다. 가족의 이야기를 돼지처럼 의인화해서 엄마의 심리를 잘 표현했다. 파헤칠수록 대단하고 질문거리가 수두룩하다. 이 책의 마지막 장을 덮고 두 시간 남짓 꼬리에 꼬리를 물며 이어진다. 이수지 작가의 『파도야 놀자』라는 책을 추천한 적이 있다. 글밥이 하나도 없는 책이다. 글이 아닌 그림을 통해서 우리는 울고 웃으며 서로에게 힘이 되고 있었다. 돌아가면서 리더 역할을 하다 보니 시간이 헛되지 않게 꼼꼼하게 준비했다. 발췌하고 같이 이야기할 질문을 만든다. 생각을 안 하면 할 수 없는 일이다. 생각하는 능력을 가장 많이 키워 준 소중한 시간이기도 하다. 책을 읽고 이때만큼 나의 모든 오감이 발동한 적이 없었다.

둘째, 책에서 마음에 드는 주제를 골라서 직접 글로 끄적여 보았을 때 생각하는 힘을 얻었다.

허은미 작가의 직강을 들은 적이 있다. 처음에 『우리 몸의 구멍』이란 책으로 허은미 작가를 알게 되었다. 『우리 몸의 구멍』, 『우리 엄마』는 아이들이 어렸을 때 백 번도 더 읽어 줬던 책이다. 아이들의 자지러진 웃음소리가 귓가에 맴돈다. 허은미 작가를 초청해서 강연을 들었다. 지금 기억해 보면 단순한 강연이 아니었다. C 카페에서 진행했는데, 사전에 써 놓은 글이 있으면 피드백해 주겠다는 글도 있었다. 그때 당시 나는 그림책을 내고 싶어서 써 놓은 한 편이 있었다. '글, 그림 민혜영'이라는 그림책을 내고 싶었던 야무진 꿈이 있었다. 강의가 끝난 후 한 사람씩 기다리며 차례를 기다렸다. 드디어 내 차례. 숨이 멎는 듯 떨리는 순간이었다. 내 기억으로 순식간에 읽은 듯하다. 그때 돌아온 답은 내 얼굴을 보며 글을 잘 썼다고 했다. 그런데 기쁨도 잠시, 그림책으로 내기에는 내용이 식상하다고 말했다. 다른 내용으로 다시 써 보면 좋겠다고 했다. 오랫동안 심혈을 기울여 쓴 글이라 반응이 실망스러웠다. "아, 이 정도 내용으로는 안 되는구나!" 이날 참 많이 슬펐던 기억이 난다. 어떤 것이든 결과가 있다면 항상 따라오는 것이 있다. 그것은 바로 과정이다. 비록 유명한 동화 작가의 긍정적인 대답은 듣지 못했지만, 이 글을 쓰기 위해 그림책 종류를 많이 읽었다. 그때 무엇보다 다양한 생각을 할 수 있었다.

　　　　　　　　　　　　　　　　　　　강사의 독서법

셋째, 도서관을 이용했을 때 책 고르는 즐거움이 있다.

정말 사고 싶었던 책이나 꼭 사야만 하는 책 외에는 처음부터 사지 않는다. 지역 도서관에서 리브로피아 앱을 이용하면 지역 도서관의 모든 책이 검색되기 때문에 읽고 싶은 책을 손쉽게 찾을 수 있다. 도서관에 직접 가서 책을 살펴보고 뽑아 보는 재미도 있다. 이렇게 대여하면 3주 동안 읽을 수 있다. 책 몇 권을 빌려 온다 해도 다 읽겠다는 생각은 버린다. 어떤 책은 그 자리에서 계속 읽기도 하고 어떤 책은 어려워서 포기하기도 한다. 읽지 못한 책에 대한 죄책감은 버린 지 오래다. 베스트셀러에 휘둘리지 않는 편이다. 많은 독서량보다는 조금씩이라도 매일 꾸준히 읽으려고 노력한다. 책을 읽다 보면 갖고 싶은 책들이 생긴다. 그때 구매를 해서 다시 중요한 부분에 밑줄을 치면서 읽는다. 내가 좋아하는 책은 기본으로 두 번을 읽게 되어서 더 좋다. 책을 읽을 때 꼭 한 권만 읽지 않는다. 두세 권을 같이 읽었을 때 더 스릴이 느껴진다. 또는 지루해지는 순간에 바꿔 읽어도 재미있다. 고정 관념을 버리면 책 읽는 흥미가 더해진다. 가장 좋아하는 꿀팁은 질문을 만들어 보는 것이다. 생각하는 능력을 키울 수 있는 장점이 생겨서 좋다.

> 가장 도움이 되는 책이란 많이 생각하게 하는 책이다. - 파커
> 좋은 책을 읽는다는 것은 과거의 가장 훌륭한 사람들과 대화하는 것이다. - 데카르트
> 사람은 그가 읽는 대로 만들어진다. - 마르틴 발저

독서에서 만난 글 중 가장 좋아하는 독서 명언들이다.

책은 단순히 글밥을 읽는 것이 아니라 그 작가의 인생을 읽는 것이다. 처음 책장을 펼쳤을 때와 마지막 장을 덮었을 때는 오감을 통해 조금 더 나은 내가 되기도 한다. 몇 시간 만에 나를 변화시킬 수 있는 것이 또 있을까? 오늘도 나를 성장시키는 독서를 하고 있다.

2-8.
목적과 환경에 맞는 독서 방법 찾기

박은주

책을 읽는 것은 즐겁고 유익한 활동이다. 그런데 종종 바쁘다, 시간이 없다, 책을 읽기보다는 잠을 자는 게 더 필요하다는 둥 이런저런 핑계를 댄다. 이런 이유로 독서와 거리를 두었는데, 최근에 책 읽기에 집중하고 있다. 새로운 분야를 교육하기 위해 정보를 얻는 것은 중요하다. 그래서 독서는 필수적인 활동이 되었다. 주변에는 책 읽기가 습관화된 훌륭한 강사들이 많다. 그분들과 함께 책 읽기 수업이나 글쓰기 수업을 듣는 과정에서 함께 성장하고 있다. 이런 활동에 참여하면서 효율적으로 책을 읽는 방법도 배우고 실천하고 있다.

몇 가지 실제로 도움이 되는 독서 방법을 소개하려고 한다.
첫째, 자투리 시간을 활용한 독서이다.
바쁜 일상에서도 자투리 시간을 활용해 책을 읽는다. 가방 안에는 항상 책이 한 권 있다. 시집이나 에세이, 어른들이 읽는 동화책 종류다. 업무를 보는 틈새 시간이나, 친구와의 약속을 기다리면서 책을 읽는다. 그러면 그 시간이 지루하게 느껴지지 않는다. 친구가 약속 시간에 조금 늦어도 조바심이 생기거나 화가 나지 않는다. 마음에 여유가 생긴다.

이전에는 읽고 있던 책을 다 읽기 전까지는 다른 책을 읽지 않았다. 또, 끝까지 읽을 자신이 없으면 아예 책을 펼치지 않았는데, 그것은 내 독서량을 줄이는 결과를 가져왔다. 이제는 자투리 시간을 활용하기 때문에 독서를 시작하기가 훨씬 쉬워졌다. 책이 친근하게 느껴지고, 책을 읽는 것이 생활이 되었다.

둘째, 새로운 분야는 다독한다.

다독은 말 그대로 다양한 책을 많이 읽는다는 의미다. 먼저, 주요 내용을 파악하고 관심 있는 책은 나중에 정독하게 된다. 특히, 강의를 준비할 때는 많은 양의 책을 참고하게 된다. 강사들이 추천하거나 인터넷에서 검색해 필요한 도서를 선택한다. 가까운 도서관에 가서 책을 대여하고, 목차를 중심으로 살펴본다. 비슷한 내용을 묶어 새로운 목차를 만들고 전체 내용을 파악한다. 그리고 여러 권의 책을 읽으며, 공통 내용을 정리해서 정보를 요약한다. 그중에서 중요한 내용을 많이 포함한 책은 구매한다. 책을 통해 강의에 필요한 내용을 선택하여 활용한다.

이때, 효과를 높이기 위해 중요한 문장을 연필로 줄을 긋는다. 다음 읽을 때는 직접 소리 내 읽으면서 중요한 내용을 빨간색 볼펜으로 네모 칸을 만든다. 그리고, 핵심 단어를 찾아 분홍색 형광펜으로 정리한다. 그러면 책 속의 내용을 나만의 문장으로 만들어 낼 수 있다. 그 문장들을 활용해서 실제 강의에 적용할 PPT 교안을 만든다. 이렇게 여러 과정을 거치면서 새로운 분야에 대한 지식을 쌓는다. 나만의 아이디어도 만들고, 강의 준비를 한다.

셋째, 정보 관련 분야는 정독한다.

책을 정독하는 것은 정보 관련 독서를 할 때 도움이 된다. 특히 관심 있는 분야나 공부해야 할 주제와 관련된 책을 선택하고 천천히 읽어 나가는 것이다. 한 권의 책에 집중하면서 내용을 이해한 후 페이지를 넘긴다. 책 읽는 속도가 느려도 괜찮다. 한 권의 책을 끝까지 읽고 나면 성취감을 느낄 수 있다. 독서를 통해 도전하고 성장하는 과정에서 큰 보람을 느낀다. 정독은 해당 분야에 대한 지식을 완전히 내 것으로 만들 수 있으며, 전문성을 키울 수 있다.

넷째, 오디오북을 활용한다.

바쁜 일상이나 이동 중에도 책을 즐길 방법으로 오디오북을 활용한다. 듣기만 해도 책을 경험하고 지식을 얻을 수 있다. 운동하거나 집안일을 하면서도 동시에 책을 즐길 수 있는 장점이 있다. 특히, 노안이나 눈이 불편할 때도 책 읽기가 가능하다.

아이들이 어릴 때 동화 구연을 하며 책을 읽어 주었다. 아이들은 "재미있어요, 또 읽어 주세요."라며 반짝이는 눈으로 사랑스럽게 바라보았다. 듣는 아이는 읽을수록 새로운 내용을 찾아내고 재미있어했지만, 나는 계속해서 읽어 주는 것이 힘들었다. 오디오북은 그런 점에서 정말 좋다. 내용이 복잡하지 않고 부담이 적은 쉬운 책을 선택하는 것이 좋다. 한결같은 목소리로 몇 시간이고 들려준다. 성우가 읽어 주는 책은 발음이 정확하고 듣기에 편안하다. 지루한 장거리 운전에 라디오를 듣거나 음악을 듣는 것은 즐거운 일이다. 그러나 오디오북을 활용해서 책을 읽는 것은 큰 성과를 가져다준다.

다섯째, 시간을 정해 두고 읽는다.

일정한 시간을 정해놓고 책을 읽는 것은 독서 습관을 형성하는 데 도움이 된다. 매일 조금씩이라도 독서 시간을 할애하면 꾸준한 독서 습관을 유지할 수 있다. 읽는 시간을 정하거나, 읽을 양을 구체적으로 계획하여 목표를 달성한다면 성취감을 느낄 수 있다. 독서 습관을 유지하는 데도 큰 힘이 될 것이다. 또한, 목표를 정했다면 그 시간만큼은 다른 일로 인해 방해받지 않으며 집중하는 것이 필요하다.

나에게는 새벽 5시가 그렇다. 아침에 일어나 미지근한 물 한 잔을 들고 거실로 간다. 상쾌한 공기를 마시며 몸을 깨운다. 서재로 돌아와 책과의 만남을 30분 동안 즐긴다. 지금, 내가 읽고 있는 책은 아침을 바꾸는 철학자의 질문 『데일리 필로소피』이다. 이 책은 한 페이지에 한 문장의 철학 내용이 담겨 있다. 부담스럽지 않으면서도 깊은 생각을 자극하는 내용이다. 그 철학적 질문 하나하나가 나의 하루를 건강하게 맞이하는 데 도움이 된다.

이상 다섯 가지 독서 꿀팁을 소개했다. 이 외에도 유익한 정보들이 무수히 많을 것이다. 그러나 중요한 것은 자신이 책을 읽는 목적과 환경에 맞는 독서 방법을 선택하는 것이다. 어떤 사람은 아침에 일어나서 조용한 공간에서 몰두하여 읽는 것을 좋아한다. 다른 사람은 저녁에 여유로운 시간을 내어 편안하게 읽는 것을 좋아할 수도 있다. 또한, 조용한 장소나 편안한 독서 공간을 찾는 것은 집중력을 높여 주고, 독서를 더욱 즐겁게 만들어 줄 수 있다.

가장 중요한 것은 꾸준히 책을 읽는 것이다. 책을 통해 우리는 성장하고, 새로운 경험을 하게 된다. 자신만의 독서 꿀팁을 발견하고, 개인적인 습관을 형성하여 책을 읽는 즐거움을 느낄 수 있었으면 좋겠다.

2-9.
책은 생활의 일부이다 몸이 머무는 곳
어디든지 책과 함께하는 습관을 들이자

석정숙

우리 집 거실 한쪽 벽면에는 천정까지 닿는 책장이 있다. 역사책, 전공 서적, 자기 계발서, 어학, 소설, 세계 문학 전집 등 작은 도서관 정도의 다양한 책들이 꽂혀 있다. 글을 읽다가 작가가 언급한 책을 사기도 하고, 방송에 나온 사람들이 추천한 책을 사기도 한다. 한때는 책장 가득 책이 있는 게 좋았다. 시간이 흐르면서 자리만 차지하는 책이 짐으로 여겨져 이사하면서 많이 버렸다. 새집에 온 지 10년 만에 또 책이 한가득 자리하고 있다. 살 때는 꼭 읽어야지 하는 마음으로 샀는데, 책을 읽는 습관이 몸에 배지 않아서 장식품이 되었다. 늘 제목만 바라보고 한두 장 읽다가 덮어 버리기 일쑤다. 책이 한 권도 없는 사람은 없다. 장르를 가릴 것 없이 책은 사람에게 다양한 지식과 정보를 제공하는 보물창고이다. 그런데도 독서를 하지 않는 이유는 무엇일까? 책이 없어서 못 읽는 것이 아니라 독서를 하지 않는다고 무슨 일이 생기는 건 아니기 때문이다. 때가 되면 밥을 먹고 추우면 옷을 입어야 하지만 책을 읽지 않는다고 큰일이 일어나진 않는다.

문화체육관광부가 조사한 2021년 국민 독서실태 조사에 따르면, 성인 독서량은 일 년에 4.5권 정도이다. OECD 국가 평균은 15권이다. 세계적으로 비교했을 때 우리나라 독서량이 하위 수준인데 우리나라 국민 독서량의 평균을 깎아내린 사람 중에 나도 있음을 고백한다. 머릿속에는 독서를 해야겠다는 생각이 가득한데 매일 실행은 못 하고 있다. 책을 읽으면 마음 부자가 된다. 어릴 적 감명 깊게 읽은 책 속 명언은 성인이 된 지금도 삶의 이정표가 되어 위기의 순간을 극복하는 힘의 원천이 되고 있다. 앙드레 지드의 좁은 문에 나오는 "구하라! 그러면 너희에게 주실 것이요. 찾으라! 그러면 찾을 것이요. 문을 두드리라! 그러면 열릴 것이다." 영혼에 울림을 주는 글귀를 발견했을 때의 기쁨은 온 세상을 다 가진 듯 행복하다.

책을 많이 읽지는 않지만, 나만의 독서 꿀팁을 전하고자 한다.

첫 번째, 빠르게 읽기보다는 정독을 추천한다.

내가 알고 있는 한 교수님은 독서광으로 1일 1독을 실행하고 독후 활동 블로그도 한다. 교수님과의 인연으로 미라클 독서법을 접한 적이 있는데, 한 문장을 통으로 읽는 속독이라 내용 이해 없이 눈으로 사진 찍듯이 훑어 내려갔다. 빠른 속도로 책을 읽는 훈련이 몸에 배지 않았다. 좀 느리더라도 정독을 하는 것이 책 읽는 재미가 느껴져서 꼭꼭 씹어 먹듯이 책을 읽는다. 책을 읽다가 이해가 되지 않는 문장이 나오면 여러 번 반복해서 읽고 이해가 되면 넘어간다. 처음 접하는 전문적인 분야의 단어를 발견했을 때는 단어가 입에 익숙하도록 소리 내 몇 번 읽어 보고 메모하기도 한다. 정독하면 내용 이해가 잘되고, 천천히 한 문장씩 읽다 보면 긴장도 해소되고 마음이 편안해진다.

두 번째, 모든 일이 그러하듯 독서에도 계획이 있어야 목표를 이룰 수 있다. 연간, 월간, 주간, 1일 단위로 독서 계획을 세워 실행한 적이 있었다. 연간 50권을 읽으려면 일주일에 한 권은 읽어야 한다. 일주일에 한 권 읽으려고 하루에 50쪽 읽기를 실행했다. 실행을 잘한 날은 스스로 대견하다는 생각이 든다. 한 권의 책을 읽기 위한 작은 목표를 하루하루 이뤄 가면서 성취감도 맛볼 수 있다. 잘하다가 어느 순간부터 지키지 못했다. 일이 바쁘다는 핑계로, 몸이 피곤하다는 이유로 책을 못 읽는 날이 많아졌다. 그래도 하루에 한 줄이라도 책을 읽겠다는 의지와 최소 15분이라도 읽겠다는 나와의 약속을 지키려 노력하고 있다. 책 한 권을 읽으려는 방법은 여러 가지가 있을 수 있다. 자신의 상황이나 여건에 맞게 독서 계획을 세워 읽으면 원하는 독서 목표를 이룰 수 있다.

세 번째, 글이 적고 두께가 얇은 책을 권한다. 책을 가까이하려면 재미가 있어야 하고 부담감이 없어야 한다. 글이 작고 많으면 눈도 피곤하고 두꺼운 책은 읽기도 전에 언제 다 읽지 하는 걱정이 앞선다. 두께가 얇고 글이 적어 술술 읽은 책이 있다. 마쓰다 미쓰히로의 『청소력』이 대표적이다. 책 읽기를 싫어하는 사람도 하루 만에 읽을 수 있는 책이다. 책이 얇아서 완독의 즐거움을 느낄 수 있다. 책만 들면 잠이 왔었는데, 독서의 재미를 맛보고 나니 또 다른 책을 읽고 싶어졌다. 『에너지 버스』, 『변화의 시작 하루 1%』, 『나를 바꾸는 하버드 성공 수업』은 글도 많지 않고 부담 없이 읽을 수 있어 좋았다.

네 번째, 독서 모임에 회원으로 활동하면 좋다. 독서 모임을 하면 일정하게 정해진 시간에 책을 읽을 수 있어서 독서 습관 만들기에 좋다. 책을 읽기 싫을 때도 독서를 열심히 하는 회원들의 모습을 보며 동기 부여 받을 수 있어 좋은 자극이 된다. 예전에 지인들과 독서 모임을 한 적이 있다. 한 달에 4번 모임인데, 세 번은 줌으로 만나고 한 번은 커피숍에서 만났다. 각자 읽은 책을 가지고 와서 읽은 소감을 발표하는 시간을 가졌었다. '본깨적'은 보고 깨닫고 삶에 적용한다는 의미이다. 책을 읽어 보면서 깨달은 점을 실제 생활에 어떻게 적용할 것인지 발표했다. 모임에 참석하기 위해서는 책을 읽어야 하므로 책을 읽는 습관을 들일 수 있었고, 본깨적 실천을 잘하는 회원들 모습을 보며 좋은 자극을 많이 받았다. 아프리카 속담에 '빨리 가려면 혼자 가고 멀리 가려면 함께 가라'는 말이 있다. 독서도 함께하는 모임이 있을 때 계속할 수 있고 독서 습관을 생활화할 수 있다.

마지막으로 책을 읽고 요약·정리할 것을 강조한다. 책을 읽다가 명언을 발견하면 감탄이 절로 나오는데, 필요한 순간에 써먹으려면 생각이 나질 않는다. 머리가 좋은 사람도 기억에는 한계가 있다. 시간이 지나면 기억도 흐려져 어떤 책에서 봤는지 모를 때가 많다. 독서 후에 요약 정리 노트를 만들어 놓으면 필요할 때 잘 활용할 수 있다. 요약·정리하는 방법은 책 제목, 지은이, 출판사를 첫 줄에 기록하고 다음 줄에 책을 읽은 년도와 날짜를 기록한다. 셋째 줄부터 책 페이지를 쓰고, 인상 깊었던 문장을 기록한다. 책 제목이나 인상 깊었던 문장은 빨간색 펜으로 밑줄을 긋는다든지 별표를 해서 눈에 잘 띄게 표시하면 더욱 좋다. 독서 노트 요약을 하면 책의 내용을 다시 한번 상기시킬 수 있고, 명언을 기억하고 활용하는 데도 도움이 된다.

마이크로소프트의 창업자 빌 게이츠는 "오늘의 나를 만든 것은 마을의 작은 도서관이다. 나에게 소중한 것은 하버드 대학의 졸업장보다 책을 읽는 습관이었다."라고 하였다

책은 생활 일부가 되어야 한다. 몸이 머무는 곳 어디를 가든 늘 책과 함께여야 한다. 하루 중 틈이 날 때마다 책을 읽는 습관을 들이면 좋다. 책 속 한 줄 명언을 외우고 일상생활에서 되뇌면 문제 해결력이 좋아진다. 독서를 하면 운명을 바꿀 수 있다. 매일 한 줄이라도 꾸준히 책을 읽는 습관을 들이면 인생에 멋진 변화가 찾아올 것이라 믿는다.

강사의 독서법

2-10.
멈추지 말고 무조건 읽어라

유연옥

유년기까지 전기도 들어오지 않는 산골 마을에서 나고 자랐다. 할머니가 틀어 놓은 라디오가 세상 전부였다. 라디오에서 나오는 목소리와 노랫소리가 신기하기만 했다. 초등학교 입학 전, 언니들의 교과서 외에는 책을 구경하지 못했다. 교과서를 받던 날 세상을 다 가진 듯 기뻤다. 내 책이 생겼다. 입학 전에 한글을 조금씩 배워 국어책을 읽을 수 있었다. 아버지가 장에 다녀오시면서 물건을 싸 온 신문지는 세상 소식을 접할 수 있는 귀한 선물이었다. 중학교에 입학하던 해에 드디어 전기가 들어왔다. 환한 불빛 아래 책을 읽는 건 신비로웠다. 밤을 새워 책을 읽었던 기억에 미소가 지어진다.

학창 시절, 손에는 늘 작은 책이 들려 있었다. 도서실에서 빌린 책에 밑줄을 그을 수 없어 일기장에 메모를 시작했다. 독후감을 낼 때마다 '미래의 작가'라고 쓰여 있었다. 특히 교정에서 읽었던 심훈의 『상록수』는 일본에 대한 적개심을 키우게 됐다. 농촌운동의 숭고함과 애국심으로 단단해졌다. 『상록수』 덕분에 '청소년기 좋은 것을 더욱 좋게 실천하며 배우자'는 4H(지, 덕, 노, 체) 실천이 농촌운동으로 이어져 제2의 삶을 시작하는 뿌리가 되었다.

요즈음 바쁘다는 이유로 책을 많이 읽지는 못했지만, 나만의 독서 꿀팁을 소개해 본다.

첫째, 정기적인 독서 모임에 참석한다. 몇몇 지인들과 새벽 5시 30분 독서 모임을 시작했다. 평소 편안하게 이야기하던 지인들이 이른 시간 줌 앞에 단정하게 앉아 있다. 그 모습에서 경건함이 느껴졌다. 일찍 일어나는 것이 숙제였는데, 빠지지 않고 참석하다 보니 이제 5시가 되면 습관처럼 눈이 떠진다.

『내 안에 거인을 깨워라』를 읽고 나누었다. 처음에는 잘 읽히지 않았다. 큰 소리로 읽어 봤다. 하루 이틀 습관처럼 낭독하다 보니 스피치에 도움이 되는 것 같았다. 발음이 정확해져 의사전달이 잘되고 있음이 느껴졌다. 즐기다 보니 집중하게 되고 얻는 것도 많았다. 혼자 하는 것보다 함께 할 때 더 큰 시너지를 얻게 된다. 책을 읽고 느낌을 나누면서 더 많은 것을 얻을 수 있었다. 지인들과 함께하는 독서 모임은 내게 더 많은 변화를 주었다. 책 속 한 줄을 강의에 활용하면 전문가가 된 것 같다. 강의 중에 부드럽게 이어지는 어휘력에 스스로 놀란다. 독서 모임으로 일찍 일어나는 습관도 생겼다. 소리 내어 읽으면서 발음도 정확해져 스피치도 향상되면서 사람의 기분까지 좋게 한다.

둘째, 루틴 방을 이용한다. 2023년 10월 매일 독서 루틴을 시작했다. 이제 50일차가 되었다. 방장은 원칙이 철저하다. 오전 6시 미라클 모닝, 오전 8시에 개인 루틴을 공유하지 않으면 카운트된다. 월요일부터 토요일까지 매일 책을 읽는다. 마음에 울림을 주는 글을 메모해 루틴 방에 올린다. 아무리 바빠도 하루 10분 1~2쪽이라도 읽고 메모하고 공유한다. 두 달이 가까워지니 습관이 된 것 같다. 혼자 하기 어려운 일이 있을 때 주변에 공개 선언 하면 실천을 할 수 있다. 자신과의 약속을 지키기 위함이다. 매일 독서 루틴도 공유하기 시작하니 약속을 지키게 된다. 많은 사람 앞에서 선언하면 유지가 수월해진다. 큰 소리로 약속했으니 지켜야겠다는 강박 관념도 생긴다. 특히 다이어트, 금연 등을 주변에 알리고 시작하면 성공률이 높아진다고 한다. 혼자보다 주변인의 도움으로 더 빨리 성공할 수 있다. 루틴 방에는 다양한 루틴이 올라온다. 성공하는 사람들의 공유는 다른 사람들에게 좋은 영향을 줄 수 있다. 방장 덕분에 포기하지 않고 진행하고 있다. 잘하고 있다는 칭찬을 들으면 기분도 좋아진다.

셋째, 독서 일정 계획 세우기. 독서 계획은 무리하지 않게 독서 시간을 일정에 포함한다. 일상에서 독서량을 확보하는 것이 중요하다. 먼저, 읽고 싶은 책을 정한다. 책의 분류에 따라 필요한 시간대를 정한다. 가볍게 읽을 책은 이동 중 자투리 시간에 읽는다. 전문 서적은 이른 아침에 읽고 요점을 정리한다. 습관처럼 가볍게 읽을 책을 가지고 다닌다. 독서 일지를 작성한다. 매일 읽은 책이나 페이지를 기록한다. 하루 1~2쪽을 읽을 때도 있다. 기록을 하니 가독성이 좋은 책은 30쪽 이상 읽기도 한다. 이동 중 전철, 기차에서 독서를 하면 주변 소음이 들리지 않는다. 대중교통을 이용하면 일주일에 한 권을 읽기도 한다. 일지 작성으로 자료 찾는 시간이 빨라졌다. 계획은 유연성을 갖고 유지했다. 그날 다 읽지 못하면 다음 날 조금 더 읽을 수 있도록 시간을 배분했다. 책을 읽으면 작가의 의도대로 스토리에 몰입한다. 평정심으로 일상의 스트레스를 잠시 잊을 수 있다.

강의 바로 전 읽은 한 줄로 스폿을 하기도 한다. "감정이 없다면 어둠을 빛으로, 무관심을 감동으로 바꿀 수 없다"라는 칼 융의 말처럼 감정은 사람의 마음을 변화시킨다. 책 속의 한 줄이 힘이 되기도 하고, 강사의 말 한마디에 감동하기도 한다. 노인복지관 노인 일자리 사업팀 어르신들께 인권 교육을 마치고 나오는데 어르신께서 제 손을 꼭 잡고 눈물을 훔치시면서 "아들을 못 본 지 13년이 되었는데 오늘 강사님 덕분에 살아야 할 이유를 찾았어요. 건강하게 살아서 나 혼자서도 할 수 있다고 보여 주고 싶어요."라고 하셔서 안아 드린 적이 있다. 인권 교육을 듣고, 어르신께서 감정이 움직이게 되어서 감사했다. 타인을 존중하고 배려하는 마음 또한 독서를 통해 배운 지식을 잘 활용해 전달함으로써 1%의 존중이 100% 감동으로 전해졌다고 생각하고 있다.

독서는 여가를 유익하게 보낼 수 있는 친구이자 동료이고 스승이다. '책 한 권을 읽고 마음에 닿는 단 한 줄을 내 것으로 만들면 성공한다'라는 말처럼 독서는 내게 꿈을 주는 소중한 도구다. 타성에 젖게 될 경우, 나의 적은 바로 내가 될 수 있다. 주저앉으면 일어나기 싫고, 눕고 싶어진다. 목표가 정해지면 멈추지 말고 전진해야 한다. 그 누구와도 비교하지 말아야 한다. 어제의 나보다 더 나은 나로 살고자 노력하는 강사가 되고 싶다.

2-11.
호기심으로 책 넝쿨을 좇다

이서윤

나는 책을 읽을 때 연결 독서를 한다. 책 속에서 다른 책에 대한 정보가 있으면 그 책을 검색하고 읽을 목록에 넣는다. 연결 독서의 장점은 공부가 되고 장기 기억에 저장된다는 점이다. 요점 정리를 해 놓으면 새 교안을 하나 만들 수 있다. 이제부터 연결 독서법을 소개하겠다.

다시 읽고 싶은 책이나 성취감을 가질 수 있는 책을 꼽으라면 단연 시오노 나나미 작가의 『로마인 이야기』 전집이다. 읽은 지 벌써 17년이 지났는데도 기억하는 이 책은 로마 건국 전인 BC 753부터 1,300년 동안의 로마에 관한 역사서다. 나는 이 중에서 카이사르라는 인물이 궁금했다.

1권엔 늑대 형제의 도시 국가 건국 이야기가 나온다. 흥미로운 건국 설화가 관심을 끌었다. 1편에서 15편까지 중간중간 작가의 생각이 들어갔기에 완전한 역사서라기보단 문학과 결합된 중간 형태였다. 때로 제국주의를 미화하는 부분엔 불만이 있었지만, 역사서를 이렇게 쓰는 것도 천재 작가라는 생각이 들었다.

전쟁이나 정치 이야기엔 흥미가 낮았고 구체적인 전술에 대한 부분은 쉽게 진도가 나가지 않았다. 당시 종교가 있던 내게 건국 신화와 종교에 대한 것은 아주 흥미로웠다. 신이 지배하는 세상에서 국가 통치에 대한 궁금증을 해소할 수 있었다. 카이사르에 대한 호기심으로 계속 책을 읽었다. 로마는 2천 년 전에 이미 돌로 도로를 놓고 도심 전체에 흐르는 수도 시설을 갖춘 도시국가다. 국경 너머로 세력을 뻗은 로마에 대한 이해와 신정과 통치, 문명에 대한 부분이 잘 읽혔다. 로마사에 대해 이해할수록 다음 책이 기대됐다. 후편이 도서관에 대차 중이면 지인에게 빌려 보거나 다른 도서관에서 빌렸다. 그러다 보니 10개월이 걸렸다.

이 책을 통해 얻은 건 생각의 확장이다. 그리고 변화가 생길 때 적용할 수 있는 명언이 생겼다. 율리우스 카이사르의 "왔노라, 보았노라, 이겼노라."라는 유명한 말은 중대 결정을 내리고 난 뒤 스스로 받아들이는 과정에서 이따금 인용했다. "주사위는 던져졌다!"라는 말은 어쩔 수 없이 결정할 때 쓰는 말이다. 결정을 내려야 하거나 이럴까 저럴까를 고민할 때 이 문장을 생각하면 결정하기에 좋았다.

책 속 주인공 상황을 나에게 대비하다 보면 현실에 적용할 수 있었다. 한편으로는 독자로서 혼잣말하며 불평했다. '왜 세계관이 이렇지? 제국주의를 옹호하나? 수많은 사람의 희생은 어떡하지?'라며 계속 질문을 했다.

그렇게 전 15권을 읽고 난 뒤 기존의 내 사고와 좁은 시선이 조금은 넓어지지 않았을까 싶다. 2천 년 전이나 현재나 다양성을 배격하고 자기 논리에 갇혀 제 주장만 한다면 결국 조직은 와해된다. 현상만 꼬집고 불만을 표출할 때는 현상이 생길 때까지의 과정에서 원인을 찾아야 한다. 원인을 통해 해결 방법을 찾을 수 있는 걸 이 책을 읽으며 깨닫게 됐다. 그런 점에서 10개월이라는 시간은 정말 귀한 시간이었다. 재독을 한다면 이전과 또 다른 시선으로 세상을 보는 눈이 생기지 않을까. 책을 통해 간접경험을 한다. 책 속 주인공 상황을 내게 대비하다 보면 현실에 적용할 수 있다.

나는 책을 읽다가 궁금한 부분을 체크하고 관련된 책을 찾는다. 찾다 보면 또 다른 책을 만난다. 호기심으로 시작한 독서가 마치 도시의 망처럼 이어졌다.

예를 들면 로마인 이야기 전집을 읽고, 그와 관련된 이집트에 관한 책『람세스』을 읽으며『로마인 이야기』에 나오는 율리우스와 클레오파트라를 연결 짓는 수순이었다. 로마가 다신교에서 일신교로 개종하는 과정과 이슬람교로 변화하는 과정은 이슬람교에 대한 호기심을 갖게 했다. 바로 이어『이슬람』문명 이해하기라는 책을 사봤다. 무슬림과 이슬람의 용어 차이에 대해 알게 됐다. 시대와 배경을 따라 지중해와 관련된 책을 들추었고,『마키아벨리의 군주론』을 읽었다. 군주가 해야 하는 것은 로마인 이야기의 왕정과 공화정 통치와 연관이 있었다. 한동안은『마키아벨리의 군주론』에 대한 생각의 확장으로 계속 고민하였다. 주변 사람들과 이에 대한 주제로 짧은 얘기들을 나눴다. 그 대화가 시작이 되어 작년에『마키아벨리의 토론수업』이라는 책으로 기업가들과 토론 수업을 했다.『마키아벨리의 로마사논고』가 시대적 맥락에서 현대 기업가들에게 읽히는 것을 연결한 덕분이다. 오랜 사상이나 책이라도 현재의 기업이나 개인의 삶에까지 적용할 수 있는 것은 대다수가 공감한다. 책에 담긴 지혜로 향후 기업이나 리더의 방향성을 잡을 수 있다.

다양한 장르를 가리지 않고 독서하려고 했지만, 이런저런 사정으로 어려웠고 그건 아쉬운 부분이다.

지난 2년 동안 한국은 ESG 경영이 화두다. 이미 세계적인 기업들은 ESG 경영을 한다. 시행 전인 소규모 기업들은 향후 높은 탄소세 납부로 고민일 것이다. 당장은 부담이 될지라도 자손들이 깨끗한 공기로 호흡할 지구를 생각한다면 ESG로 전환해야 한다.

도넬라 메도즈의『ESG와 세상을 읽는 시스템 법칙』을 읽었다. 이 책은 1993년에 나온 책으로, 그때부터 지구 환경과 복잡한 사회와 인권 침해에 대한 염려, 지배 구조와 지속 가능성에 대해 독자에게 구체적으로 제안했다. 시스템적 사고를 통해 기업의 복잡하고 다양한 문제를 해결하도록 그림과 그래프로 구체적인 방법을 제시한 책이다. 탄소 중립 강의를 하기에 환경과 사회 현상에 관심이 많다. 이 책을 읽으면서 다른 ESG 관련 책을 찾아 연달아 읽었다. 습관처럼 글 속에서 언급되는 키워드나 책이 궁금했던 탓이었다.

SK그룹의 ESG 추진 라이브 리포트로『리얼 ESG』를 펼쳤다. 그 책에 나온 한국 탄소배출권에 대한 궁금증을 바탕으로 읽은 신지영 작가의『지금 당장 ESG』는 전 직원이 함께 볼 실무 교과서이다. 환경이나 경영 전략이 나오는 부분은 전문 분야이기에 이해하기가 어려웠지만, 그림과 그래프를 대조하며 찬찬히 읽으면 역시 궁금증은 해소되어 새로운 정보로 저장됐다. 그다음 신지현 작가의 현장에서 통하는 ESG 인사이트로『한 권으로 끝내는 ESG』를 읽었다. 그것으로 부족했던지 문성후 작가의 ESG의 정확한 개념 이해와 경영 내재화를 도울 가이던스『부를 부르는 ESG』로 이어졌다.

앞서 언급한 ESG 저자들은 기업의 실무자로, 각 분야 전문가이다. 저자들의 공통적인 주장은 지속 가능성이다. 지속 가능성이란, 이미 ESG 경영 중인 기업의 지속 가능뿐 아니라 소규모 기업에 맞는 적용 여부와 한계점과 개선점에 관해 주장한다.

왕성한 추진력을 바탕으로 운영하는 기업이 많다. 하지만 환경오염과 인권 침해로 조직원들의 불평불만을 해소하지 않고 일방적 운영을 한다면 과연 지속이 가능할까? 지배 구조가 투명하지 않으며 직원 복지나 편의에 관심이 없다면 잘나가는 기업이 맞을까? 기업 내 의사결정기구가 일방적이면 투명한 지배 구조인가를 질문해야 한다. 이 세 가지가 다 ESG 구조에 합당해야 지속 가능한 기업이 된다.

강사의 독서법

간략히 적었지만, 내가 본 다섯 권의 책과 여러 편의 소논문에서는 ESG가 무엇인지 잘 알려 주었다. 시간과 비용을 들였더니 책은 내게 엄청난 정보를 줬다. 공부한 것으로 독서 경영 교안을 하나 만들었고, 기존 사회적 기업의 운영안 연결로 강의가 가능했다. 사회적 경제 기업 임직원을 대상으로 한 강의였고, 처음 시도한 강의였기에 내심 떨렸다. 끝나고 나니 얼마나 뿌듯한지 스스로 칭찬했다.

마무리하자면 독서는 보물을 캐내는 작업이다. 단 한 권으로 시작하더라도 어느 정도 읽으면 반짝이는 원석이 보인다. 원석은 공부라는 가공 과정을 거친다. 가공이 얼마나 말끔한가에 따라 콘텐츠가 될 수도 있고, 기억에 남을 양서가 되기도 하며, 명언이 되기도 한다.

이게 내가 강사로서 책을 읽는 방법이며, 독서를 권유하는 이유다. 호기심으로 책 넝쿨을 타고 다른 책으로 넘어가자. 이 넝쿨은 희한하게도 넝쿨을 타고 넘어갈수록 갈증이 심하다. 그 갈증을 받아들이고 독서를 이어 나가면 더욱 발전한 자기 자신을 만나게 될 것이다.

2-12.
편견을 버리고 책을 읽는다

이현주

나는 책을 좋아하지 않는다. 나는 논술 선생님이다. 병영 독서 코칭 강사이다. 누가 듣는다면 참 이상한 말이다. 책을 읽는다는 것은 그다지 흥미롭지 않다. 무엇을 의미하는지 나를 들여다본다. 책은 다양한 영역이 있다. 시, 소설의 문학이 있고, 사회·과학 영역, 자기 계발서, 에세이, 철학, 예술, 역사서가 있다. 내가 좋아하는 분야는 지식을 전달하는 장르다. 스토리보다는 그 시대 트렌드에 맞는 사회적 경향을 중요시한다. 이러한 생각이 전부가 아니라는 사실을 알게 된다. 틀렸다는 것은 아니다. 나만의 틀에 나를 가두어서 책을 읽지 말라는 말이다.

인간이 행하기에 가장 어려운 일은 자신을 알고 자신을 변화시키는 것이다. 책 읽는 방법도 책 읽는 습관도 그렇다.

나만의 독서 방법은 간단하다. 어떤 연령이든 책을 읽는다는 행동은 중요하다. 그러면 책을 읽는 방법도 같다. 그림을 그리면서 책을 읽어 본다. 잠시 쉬어 가 보자. 바로 이것이다. 책을 읽는 친구들을 보면 뭐가 그리 바쁜지 첫 장은 읽지 않는다. 목차도 보지 않고 바로 내용으로 들어간다. 이 부분을 강조한다. 잠시 쉬면서 일러스트레이터가 왜 빨간색으로 사람 얼굴 그림을 그렸을까? 생각해 본다. 잠시 나를 보더니 의미심장한 웃음을 짓는다. 다음에는 한 장을 넘기고 작가가 누군지 읽는다. 작가를 통해 삶의 과정을 들여다본다. 독자들에게 전달하는 메시지가 있다. 그것을 찾는 재미도 있다. 다음은 목차이다. 목차만 보더라도 전체적인 흐름이 보이기 때문이다.

일곱 살, 나는 궁금한 것도 많고 쓰기와 말하기를 좋아했다. 독후감 대회가 있어 책 한 권 읽고 독후감을 써 오라는 숙제가 있었다. 독후감이 무엇인지도 모른다. 아빠는 안데르센 명작 동화부터 컬러 대백과까지 모두 전집으로 사 주셨다. 독후감 숙제를 해야 했다. 아빠한테 말하기와 글쓰기에 대해 코칭을 받았다. 아빠가 읽으라고 권하는 책은 『욕심 많은 개』였다. 개가 고깃덩어리를 물고 강을 건너고 있다. 개는 물에 비친 제 모습을 보고 있다. 책 앞 페이지의 그림은 지금도 생생하게 기억이 난다. 개의 표정은 세상 모든 것을 잃은 후회하는 표정을 짓고 있다. 두 귀는 축 처져 있었다. 앞 페이지 그림이 전체 내용의 70%를 말하고 있다. 그림으로 먼저 책을 읽고 난 후, 글을 읽게 되면 나에게 오는 감정이나 스토리가 더 기억에 남는다는 아빠의 말이 아직도 생생하게 남아 있다. 책을 보면 호기심이 생긴다. 왜 책 앞 페이지는 그림으로 그려져 있지? 요즘도 다양한 영역의 책을 보면 앞 페이지가 그림과 색으로 되어 있다. 일러스트레이터들이 책 내용을 간략하게 요약·정리하여 강하게 나타낸다. 책의 내용을 재해석하여 창조적인 삽화를 그려 내는 분들이다. 정말 대단하다는 생각이 든다.

나는 한 권의 책을 정독하지 않고 여러 책을 선정하여 읽는다. 책을 읽는 데 매뉴얼은 없다. 각자 취향에 맞게 읽으면 된다. 한 권을 정독하라는 것은 책 읽기의 편견이다. 음식점에 와서 코스요리를 먹는 게 아니다. 한 챕터씩 골라 읽으면 흥미를 잃지 않는다. 수능을 위해서 읽는 것이 아니라, 한 친구의 인생에 도움이 될 만한 독서 방법을 알려 준다. 한 권을 읽든 여러 권을 읽든 무엇이 중요한가? 흥미를 잃지 않는 것이 중요하다. 흥미가 있어야 습관화할 수 있고, 즐거운 방향을 오래 유지할 수 있다. 독서는 자신만이 즐기는 최대의 시간이 된다. 셀프 힐링이 되는 나를 발견하게 된다. 정서적인 면에서도 자존감이 향상된다. 지금도 나는 아이들에게 책 읽는 습관을 형성하고 싶다는 부모들과 상담을 할 때면 항상 이야기하는 내용이 있다. 어렵지 않게 전달해야 한다. 틀에 박히지 않는 자유로운 책 읽기이다.

말과 글만 된다면 먹고사는 데는 어렵지 않다는 말들이 생각이 난다. 부모는 지식을 요구하는 학원에서 학습하기를 원한다. 그럼에도 불구하고 늘 불안해한다. 책을 읽고 자신이 느끼는 감정을 제대로 표현할 줄 아는 아이를 원한다. 톨스토이의 문학 『사람은 무엇으로 사는가?』, 오스카 와일드의 『도리언 그레이의 초상』
은 내가 20대, 30대에 읽었을 때와 지금 읽었을 때와 보이는 관점
은 다르다. 두 권을 동시에 한 챕터씩 읽는다. 한 권의 책만 읽는
것이 아니라 두 권의 책에서 전달되는 메시지는 연결된다. 책이
우리에게 전달해 주는 힘은 이렇다. 다양한 경험으로 인해 관점
이 달라 보인다.

　책 내용을 내 것으로 만드는 독서 비법에서 가장 중요하다. 방
법은 아주 간단하다. 공감이 되거나 좋은 문장, 기억해야 할 문장
에 밑줄을 긋는다. 새로운 아이디어, 알고 있는 지식과 연결되는
것 등을 메모한다. 밑줄 친 부분과 메모한 것을 중심으로 요약한
다. 이것이 바로 도식화이다. 고등학교 3학년 친구가 급하게 나
를 찾아왔다. 공부는 상위권이다. 나를 왜 찾아왔는지 물었다. 이
야기를 들어 보니 "최저 등급을 맞추어야 하는데 언어가 성적이
안 나와서 속상해요. 방법이 없을까요?" 더운 여름이 더 더워지는
느낌이 든다. 얼굴에는 땀이 흐르고, 옷은 반쯤 젖어 있고, 숨을
가쁘게 쉬는 친구의 모습에서 절실함이 보인다. 친구들이 원하는
대학을 지원하기 위해서는 최저 등급을 맞추는 일이 중요하다.
짧은 시간에 성적을 올려야 하는 압박감에 상담을 받으러 온 친
구이다. 그 친구에게 전달한 내용은 간단했다. 언어는 책 읽기의
기본이 되어 있으면 문제를 해결하는 데 쉽지 않을까? 편견을 버
리면 된다. 친구도 의아한 표정이다. 동그란 눈을 커다랗게 뜨면
서 껌벅이고 있다. 귀여운 모습에 웃음이 나온다. 마음의 유연성

이 생기기 시작했다는 뜻이다. 비문학 지문을 읽을 때는 자신만의 읽기 방법으로 먼저 문단을 나눈다. 각 문단의 핵심 단어를 진하게 표시하고 핵심 문장이라고 생각하는 문장에 밑줄을 친다. 이러한 방법이 도식화이다. 내가 알아볼 수 있게 한다. 내용 이해가 문제에 꼭 나오는 데 훨씬 쉽게 찾을 수 있다. 문학도 같은 방법으로 해 보았다. 범위 사례형 문제는 보기 안에 작가에 대해 나열해 두었거나 작품에 대해 간단한 설명이 되어 있어 더 접근하기 쉽다. 수험생이어서 읽는 독서가 아니라, 오늘 나누었던 독서 방법으로 자신의 삶을 들여다보기를 바란다.

편견을 버리고 독서를 한다. 독서를 통해 무엇인가를 창조하고 있다는 만족감과 삶을 잘 살아가고 있다는 자기 효능감도 함께 커진다. 자신을 돌아보고 삶의 의미를 찾는 내면화로 배운다. 즉, 나의 모습을 들여다볼 수 있다. 배움과 성장의 시간이 축적된다면 더 나은 삶을 살 수 있다. 행복한 삶이란 독서를 통해 몰입한다. 삶의 의미를 발견할 수 있을 때 진정한 즐거움을 느낄 수 있다.

감성 터치로,
흥미로운 독서 습관을 길들이자

정순옥

한 달에 세 권 이상의 책을 읽는 지인이 있다. 대단하다는 생각이 들었다. 자신에게 매달 한 권씩 책 선물을 한다면서 흡족한 표정을 지었다. 쉽게 이해되지 않았다. 일을 목적으로 책을 읽는 것도 아니다. 평소 박식함을 드러내지도 않았다. 나도 책을 좋아하지만, 한 달에 한 권을 읽어 내는 것도 버거웠다. 다독하는 비결이 궁금했다. 일부러 자리를 만들어 진지하게 물었다. 기대와 달리 너무 간결한 문장으로 대답했다.

"그냥 읽어. 한 번 읽다 보면 재미있어. 어쩌다 읽다 보니 습관이 된 것 같아."

비장한 비법이라도 공개할 줄 알았는데, 뻔한 대답에 힘이 빠졌다. 말해 주기 싫어서 그런가 하고 실쭉한 마음이 들었다. 그런데 가만히 생각해 보니 그게 정답이다. 꾸준히 읽는 지속성이 습관을 만들어 낸 것이다.

강의안을 만들 때 여기저기 자료 쇼핑을 한다. 여러 사이트도 들어가 보고, 주제에 맞는 책을 찾아 필요한 문장을 인용해 메시지를 만든다. 그 덕에 손을 거쳐 간 책이 꽤 많다. 강좌에서 추천해 준 책을 산 적도 많다. 그중 끝까지 정독한 책은 다섯 손가락 안에 꼽힐 정도다. 처음엔 종이까지 씹어 먹을 각오로 책을 산다. 시간이 지날수록 바쁘다는 핑계로 구석에 내팽개친 책을 볼 때면 씁쓸한 생각이 든다.

지인처럼 독서가 취미는 아니지만, 흥미롭게 책 읽는 나만의 독서 법을 나누고 싶다.

첫 번째, 책을 사면 머리말을 빼놓지 않고 읽는다.

머리말 안에는 작가가 전달하고자 하는 전체적인 메시지를 담고 있다. 머리말을 통해 대략적인 책 내용을 파악할 수 있다. 그 다음 단락별로 나누어진 부제목을 읽는다. 첫 페이지부터 읽어 내려가는 것이 정석이지만, 강의안을 준비하거나 핵심 주제를 찾을 때는 부제목을 먼저 탐색하는 것도 좋은 방법이다.

부모교육 강의를 시작하고 얼마 되지 않아 강의 의뢰를 받았다. 미취학 아동을 둔 부모들을 대상으로 한 자녀와의 대화법에 대한 강의였다. 짧은 기간에 교안을 준비하는 것이 막막했다. 변화에 맞는 전문적인 메시지 전달이 필요했다. 이론적인 정리는 쉽게 할 수 있었다. 하지만 성장한 자녀를 둔 나에게 그 또래 엄마들의 현실적인 고민을 읽어 내는 것은 쉬운 일이 아니었다.

요즘 TV 프로그램에서 자녀 양육에 대한 다양한 콘텐츠를 다루고 있다. 주관적인 생각과 경험만으로 공감을 끌어내는 것은 다소 무리가 있었다. 그때 오은영 박사의 『어떻게 말해줘야 할까』라는 책을 읽게 되었다. 머리말과 부제목을 통해 얻고자 하는 내용이 담겨 있는지 확인했다.

발달 단계에 따른 엄마들의 고민과 적절한 소통법이 예시를 통해 잘 묘사되어 있었다. 덕분에 고민하는 엄마들에게 딱 맞는 소통 방법의 핵심을 찾아낼 수 있었다. 물론 강의할 때 똑같이 인용하지는 않는다.

내가 찾고자 하는 메시지를 책 속에서 얻으려 한다면 조금 더 몰입해 책을 읽어 나갈 수 있다. 정해진 순서대로 읽기보다 중요한 꼭지에서 답을 찾고, 다른 부분을 연결 지어 읽어 내려가면 자연스럽게 한 권의 책을 정독할 수 있다.

두 번째, 내가 좋아하는 장르의 책을 읽어 책에 대한 흥미를 갖는 것이다.

영화도 작품의 특성에 따라 로맨스와 액션 등 여러 장르로 구분 짓는다. 좋아하지 않는 영화를 보는 것처럼 지루하고 곤욕스러운 일도 없다. 자신의 감성과 맞는 장르의 영화를 볼 때 흥미롭게 집중한 경험이 있을 것이다.

책도 마찬가지다. 가장 중요한 것은 쉽고 재미있게 책 읽는 방법을 찾아내는 것이다. 선호하는 장르의 책을 읽어 흥미를 유발하는 것도 다독하는 좋은 방법이다.

김춘수 님의 『꽃』이라는 시를 좋아한다. 여고 시절, 시집을 끼고 지낸 적이 있다. 한 구절 한 구절이 절절히 마음에 와닿던 그 감성을 잊을 수 없다. 학창 시절 철학 선생님을 좋아했다. 다른 친구들은 점수 까먹는 개똥철학이라며 시험을 망쳤지만, 나는 매번 만점에 가까운 점수를 받았다. 우스갯소리로 그 선생님이 영어나 수학 과목을 맡았다면 아마 서울대에 갔을지도 모를 일이다.

우리는 모두 무엇이 되고 싶다.

너는 나에게 나는 너에게

잊히지 않는 하나의 눈짓 되고 싶다.

아직도 서정적인 시를 보면 여고 시절 설레던 감성이 스멀스멀 올라온다. 가끔 책을 읽고 싶을 때 서점에 가서 단편 시를 읽고 온다. 간략한 문장의 글을 읽고 나면 책에 대한 흥미가 생긴다. 어떤 일이든 즐겁게 하는 것이 지속성을 만드는 가장 좋은 습관의 시작인 것 같다.

세 번째, 독서 모임에 참여해 낭독해 보는 것이다.

간혹 지루한 책을 읽어야 할 때도 있다. 전공 관련 서적이나 강의를 위해 필독해야 하는 책의 경우다. 그런 책은 몇 페이지를 넘기지 못하고 던져 놓기 일쑤다. 다소 읽기 지루한 책은 독서 모임을 통해 여러 사람과 책 나눔을 하는 것도 좋다. 스피치 강좌로 만난 사람들이 있다. 각양각색의 직업을 가진 사람들이 역량 강화 목적으로 독서 동아리 모임을 시작했다. 몇 년 동안 지속적인 모임을 이어 오면서 지자체에서 주는 동아리 보조금을 받기도 했다. 한 달에 한 권씩 책 읽기를 목표 삼아 학습에 들어갔다. 각자 선정한 책을 읽고 내용을 나누기로 했다. 그러나 생각만큼 잘 실행되지 않았다. "일이 너무 많아서 책 읽을 시간이 없었어요."라는 핑계를 대는 사람이 대다수였다. 우리는 책 읽기 나눔을 시작하기로 했다. 한 권의 책을 선정해 단락을 나누어 읽고, 본인이 느낀 점을 3분씩 발표를 했다. 그러다 보니 자연스럽게 말하기 연습과 독서가 연결되어 많은 시너지를 냈다. 버거웠던 분량을 나누어 읽으니 한 달에 두세 권의 책도 거뜬히 읽어 낼 수 있었다. 생각을 나누니 같은 단락에서도 다양한 메시지를 얻을 수 있었다.

책 읽는 방법은 정해진 것이 없다. 어떤 방법이든 좋다. 나에게 맞는 방법으로 책과 친해지면 그것이 다독의 시작이다. 좋은 책, 나쁜 책은 따로 없다. 어느 책 속에 마음을 꿰뚫는 울림의 문장이 숨어 있는지 알 수 없다. "시작이 반이다."라는 말이 있다. 지인의 말처럼 다독의 방법은 흥미를 갖고 꾸준히 책을 읽는 것이다. 그러다 보면 어느새 가랑비에 옷 젖듯 책 읽는 습관이 선물처럼 찾아올 것이다.

만약 첫 시작이 어렵다면 되도록 나의 감성과 잘 연결되는 장르나, 간결하고 쉬운 문장의 책으로 흥미를 돋우는 것을 추천한다. 지속성이 습관을 만든다는 것만 명심하자. 어느새 당신도 다독의 독자가 되어 있을 것이다.

2-14.
완독과 정독의 압박에서 벗어나자

정영혜

전자책보다 종이책을 좋아한다. 인터넷으로 주문한 책이 도착하면 작가를 직접 만나는 것처럼 설렌다. 새 책을 넘길 때의 종이 냄새는 어떤 향수와도 비교할 수 없는 독특한 향이 나서 좋다. 마지막 책장을 덮었을 때의 성취감처럼, 새 책에는 기대감이 주는 묘한 매력이 있다. 서재 방 책상을 중심으로 왼쪽과 오른쪽 책꽂이에는 최근에 읽은 책, 좋아하는 책, 아직 읽지 못한 새로 산 책들이 꽂혀 있다. 예쁜 옷이 걸려 있는 옷장처럼 형형색색의 표지를 자랑하며 꽂혀 있는 책들이 사랑스럽다.

책상에 앉아 손만 뻗으면 좋아하는 작가를 만날 수 있다. 만나는 시간을 내 마음대로 정해도 된다. 밤을 꼬박 새워 이야기를 나누어도 된다. 책 속 작가님들은 나와의 데이트를 기다리고 있다. 내 방의 주인은 '나'이고, 내가 부르면 작가님들이 내 앞에 와서 앉는다. 즐거운 시간이다. 나와 마주한 책 속의 작가들은 모두 나에게 깨달음을 준다. 작가들은 나의 스승이다. 책값이 전혀 아깝지 않다. 작가와의 데이트 비용이 너무 저렴한 셈이다. 나만의 독서법을 소개해 본다.

첫 번째, 완독과 정독의 압박에서 벗어나기.

2019년 4월 서울 송파구 문정동에서 독서 경영 기본 과정 강의를 들었다. 토요일 8시간 동안 진행된 강의는 독서 방법을 잘 몰랐던 나에게는 신선한 충격이었다. 책 읽는 방법, 중요한 페이지 귀접기, 본깨적 노트 작성법 등등 기초부터 하나하나 배웠다. 초등학교부터 대학교까지 왜 이런 독서법을 아무도 가르쳐 주지 않았을까? 수서역에서 집으로 가는 SRT를 기다리면서 스스로 찾아 공부하러 온 나 자신이 대견하기도 하고, 이제야 알게 된 독서 방법에 한편으로는 먹먹한 우울감이 밀려오기도 했다.

여태껏 독서란 첫 페이지부터 끝 페이지까지 완독해야 책 한 권을 다 읽은 것으로 생각했다. 아니었다. 목차를 보고, 읽고 싶은 한 장만 읽어도 되고, 내 마음에 새겨지는 문장 하나만 기억해도 그 책을 읽은 것이라고 했다. 끝까지 다 읽지 못하고 꽂아 둔 책들이 많아서 자책하는 나에게 큰 위로가 되었다. 그리고 독서에 대한 자신감이 생겼다. 뜻을 새겨 가며 자세히 읽는 정독이나, 완독의 사고에서 벗어나니 책 읽는 부담감이 줄었다.

새 책을 만나면 먼저 책 표지의 제목과 소제목을 꼼꼼히 읽으면서 어떤 내용인지를 상상한다. 그다음 책의 앞날개, 뒷날개에 요약된 글을 읽어 본다. 책에서 말하고자 하는 중요한 내용이 잘 정리되어 있다. 들어가는 글을 읽고 난 후, 목차를 보고, 흥미가 가는 부분이나 필요한 부분을 먼저 읽는다. 그렇게 읽으면 쉽게 질리지 않고 빠르게 많은 내용을 읽을 수 있다. 다른 꼭지도 읽어보고 싶은 마음이 생긴다. 강의 준비를 할 때는 한 권의 책에서 필요한 부분만 발췌하고 또 다른 책에서도 필요한 부분을 발췌하여 마치 백과사전처럼 찾아서 읽는 것이 도움이 된다. 완독과 정독이 아닌 필요 독서가 더 많은 도움이 되고 술술 잘 읽힌다. 꼭 강의 준비가 아니어도 자기 계발서, 수필, 시도 마찬가지다.

두 번째, 매일 30페이지 읽기.

어떤 책이든 상관없이 매일 30페이지 읽는 것이 나의 목표다. 일주일에 몇 권, 한 달에 몇 권 읽기보다 나의 상황에 맞도록 읽기 위하여 일일 계획으로 바꾸었다. 30페이지는 15장 정도 분량이다. 목표를 세워 두었기에 특별한 날을 제외하고는 보통 30페이지 정도 읽게 된다. 책이 술술 잘 읽혀서 30페이지를 넘는 날에는 약속을 잘 지킨 나 자신이 대견하고 뿌듯해서 자신을 스스로 칭찬한다. 하루 30페이지 읽기를 정하고 난 후에는 실천하는 날이 많아졌다. 해냈다는 성취감이 높아졌고, 정해진 분량보다 더 많은 페이지를 읽는 날이 많아졌다. 책 읽기 습관에 많은 도움이 되었다.

세 번째, 강의 구분 메모.

책을 읽을 때는 빨간 볼펜을 오른손에 잡고 오른손 가운뎃손가락으로 글자를 쭉 길게 짚으면서 읽는다. 눈으로만 읽을 때보다 집중력이 높고, 읽기 속도도 빠르다. 중지를 따라 책을 읽다가 기억해야 할 문장이 있으면 빨간색 볼펜으로 밑줄을 긋는다. 빨간 줄을 친 문장 중에서도 중요하다고 생각하는 문장은 노란 색연필로 줄을 한 번 더 긋는다. 강의안에 쓰고 싶은 내용이 있으면 줄 친 옆에다가 별 표시를 한다. 가장 중요한 문장은 빨간 줄, 노란 색연필, 여백에 별까지 그린다. 중요도에 따라 별이 하나, 둘, 셋으로 구분이 된다. 별이 많으면 가장 중요한 문장이라는 표시이다.

노란 색연필이 그어진 문장 옆에는 부모 교육, 교사 교육, 리더십 교육, 자활센터, 팀 빌딩 교육 등등 어떤 교육에 사용하면 좋은 문장인지를 메모한다. 그리고 책 위 공간에 그 문장을 한 번 더 요약해서 적어 둔다. 꼭 다시 읽어야 하는 중요한 페이지는 책 하단 부분을 삼각형으로 접어놓는다. 책을 다 읽은 후에 다시 그 책을 펼쳤을 때, 노란색으로 줄 친 부분과 여백의 메모, 삼각으로 접힌 페이지만 읽어 보아도 중요한 내용을 빨리 파악할 수 있고 필요한 문장을 쉽게 찾을 수 있다. 내가 읽은 책은 책인지 노트인지 구분이 되지 않을 정도로 많은 메모가 되어 있다. 깨끗하게 책을 읽는 사람이 보면 뭐라고 말할지 모르지만, 나의 오랜 습관이다. 지저분해 보이는 메모가 오히려 나를 기분 좋게 한다.

네 번째, 본깨적.

책의 내용을 억지로 외우지 않고도 몸으로 익히는 방법이 본 깨적이다. 보고, 깨닫고, 적용한다는 뜻이다. 책을 읽다가 깨달음이 있는 문장을 만나면, 책의 빈 여백에 내 생각을 적고 적용할 점도 적는다. 네모를 그리고 그 안에 영어로 i라고 쓴다. 나만의 표시이다. 책을 다 읽은 후에는 페이지 숫자와 중요한 문장을 다시 정리해서 노트에 쓴다. 그렇게 메모를 읽으며 생각을 정리하고, 나의 어투로, 다시 문장을 만든다.

본 깨 적에서 처음 적용을 한 책이 있다. 마쓰다 미쓰히로의 『청소력』이다. 저자는 우리의 마음 상태와 우리의 방은 서로 영향을 주고받아서 자장을 만들어 낸다고 강조했다. 사업이 번창하고 싶거나, 행복한 가정을 위해서, 꿈의 실현을 위해서, 소원하는 일의 성취 등 각종 고민거리가 있을 때 깨끗이 청소하면 인생 자체가 바뀐다고 하였다. 교사들에게 이 책을 선물하고 독서 모임을 했다. 한 달 동안 조금씩 한 부분이라도 괜찮으니 버리고 청소하고 정리·정돈해서 인증 사진을 올리기로 했다. 가장 실천을 많이 한 원감 선생님에게 백화점 상품권을 선물했다. 『청소력』을 읽고 적용할 점을 찾다 보니 아이들과 선생님이 함께 지내는 공간이 반짝반짝 빛이 났다. 보고 깨닫고 적용한다는 것은 독서가 주는 최고의 선물이다. 그 선물을 받을 것인지 받지 않을 것인지는 각자의 선택이다.

다섯 번째, 읽은 날짜 쓰기.

책을 읽고 나면 어디까지 읽었는지 책갈피를 끼우기도 하지만 읽은 문장 밑에 'ㄴ' 자를 반대 방향으로 그려서 체크하고 '년, 월,

일'을 쓴다. 교육 자료를 찾거나, 재독을 하려고 책을 펼치면 그 책을 언제 읽었는지 알 수가 있다. 얼마 전에 읽은 것 같은데, 1년이 지난 때가 많다. 함께 앉아서 읽거나 책 나눔을 했을 때는 책상 모양 대신 네모를 그리고, 어디에 누가 앉아 있었는지도 메모한다. 책에 기록되어 있는 날짜와 사람들은 나의 인생 소중한 역사의 한 부분이기 때문이다.

우리는 매일 세 끼를 기준으로 밥을 먹는다. 하루 한 끼 먹는 사람, 간헐적 단식을 하는 사람, 국을 먼저 먹는 사람, 밥을 먼저 먹는 사람, 반찬을 먼저 먹는 사람. 이렇게 밥 먹는 방법이 다양하고 정답이 없듯이 독서 방법도 마찬가지다. 나만의 방법을 찾아서 작가와 데이트를 하고 자신이 하는 일에, 또는 각자의 인생에 많은 도움이 된다면 그것이 최고의 독서법일 것이다. 독서법에는 정답이 없다. 나는 아직도 나에게 맞는 독서법을 찾고 만들어 가는 중이다.

2-15.
내가 구입한 책은 내가 주인이다

정종관

　2023년도는 독서 관련해서 매우 뜻깊은 해이다. 문화체육관광부, 대한민국 국방부, 한국출판문화산업진흥원, 한국도서관협회가 공동으로 기획한 병영독서활성화 지원 사업 독서 코칭 강사에 선발되었기 때문이다. 총 6회기에 걸쳐서 부대에서 정한 도서를 읽고 정리해서 장병들과 나눔을 하는 활동이다. 1회기에 한 권씩 진행하는 프로그램이었다. 한국도서관협회에서는 3개 부대를 할당해 주었다. 일정을 고려했을 때 도저히 감당할 수가 없어서 1개 부대만 담당하기로 했다.

　초등학교 고학년 운동선수를 대상으로 독서 코칭을 했던 경험도 있다. 초등학교 시절에 운동선수로 활동했기 때문에 더욱 애정이 갔다. 축구와 육상 두 가지 종목에서 선수 생활을 했다. 꽤나 잘했었다. 그때는 몰랐다. 지금의 초등학교 운동선수와 당시 운동선수와는 차원이 다른 사실을. 운동선수임을 감안해서 초등학교 저학년용 도서가 전달되었다. 설사 그림책이라고 해도 과언이 아닐 만큼 글씨 크기도 크고, 글자 수도 적었다. 주로 그림 위주로 된 책 들이었다. 그런데도 아이들이 책을 읽지 않고 왔다. 심지어 운동 후에 씻지도 못하고 저녁도 먹지 못했다는 학생도 많았다. 그래서인지 책을 펴는 순간 조는 아이들도 있었다. 아버지 같은 마음에서인지 왠지 안타까웠다. 초등학교 운동선수 시절을 가만히 회상해 보았다.

　군 장병들도 별반 다를 게 없었다. 독서 코칭에 참여하는 장병들의 손에 들려 있는 책들이 너무 깨끗하다. 다 읽었느냐는 질문에 서로의 눈만 쳐다보며 어색한 미소를 보낼 뿐이다. 잠깐의 시간이지만 제법 길게 느껴지는 순간이다. 군 생활을 오래 했던 경험으로 볼 때 충분히 이해는 간다. 교육 훈련, 주간 및 야간 경계 근무, 부대 환경 정리, 장비 정비, 생활관 청소, 개인 정비, 세탁 등 장병들의 일과가 녹록지 않음을 잘 안다. 그래도 성인인데 이렇게까지 책을 읽지 않을 수가 있을까. 강사에 대한 예의도 없나. 화가 치밀어 올랐지만 내색할 수는 없는 것 아닌가. 거의 강사 혼자 북 치고, 장구 치고를 다 해야 했다. 3회기가 지나도록 여전히 마찬가지였다. 방법을 바꿨다. 읽기 숙제를 냈다. 개인별로 읽는 범위를 정해 주고 최소한 그 부분이라도 읽고 오는 것이었다. 내가 참여하고 있는 모닝 독서 모임에서 진행하고 있는 방법을 적용한 것이다. 역시 효과는 좋았다. 최소한 자기가 읽은 부분에 관해서는 내용 정리도 하고 소감까지 발표하는 단계에 이르렀다.

그룹 독서 코칭에 대해서 자신감을 가질 수 있는 계기가 되었다. 다시 군 장병 독서 코칭 강사로 선발된다면 올해보다 더 자신 있게 진행할 수 있을 것 같다.

책 속에 길이 있다는 말은 귀가 따갑도록 들었다. 내가 경험하지 못한 지혜와 지식, 정보가 많이 담겨 있기 때문이다. 책을 대하는 방식, 책을 읽는 방법에 따라 내 마음의 밭에 뿌릴 수 있는 좋은 씨앗이 풍부해질 수 있다. 나의 현재 상황과 경험을 더하면 사람들에게 공감을 얻을 수 있다. 책을 잘 읽어야 하는 이유가 바로 여기에 있다. 그래서 나만의 독서 방법에 대한 꿀팁을 살짝 공개해 보려고 한다.

첫째, 책은 지저분하게 읽어야 한다. 군대와 초등학교 독서 코칭에서 공통으로 느꼈던 부분이다. 읽었다는 책들이 너무 깨끗하다. 최소한 자신이 읽었던 부분에는 손때도 묻어야 하고 밑줄도 그어져야 했다. 발표하려면 메모라도 해야 했다. 그런데 아니다. 접힌 자국도 없다. 진짜로 책을 읽었냐는 질문에 화들짝 놀란다. 강사가 자신들을 믿어 주지 않는다는 눈치다. 사실 믿을 수가 없었다. 하다못해 낙서라도 되어 있어야 하는 것 아닌가. 책을 읽고 발표까지 해야 하는데 책이 이렇게 깨끗하냐는 질문에 다 읽은 후 중고 서점에 팔기 위해서 깨끗하게 봤다는 것이다. 어이가 없었다. 독서 코칭을 준비하기 위해서 읽고, 다양한 색상의 볼펜과 형광펜으로 밑줄 긋고, 메모하고, 질문할 내용을 기록해야 했다.

강의안에 포함할 내용, 슬라이드 노트에 기록해서 공부해야 할 내용 등 메모할 게 너무 많았다. 그런데 장병들에게 나눠 준 책들은 너무나도 깨끗하다. 강사로서 독서 코칭을 위해 준비한 책을 보여 줬다. 책이 면면마다 너무 지저분하다. 한쪽 모서리가 구부러져 있고, 어떤 면은 약간 찢어져 있기도 하다. 색상 펜으로 메모도 가득하다. 장병들이 깜짝 놀란다. 책을 읽으려면 이 정도는 해야 내 것이 된다는 사실을 강조해 줬다. 4회기부터는 달라졌다. 장병들의 책이 제법 지저분해졌다. 발표 내용도, 수준도 많이 향상되었다. 독서 코칭 강사로서 보람 있는 순간이었다. '병영독서생활화지원사업'을 통해서 장병들의 인생에 선한 영향력을 선물했다는 자부심이 생겼기 때문이다.

둘째, 독서를 위한 계획을 수립해야 한다. 며칠 전에 책꽂이 정리를 했다. 책이 선반마다 가득했다. 언제 어디서 구입했는지, 누구에게 선물을 받았는지도 모르는 책들이 즐비하다. 책들이 거의 깨끗하다는 사실에 깜짝 놀랐다. 심지어 어떤 책은 선물로 받았던 것 같은데 리본도 풀지 않은 책도 있었다. 책을 정리하고 보니 책꽂이가 텅 비었다. 독서 계획을 세우지 않으면 책을 고르는 일부터 어렵다. 책을 구입했더라도 처음 몇 장 읽고 덮어 버리는 경우가 많았다. 새해가 시작되면 읽어야 할 책 목록을 정해야 한다. 개인의 독서 습관에 따라 주간, 월간 계획을 세워야 한다. 중간의 일정은 다소 변경되더라도 처음과 끝은 계획대로 진행해야 한다. 그래야만 다음 독서도 차질 없이 진행할 수 있다. 거실에 쌓여 있는 책을 보면서 저 책을 다 읽었더라면 지금의 내 삶이 어떻게 변했을까를 생각해 보았다. 어떤 정치인은 감옥에서도 수천 권의 책을 읽었다고 한다. 대통령이 되었다. 어떤 재일 교포 사업가도 3년간 병상에 있으면서 3천 권의 책을 읽었다고 한다. 일본 재계에서 알 만한 재벌 그룹의 회장이 되었다. 어렵고 힘든 상황에서도 계획을 세워 독서를 꾸준히 했기 때문이다. 독서는 한 사람의 인생을 바꿀 수 있는 강력한 힘을 가졌다. 시간이 나서가 아닌, 시간을 내서 독서하는 습관을 길러야 한다.

셋째, 책을 즐겁게 읽어야 한다. 읽는 것이 즐거워야 한다. 큰아들이 어렸을 때 독서광이었다. 책을 읽을 때마다 칭찬을 해 주었다. 표정만 봐도 신이 났다. 같은 책을 닳고 닳도록 읽었다. 그래서인지 내용도 머리에 다 들어 있다. 그 책이 어디에 꽂혀 있는지도 다 안다. 어떤 내용을 질문하면 잠깐의 머뭇거림도 없이 책꽂이로 달려갔다. 순식간에 질문한 내용이 들어 있는 책을 가져왔다. 초등학교 등굣길에 교통사고를 당했다. 대퇴부 골절상을 입고 병원에 입원했다. 어느 날 퇴근을 하고 병원으로 갔다. 입원실에 할머니 한 분이 새로 들어오셨다. 교통사고를 당하셔서 무릎을 다치셨단다. 인사를 하고 아내와 교대했다. 명권이가 할머니 무릎을 만지면서 뼈와 관련된 이야기를 시작했다. 30여 분 정도를 뼈에 관해서만 이야기했다. 할머니가 깜짝 놀라신다. 옆에서 듣고 있는 나도 생소한 내용이다. "뼈 박사네. 앞으로 의사가 되어야겠네." 신이 났는지 계속 뼈 이야기를 꺼낸다. 저녁 식사가 배달되지 않았으면 더 긴 시간을 뼈에 대해 말했을 것이다. 독서가 즐거웠기 때문에 가능한 일이다.

미국의 과학 소설가 레이 브래드버리(Ray Bradbury)는 '책을 불태우는 것보다 더 질이 나쁜 행동이 있다. 그것은 바로 그 책을 읽지 않은 것이다.'라고 했다. 독서를 하라는 의미이다. 아니 독서를 해야 한다는 의미이다. 사람마다 독서의 취향은 다르다. 그렇지만 독서는 선택이 아닌 필수다. 독서를 하는 것에 더하여 제대로 된 독서 습관에 익숙해져야 한다. 이렇게 한다면 대한민국에서 잘나가는 명강사의 이름이 바뀌는 기적이 일어날 것이다. 분명하다.

3장

책을 읽어야
하는 이유

3-1.
독서는 마음의 근력이자
인생의 방향 지시등이다

권미숙

초등학교 시절, 친구 집에서 책을 보는 것이 전부였다. 경임이
는 오랜 시간 알고 지낸 친구다. 벽을 가득 메운 책장에는 경임이
언니와 오빠를 위한 책들이 많았다. 언제나 경임이가 부러웠다.
내 기억으로는 그렇게 책이 많은 집은 없었기 때문이다. 학교에
서 볼 수 없었던 책이 그곳에는 있었다. 유일하게 놀러 다녔던
곳, 너무 좋아서 경임이네서 잠을 자기도 했다. 경임이 언니가 들
려주던 이야기와 책 때문이었다. 경임이 언니는 나에겐 현자이자
우상이었다. 이런 경임이 집에서 책을 보는 일은 소꿉놀이보다
더 즐거웠다. 수십 년이 지난 지금도 경임이와 만날 때면 옛일을
이야기하곤 한다.

지난여름에는 경임이가 책을 한 박스 선물로 주었다. 세어 보니
20여 권이 족히 넘었다. 서평을 하는 남편에게서 가져온 책이다.
경임이는 너무 많아서 아마 모를 거라고 웃으면서 말했다. 경임

이는 지금도 나를 책을 좋아하는 아이로 기억하는 것이 분명하다. 사실 나는 책을 읽는 것에 게으름을 피운다. 눈이 불편하다거나 너무 바쁘다는 핑계를 댄다. 이런 내가 깨달은 일이 있었다.

처음으로 성인 대상 강의를 하게 되었다. 근로복지공단에서 주관하는 산재 근로자를 위한 희망 찾기 강의였다. 산업 현장에서 갑자기 일어나는 사고로 인해 심리적, 경제적인 어려움을 겪고 있는 산업 전사에게 지원하는 프로그램이었다. 그분들에게 심리적 안정감을 지원하고 직장 복귀와 향후 계획하는 내용으로 구성되었다. 산업 재해를 경험한 대상자분들은 서로 한마음으로 교육에 참여했다. 그런 날에는 무거운 분위기에서 벗어나 즐겁게 강의할 수 있었다.

첫 강의를 하기 전에 교육 기관에서 요구한 것은 김주환 님의 『회복탄력성』을 읽어 보라는 것이었다. 이 책을 중심으로 자료가 만들어졌다는 것이다. 대상자분들에게 다가가기 위해서 꼭 필요하다고 했다. 교육 자료를 받아 본 상황에서는 어떻게 진행해야 할지 막막함이 밀려왔다. 책을 읽기 전에는 말이다. 왜냐하면, 간결한 PPT는 살을 붙여야 할 부분이 너무 많았기 때문이다. 어떤 식으로 이어가야 하지? 어떤 연결점을 찾아야 하나? PPT를 한 장한 장 넘길 때마다 연결점을 찾기 위해 고심하였다. 이렇게 자료를 분석하며 『회복탄력성』을 읽기 시작했다.

회복탄력성은 시련을 행운으로 바꾸는 마음, 근력의 힘이라고 책 표지에 쓰인 말을 음미하며 책을 읽어 내려갔다. 책을 덮으면서 읽으라고 한 이유를 깨달았다. 역경에 대처하는 사람들에게서 많이 나타난다는 것도 알았다. 주요 요소들이 자기 조절 능력과 대인 관계 능력임을 책에서는 이야기하고 있었다. 마지막으로 중요한 것은 회복탄력성을 높이기 위해 해야 할 일들이 적혀 있었다. 처음에는 교육 기관의 처사를 이해할 수 없었다. 강의를 시키려면 자료에 대한 교육이 있어야지! 청강 몇 번 다니고는 끝이네. 모르는 부분은 물어보라고? 초보 강사인 나는 어처구니가 없었다. 그만큼 교육에 목말라 있었다. 그리고 작은 불평을 늘어놓았다.

책을 다 읽은 후에는 생각이 달라졌다. 산업 재해로 고생하는 사람들과 함께하면서 이야깃거리가 풍부해졌다. 1년이 지나면서 회복탄력성을 높이기 위한 활동도 늘어났다. 인원이 4회기는 6명, 8회기는 최대 10명으로 구성되어 집단 상담처럼 이어지는 과정이었다. 1회기 때는 붉으락푸르락한 분들이 많다. 산업 재해로 인정받는 과정이 너무 어렵고 보상이 충분하지 않았다고 생각하기 때문이다. 과정이 끝날 무렵에는 참여자분들은 몇 년 사귄 친구처럼 표정이 변했다. 유용하고 주변에 알리고 싶다는 피드백이 많았다. 그리고 특별한 경험이라고 말했다. 『회복탄력성』이라는 책을 통해 만들어진 교육 자료가 그들에게 힘을 주었다는 사실이 놀라웠다. 책이 강의 소재로 쓰이다니!

강사로서 책을 읽어야 하는 첫 번째 이유다.

한 번은 산업 재해 대상자분을 상담할 기회가 주어졌다. 총 8회기 상담이었다. 신체화 증상을 호소하는 상담이었는데 잠을 잘 수가 없다는 것이다. 극심한 트라우마를 겪고 있었다. 산업현장에서 기계에 눌려 뼈가 으스러지는 소리, 그 당시 장면이 너무 생생하단다. 현장에 대한 공포가 커서 일상생활이 어려웠다. 인도를 걸어도 차가 덮칠 것 같은 불안감이 있다고 했다. 내담자는 32세로 이미 병원에서 정신과 치료를 받는 중이었다. 내담자는 상담을 통하여 작은 변화가 있었으면 했다. 일련의 활동들은 개인이 신청하지 않으면 이루어질 수 없었다. 1회기에는 눈도 맞추지 않던 내담자를 8회기까지 상담을 진행하였고, 추가로 2회기를 신청하여 총 10회기의 상담을 이끌어 갔다.

트리우마 상담은 처음이었다. 상담심리학과에 재학 중이어서 교수님께 자문했다. 특히, 도움이 될 만한 책을 샀다. 정도운, 정성수 님이 번역한 『외상 후 스트레스 장애 심신 워크북』이라는 책을 집중적으로 보았다. 학지사에서 펴낸 『외상후 스트레스 장애 워크북』, 김환 님이 지은 『외상후 스트레스 장애』도 참고했다. 상담 회기 전에 충분히 읽어 보고 적용해 볼 것을 찾아보고, 주의할 점도 알아보았다. 그중에서 상담 사례와 유사한 책을 중점으로 검사지, 자료 등을 편집해서 활용했다. 상담을 진행하랴, 자료를 찾아보랴 바빴지만, 웃음으로 화답해 주는 내담자가 있어서 보람을 느꼈다. 내담자는 꾸준한 약물 치료와 적극적인 생활 태도로 지금쯤은 많이 호전되었다. 아마도 책에서 트라우마 상담에 대한 정보를 발견하지 못했다면 상담을 풍성하게 이끌어 가지 못했을 것이다. 이처럼 책은 좋은 선생님으로 가까이에 있다. 책을 읽어

강사의 독서법

야 하는 두 번째 이유다.

마지막으로 심리상담 공부를 하면서 경험한 일부를 소개해 본다. 심리상담 공부를 하기 위해 대학원에 진학하였다. 많은 과목 중에 심리상담을 선택한 것은 삶은 평생 공부를 해야 한다는 생각 때문이었다. 어차피 평생 공부할 것이라면 심리상담으로 해 보자는 생각으로 진학했는데, 공부하는 과정이 만만치 않았다. 과제가 어찌나 많은지. 전문 서적을 읽고 수업에 참여하는 것이 버겁기도 했다. 한 번 읽고는 이해가 되지 않았다. 2학기 초에 선택한 인지행동치료 과목은 기억에 많이 남는다. 권정혜 님의 『인지행동치료 원리와 기법』을 한 학기 동안 잘근잘근 씹어 먹었다고 표현해야 할까? 수업 전에 읽어 보고 질문을 찾고 이야기를 나누는 시간은 너무나 좋았다. 또한 적용까지 해서 실천했다. 대학원 수업 중 최고의 수업으로 학우들은 꼽았다. 또한, 데니스 그린버거, 크리스틴 페데스키의 『기분 다스리기』를 여름방학 과제로 선택했다. 요약하는 일은 쉽지 않았다. 몇 번이나 반복해서 읽어야 했다. 하지만, 그 과정에서 내 문제를 이해하고 부정적인 사고를 균형 잡힌 사고로 전환하는 과정들을 스스로 적용했다. 책을 통해 마음이 성장했고 마음 근육이 단단해졌다. 학우와의 많은 대화를 하면서 좋은 영향을 주고받았다. 그때가 대학원 시절 중 가장 즐거웠다. 책을 읽어야 하는 세 번째 이유다.

미국 작가인 제시 리 베넷이 있다. 베넷은 교육의 중요성과 책 읽기의 가치를 강조하며 사람들에게 영감을 주었다. 그가 한 유명한 말이다. '책은 인생의 험준한 바다를 항해하는 데 도움이 되게끔 남들이 마련해 준 나침판이요, 망원경이요, 육분의요, 도표이다.'

　책은 강의안을 만드는 과정에 방향성이 모호하게 느껴질 때 도움이 되었다. 경험하지 못한 것들을 좋은 선생님이 되어 알려 주었다. 실제로 책을 읽어 보고 깨닫고 적용하여 스스로 변화하는 성장을 체험했다. 지금 우리가 책을 읽어야 하는 이유다. 매일 조금씩이라도 책을 읽으려고 하고 있다. 더 멋지게 성장하는 나를 그려 본다.

1%의 목마름을 해결하기 위한 방법

권은예

할 엘로드의 『The Miracle Morning』은 아침 시간을 활용하여 성공적인 습관을 형성하는 방법을 안내하고 있다. 일어나자마자 몸과 마음을 활성화하고, 목표를 위한 시간 확보 방법에 관해 이야기하고 있다. 바쁜 일상 속에서 책을 멀리하며 지냈다. 엘로드의 『The Miracle Morning』을 읽으면서 바빠서 책 읽을 시간이 없다는 것은 핑계라는 사실을 깨달았다.

어렸을 때, 책을 베고 자면 책 내용이 머릿속으로 다 들어온다고 믿었었다. 거실에 전집들이 진열되어 있어야 독서를 많이 할 수 있을 거라고 생각도 했다. 힘들이지 않고 편하게 책 속 지식이 들어 오기만을 기다린 거였다.

언제부터인가 '바쁘다, 시간 없다'라는 핑계로 전공 서적 외에는 다른 책들은 읽지 않았다. 베스트셀러에 어떤 책이 선정되었는지

관심조차 가지지 않았다. 그래서인지 말문이 자꾸 막혔다. 분명 머릿속에 단어가 맴도는데 떠오르지 않아 답답할 때가 한두 번이 아니었다. 갈증이 나던 차였다.

그때 만난 것이 모닝 독서 모임이다. 〈국민강사교육협회〉의 모닝 블로그 모임과 양대 산맥을 이루는 새벽 모임이다. 새벽 5시 반부터 6시 반까지 독서를 하며 의견을 나눈다. 늦게 자는 상황이 많다 보니 새벽에 일어나는 것이 힘들었다. 같은 책을 읽는데 각자 보는 관점이 다르다. 다양한 얘기를 들을 수 있고, 생각지 못했던 것을 배울 수 있는 소중한 시간이다. 온전히 책에만 집중할 수 있다. 소리를 내서 읽다 보니 스피치 향상에도 도움이 되었다. 빠르게 문맥을 파악하는 것도 효과가 있었다.

강의 분야가 넓어지면서 알아야 할 것들도 많아졌다. 시간이 지날수록 뭔가 답답함이 생겼다. 자연스럽게 관련된 책을 찾아서 읽게 되었다. 책을 읽다 보니 갈증이 많이 해소되었다. 말을 할 때도 막힘없이 잘 나왔다. 강의할 때나 사람들과의 만남에서 책에서 보았던 문장들을 인용할 수 있었다.

강사가 책을 많이 읽었을 때 생기는 이점을 몇 가지 사례로 들어 보려고 한다.

첫 번째, 최신 정보를 제대로 전달할 수 있다.

며칠 전 S평생교육원에서 K 교수의 강의를 들었다. PPT를 띄워 놓고 설명을 하는데, 너무 오래된 내용으로 구성되어 있었다. 그 분야의 제도가 바뀐 지 꽤 되었는데도 말이다. 부정확한 정보

전달로 교육생들에게 최신의 내용을 제공하는 데 어려움을 줄 수 있다. 특히 강사는 책을 통해 자료를 매번 업데이트해야 한다. 이런 과정을 통해 깊이 있는 지식을 습득하고 확장할 수 있다. 강의 내용을 다양하게 구성하고 교육생들에게 더 많은 정보를 제공할 수 있는 데 도움이 된다. 여러 저자들의 시각과 의견을 접하며 주제에 대한 다양한 시각을 제공할 수 있다.

H 교수님은 새벽 3시가 기상 시간이라고 하셨다. 그 시간에 일어나 책을 읽으신다. 집필한 저서만 40여 권이 넘는다. 교수 방법이 다른 교수들과 다르다. 강의를 듣다 보면 교수님의 머릿속에 있는 지식이 술술 나오는 것을 알 수 있다. 삼십 년을 넘게 새벽 기상으로 책을 읽은 결과이다. 강의를 들을 때마다 대단하다는 생각이 든다.

두 번째, 전문적인 지식을 확장할 수 있다.

평생교육원에서 실시하는 장애 인식 개선 관련 교육이 진행되었다. M 교수가 장애인의 정의에 대해 설명을 하는데, '오랫동안'이라는 단어가 빠져 있었다. 강의가 끝나고 화장실에서 마주쳤는데 M 교수가 강의 어땠냐고 물어보셨다. 내가 한국장애인고용공단과 한국장애인개발원 전문 강사인 것을 알고 물어보신 것 같다. 장애인복지법 제2조에 의하면 "장애인이란 신체적이나 정신적으로 장애로 오랫동안 일상생활이나 사회생활에 어려움이 있는 사람을 말합니다."라고 말했다.

우리나라는 아직 일시적인 장애는 장애인으로 인정하지 않는다. 아주 잠깐 외국 사례까지 들어 이야기를 나눴다. 다음 강의 때는 꼭 수정해서 사용하라고 조언을 해 드렸다. 강사가 책을 읽지 않았을 때 전문적인 지식과 깊은 이해가 부족하여 신뢰도를 떨어뜨릴 수 있다. 위와 같은 사례처럼 다양한 문제들이 발생할 수 있으므로 교육생들의 학습 경험과 교육 품질에 영향을 미칠 수 있다. 강사는 계속해서 독서를 통해 전문성을 올리고 최신 정보를 습득하는 것이 중요하다.

강의할 때 사례를 들어 스토리텔링을 한다. 가장 최근에 일어난 사건들을 주제로 사례를 든다. 책을 들고 갈 수 없는 상황이 있을 수 있다. 그럴 때는 책을 대신하여 뉴스 검색을 한다. 관련 뉴스가 나오면 PPT에 미처 준비하지 못했던 사건을 말로 전달하는 편이다. 최근 기사를 알려 주면 교육생들이 흥미 있어 한다. 책이나 뉴스를 통해 최신 연구, 동향 및 개발에 대한 정보를 얻을 수 있다. 강의할 때 교육생들에게 최신 정보를 제공하고 업계 동향을 반영하는 데 도움이 된다.

세 번째, 살아가는 데 동기 부여가 된다.

하는 일마다 안 될 때가 있었다. 운이 없다는 표현이 맞을 것 같다. 지인의 끈질긴 권유에 코인에 투자했었다. 십 원짜리 하나 못 건졌다. 집도 마찬가지다. 재건축될 거라는 부동산 사장의 말에 빌라 투자를 했었다. 3년 8개월이면 끝난다던 재건축은 무산되었고, 그 집은 18년째 마이너스다. 살 때보다 더 떨어져서 팔지도 못한다. 그냥 없는 셈치고 생활하고 있다. 다단계 사업에도 뛰어

들었다. 파이프라인을 구축해 돈 벌 수 있다고 했다. 그 일 역시 사기로 끝났다. 모든 것이 고스란히 빚으로 남았다.

부정적인 감정에 사로잡혀 우울한 생활을 했다. 그때 우연히 읽게 된 책이 있다. 바로 론다 번의 『Secret』이다. 책을 읽으며 생각의 전환점이 되었다. 책 내용 중에 특히 기억에 남는 부분이 있다. 끌어당김의 법칙이다. 생각을 바꿔서 주파수를 바꾸라는 것이다. 끌어당김의 법칙은 비슷한 것끼리 끌어당긴다는 뜻으로, 어떤 생각을 하면 그와 비슷한 생각들이 떠오르게 된다는 것을 의미한다. 불행한 일이 일어났을 때도 감사하며 긍정적으로 바라보는 것이 어려움을 극복해 나가는 데 도움이 된다. 이 책은 긍정적인 생각과 간절한 믿음이 만났을 때 강력한 힘을 발휘한다고 말해 주고 있다. 『Secret』을 읽으며 성공한 인물들의 사고방식과 행동에 대해 배울 수 있는 계기가 되었다. "바라는 대로, 원하는 대로 이루어질 것이다." 오늘도 외쳐 본다.

미국의 사상가인 랄프 왈도 에머슨(Ralph Waldo Emerson)은 "책은 우리가 다른 사람들의 경험과 지혜를 공유받을 수 있는 창이다."라고 말하고 있다. 책을 읽는 중요성과 그에 따른 이점을 강조하고 있다.

책은 우리에게 지식과 영감, 성장의 기회를 제공해 준다. 책을 통해 새로운 세계를 탐험하고 자신을 발전시키는 데 활용했으면 좋겠다. 앞으로 더 책을 가까이하며 많은 친구와 조언자를 만들어 가려고 한다.

3-3.
자녀가 잘하는 걸 알게 되었고,
나에게도 자신감이 생겼고,
내 안의 트라우마 극복 중

김경우

첫째를 가졌을 때, 결혼할 때 받은 패물을 꺼냈다. 태교에 좋다는 책을 사기 위해서다. 아끼던 내 반지와 남편의 다이아몬드 반지를 팔았다. 80권이나 되는 책과 CD가 들어 있는 전집을 샀다. 집안일 하는 틈틈이 CD를 틀어 놓고 태교했다. 임신 후기에는 자꾸만 잠이 쏟아지는 날이 많았다. 책을 읽다가 잠들기 일쑤였다. 다른 방법으로 성우가 읽어 주는 CD를 이용했다. 졸음이 쏟아질 때면 배를 쓰다듬으며 "엄마는 잘 테니 너는 음악을 들어라." 하고 잠을 잤다. 이후로도 반지를 계속 팔았다. 백일 때는 백일 반지를 팔고, 돌 때는 돌 반지를 팔았다. 물론 책을 사기 위해서였다. 아이가 책을 읽어 달라고 들고 오면, 졸려도 열심히 읽어 주었다. 전래동화책 중에 『엄마의 소원』이라는 책이 있다. 엄마 개구리가 시키는 것은 모두 반대로만 하는 아들 청개구리가 있었다. 엄마는 유언을 남겼다. 늘 반대로만 하는 아들이 걱정스러웠다. 엄마 개구리는 아들 청개구리에게 냇가에 묻어 달라며 눈을 감았다. 아들 청개구리는 엄마의 유언을 들어주어야 한다며 냇가에 묻었다. 비가 내릴 때마다 엄마 개구리의 무덤이 떠내려갈까 걱정이었다. 그래서 지금도 비만 오면 운다는 내용이다. 이 책을 읽어 주면 아이는 신기하게도 금세 굵은 눈물방울을 뚝뚝 떨어뜨렸다. 혹시나 다른 책에도 그런 반응을 보일까 궁금해서 슬픈 내용의 책도 읽어 줬다. 반응이 없었다. 다시 『엄마의 소원』을 읽어 주자마자 울었다. 그 모습이 신기했다. 돌이 갓 지난 아이의 마음에 어떤 감정이 담겨 있어 우는지 궁금했다. 이후에도 그 책을 자주 읽어 줬다. 반응은 항상 똑같았다.

성인이 된 아들에게 신기한 능력이 하나 있다. 듣는 귀가 발달한 것이다. 작은 소리를 듣고도 구별을 잘했다. 학교에서 영어 듣기 평가에 효과를 많이 봤다. 다른 건 몰라도 듣기 평가만큼은 자신 있어 한다. 다른 사람의 목소리 흉내도 맛깔스럽게 잘 낸다. 사람들의 목소리 포인트를 잘 캐치 해 모창을 하는 것이다. 아들은 모창으로 종종 나를 즐겁게 해 준다. 이 모든 것이 임신했을 때 들려준 독서의 영향이 아니었을까?

MBTI라는 성격 심리 검사가 있다. 남편은 ISTJ이고, 나는 ENFP로 나왔다. ISTJ는 이성적이고, ENFP는 감성적이라 한다. 검사해 준 사람이 환상의 궁합이라고 했다. 유형으로 보면 서로 필요한 것과 부족한 부분을 채워 줄 수 있다. 남편은 계획적이고 꼼꼼한 성격이다. 밥을 먹으러 갈 때도 자기 마음대로 선택하지 않는다. 먹고 싶은 게 무엇인지 먼저 물어봐 주고 장소를 결정한다. 무언가를 할 때마다 내게 먼저 의견을 물어봐 주니 대우받는 느낌이 들었다. 물건을 구매할 때도 대충 사지 않는다. 가격이나 성능도 꼼꼼히 비교하면서 산다. 메모하는 습관이 있어서 일하면 틀리는 법이 없이 정확하게 처리했다.

반대로 나는 감정이 앞선다. 하고 싶으면 앞뒤 잴 것도 없이 저지르고 보는 성격이다. 계획도 언제든지 마음만 먹으면 변경을 잘한다. 한마디로 무계획이 계획이다. 꼼꼼한 모습은 1도 찾아보기 어렵다. 이런 내 행동으로 인해 가끔은 몸이 힘들다. 이런 나와 달라도 너무 달랐던 남편의 성격이 부러웠다. 콩깍지가 썬 것이다. 결혼 후 얼마 지나지 않아 문제가 터졌다. 결혼은 현실이라고 했던가. 계획적이고 꼼꼼한 건 좋은데 남편은 나에게까지 그렇게 할 것을 요구했다. 나에게는 어려운 일이었다. 사소한 일로 다툼이 잦았다. 싸울 때 남편의 장점이 고스란히 드러난다. 우선 남편은 나의 잘잘못을 하나부터 열까지 순서대로 이야기한다. 들으면서 되받아치기 위해 머리로 열심히 생각해 둔다. 이제 내 차례가 되어 생각한 것을 말하려니 기억이 안 난다. 결국 두서없이 이야기했다. 남편은 알아듣게 얘기하라며 다그쳤다. 속상함과 설움에 목이 메었다. 결국 말 한마디 제대로 못 했다.

그러던 어느 날, 기회가 왔다. 정수기를 바꾸기로 했다. 자연스럽게 물에 관한 이야기를 하게 됐다. 물을 많이 마시면 피부가 덜 늙는다고 말했다. 또 자주 마시면 혈관 질환에 도움이 된다고도 했다. 그러자 남편은 물은 다 똑같다고 했다. 내가 예전에 봤던 책을 들고 왔다. 목운규 저자의 『물 한잔의 기적』이라는 책이었다. 물의 중요성에 대해 자세히 나온 책이다. 다큐멘터리에도 나왔던 것을 기억한다. 대략 이런 내용이다. '인간의 몸은 70%가 물로 이루어있다. 혈액의 83%, 세포의 90% 이상을 차지한다. 대기 오염과 유해 식품, 스트레스에 노출되어 있는 현대인들에게 물은 좋은 약이 될 수 있다.'라고 쓰인 부분을 보여 주었다. 나의 행동을 보며 남편은 할 말을 잃었다. 그때 내 기분은 무더위에 시원한 사이다 한잔 마신 느낌이었다. 예전 같으면 싸우지 않고 포기했을 것이다. 이처럼 독서는 나에게 자신감을 주었다. 그 이후로 독서의 중요성을 더욱 느끼게 되었다.

트라우마를 극복하고 있다. 2023년 1월, 〈국민강사교육협회〉에서 운영하는 독서 모임에 가입했다. 화요일과 목요일에 낭독 독서를 한다. 처음부터 낭독했던 건 아니다. 한 사람씩 돌아가면서 한 꼭지씩 혹은 한 문단씩 읽었다. 그리고 난 후에 자신의 느낌을 발표하는 거였다. 강사는 스피치가 중요하다고 이야기했다. 나는 말도 빠르고, 목소리가 솔 톤이다. 사람들과 함께 낭독할 생각을 하니 걱정부터 앞섰다. 다른 강사들은 귀에 쏙쏙 들어오게 낭독했다. 그런 부분이 부러우면서도 한편으로는 걱정이 됐다. 내 차례가 되었다. 긴장하니 말이 더욱 빨라졌다. 글의 의미는 고사하고 글씨만 읽느라 정신이 없었다. 어떻게 읽었는지 기억도 안 났다. 게다가 긴장은 또 얼마나 했는지 얼굴은 상기되어 볼이 화끈거렸다. 코끝에는 땀이 송골송골 맺혔다. 목소리 톤이 높고 말 속도가 너무 빠르다는 피드백을 들었다. 연습하기 좋은 방법은 동화책을 읽는 거라고 했다. 소리 내서 읽기 연습하면 지금보다 좋아진다고 했다. 모든 것이 성장의 기회라 생각했다. 책을 읽기 전에 모음 먼저 읽으며 연습했다. 그렇게 발음을 만들어 갔다. 책을 읽을 때는 소리 내서 천천히 읽었다. 내 목소리를 녹음해서 들어 보았다. 마음에 안 들면 연습을 반복했다. 그렇게 노력한 결과 말이 좀 느려지고, 발음도 좋아지고 있다는 칭찬을 듣게 되었다. 책을 이용한 낭독 연습은 배신하지 않는다.

책을 읽는 이유는 사람마다 다를 것이다. 나의 경우는 아이가 책을 통해 특기를 찾게 된 것이 큰 혜택이었다. 늘 부족하다고만 생각했는데, 책을 통해 아는 게 많아지면서 자신감을 찾은 것도 하나의 보람이다. 특히 트라우마로 남았던 말하는 부분도 책을 통해 많이 개선되었다. 독서는 백번 강조해도 지나침이 없다. 지금과 조금 다른 인생을 살아가고 싶은 사람이라면, 언제나 책이 함께하기를 바란다.

변화와 혁신! 삶이 달라질 수 있다

김규인

동화책을 많이 읽었다. 일 덕분이었다. 2000년부터 약 2년간 친정 언니가 운영하는 국어전문학원에서 보조 교사로 일했다. 그렇게 시작한 학원 선생님. 학원 운영하며 국어 선생님으로서 17년간의 경험이 밑바탕이 되어 독서 습관이 만들어졌다. 유치부 6세부터 중학생까지 국어 기초부터 가르쳐야 하는 일. 한글 익히기부터 글짓기, 독후감 쓰기, 발표, 독서 토론, 논술이 주 수업이었다. 그때의 값진 경험은 내 인생에 있어서 가장 보람된 시간이다. 자음, 모음도 모르던 아이들이 여리고 가냘픈 손가락으로 한 글자씩 쓰던 모습이 스쳐 지나간다. 초등학생, 중학생도 한글을 제대로 모르는 아이들이 많았다. 다문화가정 아이들도 한글을 배우기 위해 많이 찾아왔던 학원이었다. 기본 한글을 가르친 후에는 글쓰기인 장르별 일기 쓰기, 장르별 글짓기를 가르쳤다. 수준이 높은 학생의 마지막 단계가 논술이다. 학교에서 내주는 숙제, 독서 후 독서 감상문 쓰기도 장르별로 가르쳤다. 편지 형식 독후감, 만화 형식 독후감, 시 형식 독후감, 수필 형식 독후 감, 생활형식 독후감 등이다. 이 수업을 하려면 내가 먼저 지정된 책을 읽어야 했다. 한 그룹 당 학년별 10명 내외로 같은 책을 읽 게 한다. 학원에 같은 책 10권 이상 있을 리는 없다. 내가 먼저 책 을 읽고, 요약해서 요약본을 만들어 복사해서 나눠 줬다. 동시에 읽게 하고, 동시에 지도하거나 개인별 지도를 했다. 독서 토론도 마찬가지로 같은 책을 읽고, 자신의 의견을 내고, 토의로 이어지 며 서로의 생각을 공유했다. 이 과정에서 놀라운 변화와 성장을 수없이 경험했다. 한글도 모르는 아이들이 자음과 모음, 받침 넣 는 법까지 익히고, 책을 술술 읽는 모습, 책을 읽고 자신의 생각 을 발표하거나 글을 완성해 가는 모습을 보면 얼마나 대견하고 기특한지 모른다. '이런 게 보람이구나!' 땀 흘린 후 기쁨과 행복 을 만끽했던 시간이다. 책을 읽어야만 하는 이유를 그때부터 절 실히 느꼈다.

실험을 했다. 진짜로 돈을 모을 수 있는지. 2020년 3월에 발행 된 이서윤 작가와 홍주연 기자의 인터뷰 내용인 『The Having』. '부와 행운을 끌어당기는 힘'이라는 부제를 달고 탄생한 책이다. 1판 73쇄가 발행될 만큼 세계적으로 엄청난 베스트셀러였다. 이 책을 다 읽고 덮는 순간 화가 났다. 부자가 되는 방법을 터득할 줄 알았다. 너무 단순한 비법이 시시했다. 이 책이 왜 베스트셀러 이며, 왜 사람들은 이서윤 작가를 만나기 위해 안달을 하는지 도

강사의 독서법

무지 이해가 가지 않았다. 행운의 여신이라고? 그렇게 불신을 가졌던 책이었다. 한 달쯤 지났을까. 자꾸만 그 비밀이 궁금해졌다. 머릿속을 계속 맴돌았다. "더 해빙! 더 해빙! 있음에 감사하자." 나도 한번 해 볼까? 진짜인지 실험하고 싶은 욕망이 꿈틀댔다. 일단 집에 돌아다니는 안 쓰는 수첩을 찾아냈다. 손바닥 크기다. 매일 매일 그 수첩에 그날 쓴 지출 내용과 금액을 적었다. "더 해빙! 있음에 감사합니다. 생활필수품 3만 원어치 살 수 있는 돈이 있어서 감사합니다. 외식 5만 원, 먹을 수 있는 돈이 있어서 감사합니다. 주유 5만 원, 주유할 수 있는 돈이 있어서 감사합니다."이런 식으로 꾸준히 수첩을 채워 갔다. 코로나19로 인해 강의가 별로 없던 때다. 국가에서 강사들에게 가끔씩 주는 지원금이 들어오기 시작했던 게 출발이었다. Zoom 온라인 강의가 끊임없이 들어오고 강사료도 받을 수 있었다. 그때까지만 해도 그 책의 비밀인 줄 몰랐다. 그냥 썼다. 처음엔 실험이었지만, 이내 습관으로 변해서 지금까지도 쓰게 되었다. 작은 수첩에 쓰던 '더 해빙' 실천을 매일 쓰는 감사 일기장에 쓰기 시작했다. 2022년, 통장에 점점 돈이 모이기 시작했다. 어? 신기하네? 진짜 돈이 모이는구나! 2022년 12월. 내 인생에 있어서 통장 잔고가 그렇게 많았던 적은 처음이었다. 몇천만 원이 모였다. "'The Having'의 핵심은 편안함이에요. 부자여서 마음이 편안한 것이 아니라, 돈에 대해 가지고 있는 편안한 마음이 우리를 부자로 이끌어요." 이서윤 작가가 독자들에게 하는 말이다. 사람들이 돈의 노예가 되어 살아가는 모습이 안타까웠던 모양이다. 아무리 열심히 일하여 돈 벌어도 모을 수 없었다. 먹고살기 급급했다. 한 달 한 달 살아 내는 것도 벅찼다. 그런데 더 해빙 실천으로 내 삶은 크게 변화되었다. 살까 말까 망설임도 줄었고, 먹고 싶은 것도 마음껏 먹을 수 있고, 하고 싶은 일, 나누고 싶은 것들을 편안하게 할 수 있었다. 경제생활의 변화! 책 한 권이 이렇게 풍성하고 윤택한 생활을 선물하다니, 이래서 독서가 중요하구나! 감탄이 절로 났다. 책에는 많은 비밀이 숨겨져 있기에 오늘도 책을 읽어야 하는 이유다.

위 두 가지 사례 외에도 직접 체험한 것이 많다. 독서, 책을 통해 나의 인생은 분명히 달라졌고, 앞으로도 달라질 것이다. 지금, 우리가 책을 읽어야 하는 이유! 내 생각을 정리해 보겠다.

첫째, 어휘력이 향상된다. 책을 읽을 때마다 내가 몰랐던 낱말을 알게 되고, 어떨 때 어떤 언어를, 어떻게 적절하게 표현해야 하는지도 배우게 되었다. 학원 선생님으로 있을 때도 아이들의 어휘력 향상을 위해 10개 문항에 낱말을 써서 국어사전 찾는 법까지 알려 주며 뜻을 익히게 했다. 그 낱말을 이용해 짧은 글짓기를 했더니 효과 만점이었다.

둘째, 기억력과 인지 능력이 향상된다. 돌아서면 깜빡 까먹기 일쑤다. 뇌 운동을 하지 않으면 더 심하다. 기억력 증진을 위해 책을 읽기도 한다. 독서는 사고력과 상상력을 향상시키는 데 도움이 된다. 책 속 캐릭터의 감정을 이해하고, 플롯을 추론하며, 문제 해결 능력을 기를 수 있다. 연구를 많이 해야 하는 직업이다. 그러다 보니 책 속에서 아이디어를 찾기도 하고, 사고력이 중

진되어 업무에 효율성이 높았다. 또 상상력이 미래를 만들 수 있기 때문에 책을 통해 꿈을 키워 갈 수 있는 비전을 만들었다.

셋째, 언어, 문법 개선과 지식 확장이 된다. 독서는 새로운 지식과 정보를 습득하는 가장 효과적인 방법 중 하나이다. 다양한 주제와 장르의 책을 읽으면서 세상과 사람들에 대해 더 많이 알게되었다. 또 책을 많이 읽을수록 문장 구조, 어휘력, 맥락 이해 등을 발전시킬 수 있었다. 국어 선생님이었지만 나도 헷갈리거나 모르는 문법, 맞춤법이 많다. 책 속에서 그런 것을 익히고 배우니까 크게 도움이 되었다. 학원에서 아이들 가르칠 때도 쓴 글을 검사하고 일대일로 코칭하는 시간이 있었는데, 그때 맞춤법 틀린것을 설명하며 교정하니까 효과가 좋았다.

책은 나에게 많은 변화와 혁신을 일으켰고, 삶이 달라질 수 있었다. 책을 읽으면 마음의 안정과 스트레스 감소에도 도움이 되었다. 책 속 세계로 몰입하면 일상의 걱정과 스트레스에서 잠시 벗어날 수 있기 때문이다. 창의성도 증진되었다. 다양한 이야기와 아이디어를 접하면 새로운 관점을 발견하고, 창작력을 향상시킬 수 있어서 강사에게는 크게 도움이 된다. 리더십, 자기 관리, 성공 철학 등의 주제를 다루는 책을 통해 변화와 성장은 물론, 목표 달성을 위한 힌트를 얻을 수 있었다. 독서는 즐거움과 휴식의 시간도 제공해 주고, 일상의 압박에서 벗어날 수도 있다. 작가의 철학과 삶을 들여다보며 내 삶과 비교, 분석, 연구하여 변화와 성장을 이끌어 준 책! 셀 수 없을 정도다. 또 블로그나 책을 쓸 때

가장 큰 효과를 보았다. 문장력도 좋아지고, 군더더기 제거하는 데도 좋고, 글 쓰는 시간도 줄어들었다. 독서는 개인의 취향과 목표에 따라 다양한 이점을 제공할 수 있다. 자신에게 맞는 도서를 선택하여 즐기고, 지식과 경험을 풍부하게 함으로써 더욱 풍요로운 삶을 즐길 수 있다. 책 한 권을 통해 얼마나 많은 변화와 성장, 혁신을 일으키는지, 책을 읽기 전과 읽은 후 어떻게 삶이 달라졌는지 많은 이들이 경험했으면 좋겠다.

오늘은 작년에 읽다가 접어두었던 켈리 최의 『웰씽킹』 책을 펼친다. 켈리 최의 성공 스토리에 주목하고, 나에게 어떤 변화를 만들어 줄지 그 비밀을 캐기 위해서.

3-5.
책은 길을 안내하는 방향 지시등이다

김용화

친구가 생일 선물로 준『산골 소녀 옥진이 시집』을 보고 산골 소녀가 어떤 시를 썼는지 궁금했다. 시집 속 작가의 병상 수기를 읽고 펑펑 울었던 기억이 난다. 작가의 모습을 담은 사진에 내 눈이 멈추었다. 작가는 고교 시절, 눈 오는 날 성곽 위에서 사진을 찍었다. 발을 헛디디는 바람에 성곽에서 떨어져 전신 마비가 되었다. 다른 사람 도움 없이 혼자서는 아무것도 할 수 없었다. 움직일 수 있는 부분은 얼굴과 손가락밖에 없었다, 힘든 상황 속에서도 자신을 포기하지 않았다. 글을 쓰기 위해 연필 잡는 법과 쓰는 연습을 하면서 멋진 인생을 만들어 냈다. 작가는 운명을 비관하지 않고 즐겁게 시를 썼다.

이 책이 내 인생의 전환점이 되었다. 그 책 덕분에 용기를 얻어 뒤늦게 대학에 입학했다. 주경야독이라서 힘들 때도 있었지만, 다양한 분야를 배우는 일이 즐거웠다. 나이가 많은 학우들의 열정을 보면 나이는 숫자에 불과하다는 것을 알 수 있다. 사람을 통해서 배울 수 있는 삶의 지혜도 많겠지만, 책에서도 많은 것을 배울 수 있다. 책은 제2의 사람과의 만남이라고 할 수 있다. 나를 변하게 하고 나를 사랑할 수 있도록 해 준 『산골 소녀 옥진이 시집』은 내 인생의 스승이다.

강사라서 여러 분야의 강의를 한다. 그로 인해 대상자들도 유아부터 시니어분들까지 만난다. 다양한 대상자들을 이해하고 소통을 위해서는 책을 읽어야 한다. 강의를 준비하는 과정에서도 필요하다. 강의 도중 예상치 못한 상황에 대처하고 교육생들과의 소통을 원활하게 할 수 있는 기초가 될 수도 있다.

중학생 대상으로 한 강의 문의가 들어왔다. 학교가 아닌 위탁기관에서 배우는 학생들이었다. 그 친구들에게는 사연이 많다며 귀띔해 준다. 재미있게 교육해 달라는 요청이 있었다. 진로 강의안을 만들면서 고민에 빠지게 되었다. '쉽고 재미있는 이야기로 꿈과 용기를 주자'라고 생각했다. 예쁜 여학생 아홉 명이었다. 친구들의 눈빛은 궁금증으로 가득하였다. 꿈과 목표는 무엇인지, 본인이 잘하는 강점은 무엇인지에 대해 이야기를 나누었다. 잘하는 것이 없다고 하는 친구들에게 못하는 것도 강점이 될 수 있다고 말해 주었다.

황선미 작가 『마당을 나온 암탉』 책을 아이들에게 소개했다. 주인공인 잎새는 알을 품어 병아리를 만들고 싶다는 희망을 안고 안전한 양계장을 나온다. 수많은 고난과 역경을 이겨 내면서 자신의 삶과 자식을 위해 싸운다. 삶과 역경을 이겨 내고 꿈꾸던 일을 해내는 암탉의 이야기를 친구들은 관심 있게 듣고 있었다. 두 시간이 언제 지나갔는지 모르게 지나갔다. 잠시 후 담당 선생님의 문자가 왔다. 평소 친구들이 말을 잘하지 않는 편인데, 대답도 잘하고 활동도 잘해 주어서 기분이 좋다고 한다. 그 책은 강의 준비하는 나에게도 큰 도움이 되었다.

살면서 느꼈던 책이 주는 장점을 몇 가지 말해 볼까 한다.

첫째, 독서를 통해 마음의 여유를 찾고 자신과 대화할 수 있는 시간을 만들 수 있다.

일상을 바쁘게 지내다 보면 마음의 여유를 찾기 힘들다. 친구를 만나 이야기를 나눌 수 있지만, 그것 또한 쉬운 것은 아니다. 그럴 때 찾게 되는 것이 바로 독서다. 교양 서적도 좋지만, 편안하게 읽을 수 있는 에세이를 유난히 좋아한다. 가벼우면서도 깊이 있는 내용을 담아내어 편안하게 읽을 수 있다. 작가의 생각을 따라가며 마음을 여유롭게 가질 수 있다. 집 안방에서 책 읽을 때가 가장 편안하다. 그때 빠질 수 없는 친구가 있다. 크고 하얀 머그잔에 담긴 따뜻한 커피 한 잔이다. 책상보다 바닥에 앉아서 읽는 걸 선호한다. 두 다리를 편안하게 뻗고 커다란 등받이 쿠션에 기대면 세상에서 제일 편안한 상태가 된다.

둘째, 독서는 일할 때도 도움이 된다.

꾸준한 독서는 내 마음에 지적 성장의 씨앗을 심어 준다. 곡식

창고에 곡식 자루가 수북하면 먹지 않아도 배가 부르다는 말처럼, 독서도 마찬가지이다. 독서를 통해 얻은 지식과 지혜는 내 삶의 여러 상황에서 답을 찾는 데 큰 도움이 된다.

GM 도서관에서 부모 교육 의뢰가 들어왔다. 주제는 자녀와의 소통법이다. 타인과의 소통도 중요하지만, 나와의 소통이 더 중요하다고 생각한다. 나 자신을 먼저 알고 상대방을 알면 대화도 쉽고 재미있다. "자녀들이 사춘기에 접어들면 말 한마디, 행동 하나하나가 불안하고 걱정스러워요."라고 어머니가 말을 한다. 나도 똑같이 겪은 일이다. 이때도 책의 도움을 받았다. 이서정 작가님의 『대화의 품격』 안에 '일보 후퇴는 이 보 전진을 위한 것이다'라는 말이 있다. 별것 아닌 일에 화도 내고 말문을 열지 않는 자녀들에게는 잠시 혼자만의 시간을 두고 기다리는 것이 좋다고 말을 한다. 감정이 좋지 않을 때의 대화는 독이 된다. 서로의 공격적인 말보다 잠시 후퇴함으로써 자녀가 부모와 가깝게 다가오도록 하는 것이 좋다. 경청을 통해 자녀가 원하는 이야기를 들어 준다. 친절하게 대해 주고, 긍정의 에너지를 보여 주면 자녀와의 대화가 어렵지 않다. 책 속에 담긴 내용 덕분에 강의안을 만드는 데 많은 참고가 되었다.

셋째, 집중력과 인내력이 향상된다.

책을 읽어야 하는 이유 중에 가장 소중하게 생각되는 점은 아마도 집중력과 인내력 향상이 아닐까 싶다. 스마트폰, 소셜 미디어 등 다양한 디지털 매체로 인해 점점 집중하기 어려운 환경에 놓여 있다. 하루에도 끊임없이 울리는 스마트폰의 알람 소리에 집중이 안 되는 경우가 많다. 그러나 책을 읽는 순간만큼은 나만의 공간과 시간을 만들 수 있어 집중하게 된다. 단순히 글자를 읽는 것이 아니라, 책 속의 이야기에 몰입하게 되면 마법처럼 이야기에 빠져들게 되는 경우가 있다. 집중하면서 읽는 방법 중에 낭독도 좋은 방법이다. 강사라면 발음과 말의 속도가 중요하다. 책을 읽는 시간에는 내용에 집중하고 깊이 이해하려고 노력한다. 글을 읽고 이해하고 해석하는 과정에서 집중력을 더 발휘하게 된다.

심리학자 나이토 요시히토 작가의 『만만하게 보이지 않는 대화법』 책 속에 담긴 내용이 너무 궁금했다. 무엇보다 책 제목에 끌렸다. 목차를 보는 순간, 강사라면 한 번쯤 읽어야 하는 책이라는 생각이 들었다. 일에 관련된 책이라 그런지 단숨에 읽었다. 오래간만에 어딘가에 몰입해 본 순간이었다. 오전부터 읽었다. 다 읽은 후 고개를 들어 보니 벌써 밖이 어둑해지고 있었다.

미국의 작가 세스 게디는 이런 말을 남겼다. "독서는 우리가 아직 경험하지 못한 삶을 살 수 있게 하는 기회다." 인생은 유한하다. 모든 걸 경험해 볼 수는 없다. 책은 우리가 갈 수 없는 세상으로 안내한다. 우리가 만나지 못한 사람을 만나게도 해 준다. 책을 통해 다양한 간접 체험을 할 수 있다. 삶을 좀 더 풍부하게 만들기 위해서, 독서가 꼭 필요하다. 책을 읽어야 하는 이유는 셀 수 없다. 아직은 부족하지만, 책을 통해서 조금씩 성장하고 있다. 책

은 인생이라는 길 위에서 만난 방향 지시등 같은 존재다. 그 방향
에 따라 더 멋지게 살아가려고 한다.

책을 읽기 전과 후의 삶이 달라진다

김은주

　책을 읽는 이유는 다양하다. '머리를 식히기 위해서, 취미 생활에 대한 정보를 얻기 위해서, 더 성장하기 위해서, 연봉을 올리기 위해서, 새로운 도전을 위해서' 등의 이유로 책을 읽는다. 독서를 통해 마음이 단단해지고 성장하는 나를 발견하는 게 즐겁다. 책으로 달라진 삶으로 지금, 책을 읽어야만 하는 이유에 대해 몇 가지 소개한다.

　첫 번째, 책은 마음을 치료하고 위로해 주는 내 친구다. 좋은 책을 읽으면 스트레스를 완화할 뿐 아니라 마음의 안정과 평온을 가져다준다. 한 연구에 따르면 '독서는 혈압을 낮춰 주고 평정심을 찾게 해 주는 것'으로 나타났다. 정서 장애가 있는 사람들이 좋은 글귀를 읽는 것만으로도 개선에 효과가 있다고 한다. 생각이 많고 머리가 복잡할 때는 그림책을 찾는다. 그림책을 소리 내서 읽으면 고민했던 문제들을 잊어버리게 된다. 머리가 맑아지고 기분이 좋아진다.

얼마 전부터는 『마음의 집』 그림책을 읽고 있다. 철학적 성찰을 불러일으키는 "마음은 어디에 있을까?", "마음은 무엇일까?", "마음의 주인은 누구일까?" 세 가지 질문을 통해 나의 마음을 알아보고 있다. 마음의 집은 주인에 따라 넓기도 하고 좁기도 하다는 표현이 참 재미있다. 열려 있기도 하다. 어떨 때는 닫혀 있어서 타인의 소리가 들리지 않는다고도 한다. 내 마음의 주인은 바뀐다고도 말한다. 사랑에 빠질 때도 있고, 미운 사람을 만날 때도 있다. 그때는 내 마음의 주인이 바뀐 거구나 생각하며 혼자 웃기도 한다. 머리가 복잡할 때는, 내 마음의 방이 여러 개로 나뉘어 있다고 생각한다. 이런 경우에는 방별로 그림을 그리며 마음을 정리해 본다. 덕분에 근심, 걱정, 불안으로 인한 스트레스가 풀리고 이완되는 느낌을 받는다. 걱정거리가 많은 사람에게 그림책 읽기를 권하고 싶다. 소리 내서 읽으면 더 강력한 효과를 얻을 수 있다. 책에서 따뜻한 위로를 받는다. '약으로 병을 고치듯이 독서로 마음을 다스린다.'라는 율리우스 카이사르의 말처럼 독서는 치유의 힘이 크다.

두 번째, 책은 건강한 두뇌를 위한 영양제다. 우리 몸의 모든 부분은 건강을 유지하기 위해 운동이 필요하다. 뇌도 마찬가지이다. 독서는 규칙적인 운동으로 건강을 유지하게 한다. 강의안 준비로 작년 치매 환자 통계율을 보고 깜짝 놀란 적이 있다. 우리나

라만 증가한 게 아니고, 전 세계적으로 치매 환자 발생률이 증가하고 있다. 독서 습관의 장점 중 하나는 두뇌가 단단해진다는 점이다. 읽는 습관으로 뇌가 건강해진다. 뇌는 엄청난 양의 정보를 보유할 수 있다. 새로운 기억이 있을 때마다 새로운 시냅스를 생성한다. 뇌에 더없이 좋은 운동이 '독서'라고 전문가들은 말한다.

책 읽기를 실천했을 때, 뇌의 활성화 변화가 나타난 사진을 강의에 활용한다. 책에 집중하고 있는 사람의 뇌를 영상 장치로 촬영한 사진이다. 뇌 전체에 많은 양의 혈액이 활발하게 공급되는 걸 볼 수 있다. 이는 책을 읽을 때 뇌의 전 영역이 활성화된다는 의미다. 책이 주는 놀라운 힘이다. 뇌 변화 사진을 보여 주기 전과 후의 반응이 다르다.

몇 개월 전, 영등포구 가족센터에서 자기 주도 학습을 주제로 강의했다. 전에도 이곳에서 부모 교육을 강의했는데, 이전의 교육과는 아주 다른 분위기였다. 준비된 책상이 모자라서 더 채워야 했고, 의자를 사이사이에 놓아야 할 정도로 부모님들이 많이 참여했다. 주말인데 왜 이렇게 많이 오셨냐고 묻자 '아이가 공부를 잘했으면 좋겠다, 학습에 흥미가 없어서'라고 대답한다. 많은 부모님이 자녀가 공부 잘해서 좋은 대학에 들어가길 원한다. 공부를 잘하려면 첫째로 갖추어야 하는 게 자기 주도 학습이다. 자기 주도 학습의 기본은 책 읽기다. 우리의 뇌는 현실과 상상을 구분하지 못한다. 책을 읽는 동안 몸은 가만히 있어도 뇌는 책이 안내해 준 공간에서 상상의 날개를 펼친다. 간접 경험을 통해 스스로 생각하는 힘을 기른다. 책을 통해 공부해야 할 이유를 스스로 찾게 된다. 뇌 활성화 사진을 보여 주면서 독서가 자기 주도 학습에 꼭 필요하다고 강조한다. 그러면 부모님들은 아이들이 책 읽는 걸 싫어한다고 대답한다. 내가 했던 경험을 공유한다. 부모 교육에서 '함께'라는 단어를 강조하는 편이다. 처음에는 아이들 핑계로 도서관을 다녔다. 도서관 찾는 횟수가 늘어날수록 책과 함께하는 시간이 참 좋았다. 그 시간만큼은 누구에게도 방해받지 않아서 좋았다. 도서관에서 자유롭게 지내다가 정해진 시간에 만나서 책 이야기를 하면서 집에 왔다. 함께 도서관을 자주 가다 보니 책에 관한 이야기를 많이 나눌 수 있었다. 작은 아이는 지금도 대전에 오면 집 가까이 있는 도서관에 간다. 가끔은 함께 가서 3, 4시간 책에 파묻혀 행복한 시간 보낸다. 왕창 빌린 책으로 팔이 무겁게 집으로 온다. 아이들만 책을 읽으라고 하면 안 된다. 함께 읽고 나누어야 한다. 그 습관으로 책과 친하게 되고, 자기 주도 학습 하는 자녀로 성장하게 된다. 두뇌 영양제인 책 읽기를 통해 공부도 잘할 수 있다.

'오늘의 나를 있게 한 것은 내가 살던 마을의 작은 도서관이었다.' 미국의 기업가 빌 게이츠가 한 말이다. 올바른 성장의 중요한 습관 중의 하나는 바로 책 읽는 습관이다.

세 번째, 강사 활동에 많은 도움을 준다. 책 읽기 습관은 다른 사람을 이해할 수 있는 마음을 넓힌다.

강의 현장에서 만나는 교육생들은 유아부터 시니어까지 광범위하다. 강의 중 가끔 불편한 마음을 거침없이 표현한다. 기관에서 진행되는 교육들은 직원들이 원해서 받는 교육보다는 의무교육이 많다. 교육장에 들어올 때부터 불만 가득한 표정으로 들어오는 교육생도 있다. "하루아침에 쫄딱 망해서 빈털터리가 됐는데 어떻게 밝은 표정을 만들 수 있겠어요." 자활센터 외식사업단 교육에서 있었던 일이다. CS 교육으로 입꼬리 올리는 표정을 실습하는 시간이었는데, 갑자기 나온 그 교육생의 말로 분위기가 차가워졌다. 또 한 번은 노인 일자리 교육에서 있었던 일이다. 노인 일자리 사업 참여자 교육은 보통 3시간 정도 진행된다. 1교시가 끝나고 쉬는 시간이 시작되자, 남자 어르신이 조용히 다가왔다. "강사님, 끝나는 시간보다 3분 지났어요."라며 굳은 표정으로 말하고 나갔다. 교육생의 불쾌한 표현으로 마음이 가라앉기도 한다.

이때 책에서 만났던 인물들이 큰 도움이 된다. 책에서 만났던 비슷한 인물을 떠올리며 불쾌한 감정을 고스란히 표현한 교육생을 공감하려고 노력한다. 그럴 수도 있겠다는 생각이 들기도 한다. 책이 이렇게 강의 활동에도 도움이 많이 되는 것을 경험하면서 책을 더 가까이하게 되었다.

책 읽기 습관 덕분에 강사로서 점점 인지도를 넓혀 가고 있다. 내가 인생을 안 것은 사람과 만남을 통해 배운 것도 있지만, 책을 통해 얻은 것도 아주 많다. 프랑스 소설가 아나톨 프랑스의 말처럼 책 속에서 다양한 인물을 만나면서 사람에 대한 이해와 공감을 많이 하게 된다.

이 외에도 책이 주는 장점은 한두 개가 아니다. 독서는 그냥 하는 일이 아니라, 해야만 하는 일이다. 하루 단 30분이라도 책을 읽으려고 노력한다. 누구나 독서가 주는 풍요를 경험했으면 바람이다. 내가 해 보니 참 좋았다. 나의 경험이 누군가에게 닿길 바란다.

생각하는 힘은 나를 변화시킨다!

민혜영

외국의 어느 회사에서 있었던 일이다. 고위 임원급 되는 분이 종일 아무것도 하지 않고 창밖만 바라보고 있었다. 직원들은 궁금했다. 도대체 무엇을 하기에 사무실에서 나오지 않고 창밖만 바라보는 것일까? "사무실 밖을 나오지 않으셔서 궁금합니다." 궁금증을 도저히 참지 못했던 한 직원이 물었다. "나는 지금 생각하는 일을 하고 있네." 임원이 대답했다. 직원은 너무나 놀라서 생각을 어떻게 종일 하는지 다시 물었다. 생각을 통해 아이디어를 구상하는 중이라고 했다. 그의 책상 위에는 책 한 권이 놓여 있었다.

그렇다. 생각이란 이렇게 여유에서 나오기도 한다. 잠자는 시간 외에 일만 한다면, 제대로 된 생각을 못 할지도 모른다. 좋은 아이디어가 떠오르지 않을 수도 있다.

강사가 되기 전에 S 기업에서 그래픽디자이너로 3년 정도 일을 했을 때의 일이다. 일이 많아서 야근을 자주 했다. 야근해도 좋은 아이디어가 떠오르지 않아 집에 와서도 일에 몰두했다. 잡지책을 보기도 하고 영상을 찾아보기도 하면서 좋은 생각을 떠올리기 위해 노력했다. 그러는 사이 새벽이 될 때도 있고, 아침이 된 적도 있다. 무조건 많은 시간을 투자하면 더 좋은 아이디어가 떠오를 것이라 생각했다. 하지만 결과는 정반대였다. 오히려 색다른 아이디어 없이 지칠 때가 더 많았다. TV나 책, 인터뷰 등에서 전문가 이야기를 들어 보면 여유를 갖고 생각할 때 훨씬 좋은 아이디어가 생긴다고 했다.

일이 바쁘지 않을 때는 교보문고나 작은 서점에서 시간을 많이 보냈다. 꼭 책을 사러 가는 것이 목적이 아니다. 분위기를 보기도 하고, 책 표지들을 쭉 보면서 아이디어를 얻을 때도 있었다. 잡지책을 훑어보기도 하고 목차를 보고 콘셉트(Concept)를 잡기도 한다. 뇌를 잠시 쉬게 해 주면 생각이 자유로워지고 좋은 아이디어가 더 많이 떠오르는 것도 알게 되었다.

"책을 읽어라, 인생이 달라질 것이다."라는 엄마의 조언으로 2주에 한 권씩 책을 읽어 인생을 바꾼 인물이 있다. A라는 인물은 미혼모의 딸로 아홉 살 때 성폭행을 당하고 열네 살에 미혼모가 되었다. 20대는 마약으로 찌든 삶을 살며 감옥을 오갔다. 100kg의 못난이, 이 사람은 누구일까?

B라는 인물은 2004년에 세계 지도자상을 받았다. 세계 10대 여

강사의 독서법

성 선정에도 들었다. 15년간의 토크쇼 진행으로 억만장자가 된 이 인물은 누구일까? B라는 인물은 아마 어렴풋이 들어 보았거나 알 수도 있다. 바로 오프라 윈프리다. A라는 인물과 동일 인물이다. 처음에 엄마의 조언으로 시작했지만, 꾸준히 실천한 결과 인생을 바꾼 인물이다. 오프라 윈프리는 '책은 내게 열린 문과 같았다.'라고 말했다. 책은 한 사람 인생의 방향을 변화시킬 만큼 훌륭하다고 이야기하고 싶다. 물론 모든 사람이 그렇지는 않을 것이다. 목표가 있고 어떻게 노력했느냐에 따라 달라지기도 한다. 노력한 만큼 열정이 따라온다는 것 또한 잊지 않았으면 좋겠다. 중요한 것은 책이라는 문은 누구에게나 열려 있다는 것이다.

책 속에는 다양한 이야깃거리가 있다. 성공한 사람들의 이야기, 가슴 아픈 이야기, 힘들지만 따뜻한 이야기 등 아직 겪어 보지 못한 일들이 많다. 이 세상에서 직접 경험만큼 좋은 것은 없다. 하지만 이 넓은 세상을 모두 경험할 수 없으니 책을 읽는 것이다. 그동안은 책 안의 삶 속에 풍덩 빠질 수 있다. 훌륭한 사람들과 대화할 수 있고, 그들의 통찰력을 배울 수 있다. 모르는 내용도 쉽게 설명해 주니 이해하기 쉽다. 책을 읽는 것은 내 생각의 근육을 단단하게 만들어 준다.

책을 꾸준히 읽기 전에는 생각을 연결하는 힘이 약했다. 그 말은 생각의 깊이가 약했다는 의미도 된다. 일상 대화를 할 때는 크게 문제 되지 않는다. 하지만 나는 대중 앞에 서야 하는 강사다.

주제가 정해져 있기는 하지만 스토리를 풀어 나가는 것은 강사의 몫이다. 많은 경험은 강사라는 직업에 도움이 된다. 한번은 C고등학교에서 진로 강의를 하는데, 중간에 단어가 갑자기 생각나지 않았다. 하지만 당황하지 않았다. 바로 대체할 수 있는 다른 단어, 문장이 생각났기 때문이다. 또는 질문을 만들어 역으로 물어볼 수도 있다. 다양한 방법이 존재한다. 독서는 이렇게 생각을 연결하는 힘을 높여 주기도 한다. 가끔은 임기응변에도 도움이 된다. 독서 모임에서 토론이나 이야기를 나누면 생각하는 능력이 향상될 것이다. 무엇보다도 생각하는 힘은 나에게 자신감을 키워준다.

책을 통해 독서 관련 강의를 할 수 있는 기회가 많아졌다. 지역의 시립도서관에서 독서 프로그램을 1년 동안 매주 두 시간씩 진행했다. 신기하게도 매주 책을 빌리다가 도서관 사서분이랑 알게되었다. 직업을 물어봐서 강사라고 말했다. 그랬더니 게시판에붙은 독서 프로그램 진행을 요청해 주었다. 독서 프로그램은 다양한 활동으로 진행했다. 도서관 바로 옆은 한강까지 이어지는덕풍천이 흐르고 있다. 가끔은 야외 활동으로 덕풍천 주변의 돌위에서 이루어지기도 했다. 이 경험은 진로 강의까지 할 수 있는좋은 기회가 되었다. 코로나19 때는 온라인으로 3개월 동안 두시간씩 초등학생들과 진로 독서를 진행했다. 자기 이해와 진로독서를 통한 꿈 찾기 프로젝트였다. M 고등학교에서 학생들 진로 강의 프로그램을 6년 동안 진행했다. 장기 프로그램에는 2학기 시작할 때 독서를 두세 파트 꼭 끼워 넣는다. 물론 독서지도 관련 자격증을 몇 개 가지고 있다. 하지만 책을 읽지 않으면 자격증은 무용지물이 된다. M 고등학교 진로 독서 강의는 진학과 관계된 만큼 중요하다. 독서를 통해 자신의 진로를 탐색하고 설계하고 적용하면서 성장해 나가는 것이 진로 독서이다. 그만큼 Why가 명확하기도 하다.

독서는 모든 공부의 기본이다. 지식을 축적하는 학문 탐구와 삶의 지혜를 얻는 가장 편리하고 유용한 활동이다. 지금은 모든 게 빠르게 변화하는 시대이다. 그만큼 새로운 분야의 정보를 습득한다는 것은 큰 의미가 있다. 큰아이 네 살, 작은아이 두 살 때부터 베드 타임 독서를 시작했다. 아이들 한글 떼기는 독서를 통해서 했다. 그림 형제의 동화 『빨간 모자』를 너무 좋아해서 이 책을 매일 읽어 달라고 했던 기억이 난다. 매일 보다 보니 나도 거의 외워서 읽어 주었다. 어느 날, 큰아이가 책을 가져와서 토씨 하나 안 빼먹고 읽는 것을 보고 깜짝 놀랐다. 엄지 척 해 주며 엄청나게 웃었던 기억이 난다. 아이들 책은 잠자기 전, 일곱 살까지 거의 매일 읽어 주었다. 오토 캠핑 다닐 때도 책 한 권은 꼭 챙겼다. 초등학교 1학년이 되니 혼자 읽고 싶어 했다. 이런 습관 덕분에 좋아하는 과학 분야도 책이나 잡지, 영상 등을 통해 새로운 정보를 얻고 있다. 자신의 진로를 여러 분야의 책을 읽으면서 스스로 발견하게 된 것이다.

운명의 축을 바꾸는 독서의 힘!

"당신의 인생을 가장 짧은 시간에 가장 위대하게 바꿔 줄 방법이 무엇인가?

만약 당신이 독서보다 더 좋은 방법을 알고 있다면 그 방법을 따르기를 바란다. 그러나 인류가 현재까지 발견한 방법 가운데만 찾는다면, 당신은 결코 독서보다 더 좋은 방법을 찾을 수 없을 것이다." 워렌 버핏의 명언이다.

오늘도 나는 이민규 작가의 『실행이 답이다』를 읽고 있다.

3-8.
책은 훌륭한 친구다

박은주

서재는 나에게 보물 같은 공간이다. 이곳은 학교가 되기도 하고, 복지관이 되기도 한다. 어느 날은 작은 미술관이 되었다가 음악회가 열리기도 하고, 또 어느 날은 동물의 왕국이 되기도 한다. 이곳에서 새로운 세계를 탐험하고, 다양한 지식과 감동을 얻는다. 서재에는 삶의 흔적이 담겨 있고, 아이들과의 추억이 묻어 있다. 책을 읽는 것은 단순한 취미 이상의 큰 의미가 있다. 책을 통해 세상을 넓히고, 내면의 성장과 깨달음을 얻을 수 있다. 그래서 책을 읽어야만 하는 이유를 분명하게 느낀다.

사람들이 "취미는 독서입니다."라고 말하던 시절이 있었다. 나도 그렇게 말했던 것 같다. 어린 시절 달빛이 밝은 여름날, 방문을 활짝 열어 놓고 책을 읽던 기억이 난다. 논두렁 여기저기서 개구리가 '개굴개굴' 울어 대는 소리는 책 속 이야기에 더욱 생동감을 더해 주었다. 호기심과 설렘으로 페이지를 넘겼다.

바쁜 직장 생활로 인해 책 읽기에 소홀해졌다가, 아이들을 위한 책 놀이터를 만들면서 다시 그 즐거움을 되찾았다. 두 아이가 호기심이 많고 책 읽기를 즐겨서 책을 구매하는 데 인색하지 않았다. 시골 마을에 도서관이 없었기 때문에 아이들도 책 선물 받는 것을 좋아했다. 그때 읽었던 책 중 여러 권은 지금도 간직하고 있다. 그것은 단지 도서가 아니라 우리 가족의 소중한 추억이기 때문이다.

어느덧 작은 아이가 예비 대학생이 되었다. 『그리스 로마신화』 전집은 초등학교 1학년 때 백과사전을 구매하면서 선물로 받은 책이다. 유난히 좋아했던 책이라 지금도 책꽂이에 있다. 곧 이사해야 한다. 정리해야 할 물건이 많다. 그런데 서재 물건에 대해서는 고민만 하고 있다. 단 한 권의 책도 버릴 수가 없다. 남편 역시 전공 도서는 물론이고 노트도 보관하고 있다. 대학원 입학시험을 준비하면서 스스로 정리한 8권의 노트는 세상에 하나뿐인 남편의 보물이다.

책은 단지 과거를 돌아보는 도구가 아니다. 책은 우리에게 새로운 시야를 열어 주며, 성장과 발전을 도와준다. 이러한 이유로 책 읽기는 자기 계발의 핵심이다. 그렇다면, 우리가 지금 책을 읽어야만 하는 이유는 무엇일까?

첫째, 책은 우리에게 지식과 정보를 제공한다.

우리의 삶 속에는 하고 싶은 일과 해야 할 일들이 있다. 독서도 그렇다. 읽고 싶은 책과 읽어야만 하는 책이 있다. 책을 읽는 것은 그 자체로 의미 있는 일이다. 전문 분야에서 활동하기 위해서 읽어야만 하는 책들이 점점 늘어나고 있다. 사회복지, 상담심리, 안전보건, 경영학, 자연숲치유 등 계속해서 공부하고 있다. 새로운 분야에 관심을 가지고 지식을 넓히기 위해서는 반드시 책을 읽어야 했다.

강사로서의 삶도 마찬가지다. 새로운 분야의 강의를 진행하게 된다면, 책을 먼저 읽게 된다. 주제어를 찾고 강의 계획안을 작성하기 위해 해당 분야의 전문 서적을 읽는 것이 필수적이다. 주제에 맞고 이론적 배경이 탄탄한 책과 최신 트렌드를 담은 몇 권의 책을 엄선하여 내용을 파악하고 정보를 수집한다. 탐색하는 과정을 거쳐 이론을 익히고, 그 내용을 쉽게 전달하기 위해 강의안을 작성하게 된다.

교육지원청에서 학교 폭력 심의위원으로 활동하고 있다. 학교 폭력 심의에 출석하여 관련 서류를 읽고, 학생과 보호자를 만난다. 질문을 통해 사실을 확인하고, 의견을 진술할 수 있는 중요한 시간이 된다. 이때, 좋은 질문이 필요하다. 앞 사람과 중복되는 질문을 해서 시간을 허비하거나, 기억하고 싶지 않은 피해 사건을 반복하여 말하게 하는 질문이 있다. 또 사안과는 무관한 질문으로 모두를 당황하게 만들 때도 있다. 안타깝다. 질문의 내용과 방식은 매우 중요하다. 같은 내용이라도 선택하는 언어와 태도에 따라 답을 끌어내는 힘은 달라질 수 있다. 제임스파일·메리앤 커린치의 저서인『질문의 힘』은 좋은 질문과 나쁜 질문의 차이를 설명하고 있다. 질문을 잘하면 원하는 정보를 얻을 수 있다는 것을 깨달았다.

이처럼 전문 분야에 대한 지식을 넓히거나 역량 강화를 위해 책이라는 훌륭한 스승을 만나게 된다. 책은 우리에게 새로운 세계를 열어 준다. 그 속에는 무한한 지식과 배움이 담겨 있다.

둘째, 책 읽기는 글을 쓰는 데 도움이 된다.

책을 읽으면 글쓰기에 필요한 표현력과 기술적인 능력이 향상된다. 일상생활에서 사용하는 생활 언어가 있다. 책을 통해 일상 언어가 더욱 세련되고 풍부해지는 것을 느낀다. 책에서 다양한 감정과 상황을 접하는데, 실제 생활에 적용할 부분을 생각하게 된다. 이러한 능력은 글쓰기에서 중요하며, 책 읽기를 통해 이러한 능력을 키울 수 있다.

왕성한 강의 활동을 하면서 작가에 도전하는 분들이 많다. 강사로서 경험과 지식을 쌓으면서 작가로서의 가치를 더할 수 있기 때문이다. 나 역시 공저 『지금은 강사 전성시대』를 출간했다. 독자의 눈으로 책을 읽고, 글을 이해하고 문장의 구조를 분석하게 된다. 글쓰기가 훨씬 자연스럽고 표현력이 풍부해졌다.

책을 읽다가 평소에 내가 전달하고자 하는 뜻이 담긴 단어나 문장을 만나면 전율이 느껴진다. '그래, 바로 이거지!'라고 하면서 감탄한다. 책을 읽으면 새로운 표현을 발견하고, 자신만의 글쓰기나 표현 방식을 개발할 수 있다.

셋째, 책을 통해 다양한 시각을 얻을 수 있다.

우리는 서로 다른 성향과 생각을 하고 있으며, 문제 해결에 대한 접근 방식도 다르다. 책은 우리가 다양한 시각을 가지고 합리적인 가치관을 형성하는 데 도움이 된다. 살아간다는 것은 선택의 연속이다. 나는 진중한 편이라서 선택하는 일이 힘들다. 물론 선배나 친구의 경험을 내 삶에 적용해 보기도 하지만 한계가 있다. 이때, 책에서 만난 여러 인물에게서 도움을 받는다. 그들의 인생과 삶에 대한 가치관을 통해 통찰력을 배우고 지혜를 얻을 수 있었다.

데일리 카네기의 『인간관계론』은 인간관계에 대해 잘 설명하고 있다. 이 책은 남편이 먼저 읽고 권해 준 책이다. 마지막 부분은 가정의 중요성을 강조하고 있다. 큰 성공도 중요하지만, 가정의 행복이 우선되어야 한다. 실제로 집에서 잔소리를 줄이고, 서로 존중하려고 노력하고 있다. 우리 가족은 카네기의 지혜 덕분에 행복한 가정을 꾸리고 있다. 책은 약 80년이 지난 지금도 누군가에게 큰 영향을 미치고 있다. 책을 읽는 것은 우리의 시각을 다양한 관점과 아이디어를 결합하는 과정이다. 이를 통해 우리는 자연스럽게 합리적이고 넓은 가치관을 형성할 수 있다. 책은 우리의 사고를 확장하고, 고민거리에 대한 다양한 해결책을 찾는 데 도움이 된다.

지금 이 순간, 우리는 책을 읽어야 한다. 책은 우리에게 무한한 세계를 열어 주고, 우리의 마음과 영혼을 풍요롭게 만들어 준다. 아리스토텔레스는 "책은 우리가 알지 못하는 것들을 알려 주는 가장 좋은 친구이다."라고 말했다. 생활에서 훌륭한 친구를 사귀기 위해서는 서로 알아 가고 그의 참된 모습을 알아차리기 위해 오랜 시간이 필요하다. 그런 친구를 만나는 건 어렵지만, 훌륭한 책은 언제든 만날 수 있다. 지금 즐겁게 책을 읽는다면 좋은 친구와 동행하는 행복을 누릴 수 있을 것이다.

감정을 잘 이해할 수 있다

석정숙

독서를 하면 유익한 점이 많다. 가장 큰 도움은 자녀 양육하는 방법을 얻을 수 있다는 점이다.

초보 엄마 시절 아이를 잘 키우고 싶은 바람과는 달리 아이의 돌발 행동으로 서로에게 상처를 남긴 아픈 기억이 있다. 아이의 발달 단계를 이해하지 못한 어리석음이 낳은 결과이다. 자녀 양육에 관한 책을 제대로 읽었다면 다른 결과를 가져왔을 거라는 생각이 든다.

딸은 엄마와 친구가 될 수 있다고 흔히들 말한다. 동성이라는 공통분모를 가지고 있어 대화할 때 공감대가 잘 형성될 것으로 생각하기 때문이다. 딸 셋을 둔 엄마로서 딸과 친구처럼 지내지 못해 반성이 된다. 2020년 6월 24일, 둘째 딸이 책을 선물했다. 최성애, 존 가트맨 박사의 『내 아이를 위한 감정코칭』이다. 표지를 읽는 순간 엄마로서 딸의 감정을 공감해 주지 못했던 지난 일들이 스쳤다.

둘째 딸 민정이가 중학교 3학년 때 심하게 사춘기를 겪었다. 아기 때 한 살 위의 언니는 낯가림이 심해 잠시도 내 품을 떠나지 않으려 했다. 민정이는 언니와 다르게 낯가림도 없고 붙임성이 좋아서 새로운 곳에서도 적응을 잘했다. 유치원 때 남자아이들과도 잘 어울리고 귀여움을 많이 받았다. 초등학교 3학년 때는 담임 선생님이 예뻐해 주셔서 선생님의 자녀를 돌보는 아르바이트를 맡길 정도였다. 학부모 모임에서 만난 엄마들은 민정이가 성격이 좋다고 칭찬을 많이 했다.

공부만 좀 더 잘해 주면 좋겠는데 늘 아쉬움이 남아서 잔소리를 많이 했다. 무주에서 중학교에 다니다가 대전으로 전학을 왔다. 별로 걱정을 하지 않았다. 워낙 사교성이 좋아서 금방 적응하리라 믿었다. 어느 날부터인지 집에 귀가하는 시간이 늦어졌다. 그게 시작이었다. 오전에 버스회사에서 아르바이트하는데, 민정이 담임 선생님한테서 전화가 왔다. 아이가 학교에 오지 않았다는 것이다. 깜짝 놀라 집에 가 보니 아이가 침대에 자고 있었다. 그 후로 몇 번이나 담임 선생님의 전화를 받았고 딸과의 전쟁이 이어졌다. 아침에 학교 갈 때마다 큰 소리로 깨워야 했고. 아이의 행동을 고치려고 훈계하고 잔소리했다. 일찍 집에 오겠다고 약속했는데 지키지 않았다. 연락도 받지 않아 속이 까맣게 타들어 갔다. 급기야 새벽녘에 집에 들어온 아이를 때린 적이 있다. 그때부터 서로의 거리는 점점 멀어졌다.

어떻게 하면 민정이가 공부도 열심히 하고 모범적인 생활을 할까 고민했다. 대전 위캔센터에서 상담도 받아 보고, 기독교봉사회관에서 하는 사랑의 대화법도 들었다. 지금도 기억나는 것은 '나 전달법'이다. 그 당시 너 전달법으로 아이에게 말하고 있던 때라 눈이 번쩍 뜨이는 느낌이었다. 예를 들면 "너 앞으로 늦게 다니지 마."라는 말은 듣는 사람이 지시받는 느낌이 들어 거부감이 들 수 있다. 나 전달법으로 바꾸면 "나는 네가 밤늦게 집에 오면 걱정이 돼. 그런 행동 하지 않았으면 좋겠다."라고 말한다. 딸에게 대화할 때 나 전달법을 사용하면서 관계 회복에 많은 도움이 되었다.

성인이 되어 직장 생활을 하는 딸아이가 어떤 생각으로 이 책을 골랐을지 짐작이 되어 가슴이 아팠다.

아직도 감정을 공감하는 일이 어렵다고 말하는 엄마에게 민정이 감정 공감이 필요하다고 말하는 것 같았다. 『내 아이를 위한 감정코칭』은 젊은 시절부터 나이가 들 때까지 20년간 부부들 삶의 궤적을 관찰한 책이다. 부부가 아이와 어떻게 상호 작용을 하는지, 아이의 성장에 어떠한 영향을 미치는지를 연구한 내용이 나와 있다.

본문에 사춘기와 관련된 뇌의 상태가 언급되어 있다. 뇌의 3층 구조는 뇌간, 변연계, 전두엽으로 되어 있는데, 감정을 주관하는 변연계는 사춘기가 끝날 즈음에 완성된다고 한다. 사춘기에 몸은 어른만큼 성장했어도 감정과 생각, 행동에 균형과 조화를 잘 이루지 못한 상태라고 한다. 이 책을 일찍 읽었더라면 사춘기에 감정 조절이 쉽지 않다는 것을 알았을 것이다. 사춘기에 접어든 딸아이의 감정을 더 잘 이해하고 사이좋은 모녀가 되었으리라는 생각이 든다.

우리 가족은 종종 텔레비전을 같이 볼 때가 있다. 일요일 저녁 KBS 1TV에서 방송하는 〈도전 골든벨〉은 자주 보는 프로그램이다. 50문제를 다 맞히는 주인공이 나올지 기대감이 있기도 하고, 문제를 함께 풀어 보면서 정답과 맞혀 보는 재미도 느낄 수 있어서이다. 저녁을 먹고 설거지도 미뤄 놓고 도전 골든벨을 시청했다. 배구선수 김연경 선수의 모교이기도 한 수원의 한 봄 고등학교 편이다. 문제가 남느냐? 내가 남느냐? 도전 골든벨! 문제가 이어지면서 계속 패자들이 발생했다. 한 문제도 틀리지 않고 쭉 도전을 이어 가는 학생도 있고, 패자 부활전으로 살아나 도전에 합류한 학생들도 있었다. 계속 문제를 풀다가 중간쯤 진행하고 나서 장기자랑 시간이 있다. 무대를 장악하는 춤 솜씨를 보여 준 명물 선생님에게 아이들이 환호했다. 패션 디자이너를 꿈꾸는 학생의 의상 작품은 전문가를 방불케 했다. 장기자랑은 긴장을 해소해 주고 웃음을 유발했다.

어느덧 마지막 문제를 향해 달려가는 학생은 단 두 명뿐이다. 학생의 부모가 아닌데도 누가 남을지 긴장이 되었다. 정답을 맞힌 한 명이 마지막으로 남았다. 46번 문제가 나왔다. "이것은 환자에게 가짜 약을 진짜 약이라고 속여 투약했을 때 병세가 호전되는 효과를 말합니다. '기쁨을 주거나 즐겁게 하다.'라는 뜻의 라

틴어에서 유래한 말로, 의사가 효과 없는 가짜 약 혹은 꾸며 낸 치료법을 환자에게 제안했을 때 환자의 긍정적인 믿음으로 인해 병세가 호전되는 현상을 말합니다. '위약효과, 가짜약효과'라고도 불리는 이것은?" 내가 "플라세보 효과."라고 말하자 "우와, 우리 엄마 대단하다."라는 반응이 나왔다, 어깨가 으쓱 올라갔다. 어느 책에서 읽었는지 정확한 기억은 없다. 플라세보 효과와 노세보 효과에 대한 글을 읽고 믿음이 얼마나 중요한지 깨닫고 가슴에 새겼기에 바로 정답을 맞힐 수 있었다. 딸아이에게 책을 읽어서 상식이 풍부한 엄마로 인정받은 느낌이 들어서 기분 좋았다. 책을 읽으면 일상생활에 필요한 상식이 풍부해진다는 것을 몸소 느꼈다.

여행을 계획하고 있을 때 여행 갈 곳이 소개된 책을 읽어 보면 좋다. 많이 알려진 명소를 알 수 있고, 맛집도 소개되어 있고, 여행 노선을 잘 짤 수 있어 시간도 절약할 수 있다. 책에서 본 명소를 직접 찾아가 보면 책 속 묘사된 장면이나 공간이 생생하게 살아 움직여서 감동을 배로 느낄 수 있다.

제주도에 가족 여행을 갔을 때, 이중섭 생가를 방문했다. 그림에 관심이 많은 남편은 이중섭 화가에 관한 책을 읽어서 아는 얘기가 많았다. 아주 작은 방 한 칸에 가난하게 살다 가족과 헤어졌다고 한다. 아내는 두 아이를 데리고 일본으로 가고, 자신은 홀로 부산에 살았다고 말해 주었다. 그 당시 미술계에서 이단아였고 그림에 대한 열정이 대단한 사람인데, 일찍 세상을 떠나 안타깝다고 했다. 남편의 설명을 들으며 관람을 하니 이중섭 화가의 어려웠던 생활이 고스란히 느껴졌다. 책에서 나온 이야기가 더해져서 여행의 감동이 배가 되어 새롭게 와닿았다. 어딘가를 갈 때, 관련 책을 미리 읽어 보면 좋겠다고 생각했다.

투자 대비 최고의 이익을 가져올 수 있는 일이 독서이다. 『정서 지능』의 저자 대니얼 골먼 박사는 학생 때 성적이나 지능보다, 정서 지능이 높은 사람들이 행복하고 성공한 사람들이라고 했다.

나도 생활 속에서 책이 주는 효과를 많이 경험했다. 무엇보다 아이를 이해하는 데 많은 도움을 받았다. 책을 통해 아이의 마음을 좀 더 헤아리는 계기가 되었다. 생활 상식도 늘었고, 여행지에서도 다양한 생각을 할 수 있었다. 독서는 살아가는 데 꼭 필요한 항목이다. 조금씩이라도, 책을 읽으려고 하는 이유다.

강사의 독서법

3-10.
강사에게 독서는 참스승이다

유연옥

    1997년에 발행된 유성은 작가의 『하루 5분을 살리면 인생이 달라진다』, 부제 '자투리 시간을 활용해 성공한 사람들'의 이야기에 끌렸다. 성공한 사람과 실패한 사람의 차이는 바로 이러한 시간관리에 있다. 탁월한 사람은 자투리 시간을 효과적으로 사용하지만, 평범한 사람은 자투리 시간을 대부분 그럭저럭 보낸다. 아베크롬비 박사는 환자를 방문하는 동안 연필로 유용한 책을 집필했으며, 서울대 한상면 교수는 자투리 시간을 이용해 8개의 외국어를 익혔고, 맥클레이는 항해 중에 독일어를 배웠고, 풀튼은 기선을 만들고, 모르스는 전신을 발명했다. 자투리 시간을 활용해 자신이 원하는 것을 얻은 성공한 사람들을 보며, 독서를 통해 원하는 것을 얻기 위해 노력했던 시간이 떠올랐다. 자투리 시간을 잘 활용하지는 못했지만 어느 날 시작된 독서로 나의 삶은 180도 변했다.

1997년 말, 우리나라는 국제금융위기 IMF로 경제적 위기에 처했다. 대기업에서는 직원들을 감축했고, 명퇴자가 늘어만 갔다. 개인 사업을 하던 지인들도 매출 하락으로 도산 위기에 처했다. 광고 대행업을 하던 우리 사무실도 예외는 아니었다. 월 매출은 평소보다 절반도 미치지 못해 1998년 4월 폐업을 했다. 7년 동안 출근하다 집에만 있으니 텔레비전만 보게 되었다. 큰아이 방을 청소하다 책장에 빼곡한 책 중에 한 권을 꺼내 침대 끝에 걸터앉아 읽었다. 아이들이 돌아오는 시간도 잊은 채 몇 시간을 『하루 5분을 살리면 인생이 달라진다』를 읽었다. 그중 '시간은 돈 이상이다'라는 문장을 읽고 난 후, 머리를 얻어맞은 기분이 들었었다. 그 귀한 시간을 버리고 살았구나. 한없이 작아지는 나를 발견했다.

　IMF로 경제 활동을 하지 못했다고 삶이 끝난 것처럼 포기하고 살았던 지난날들이 후회스러웠다. 책 속에서 한 줄기 희망을 찾았다. 지금 당장 무엇이라도 해야 할 것같이 마음이 분주해졌다. 역 주변에 있는 제법 큰 서점에 갔다. 책을 뒤적이다 이곳저곳 코너를 돌면서 긴 시간 머물렀다. 제목만으로도 끌리는 책, 표지가 예뻐서 끌리는 책, 글씨가 커서 한눈에 들어오는 책 중 한곳에 시선이 갔다. '부동산 공인중개사'. 빨간 표지에 노란색으로 굵게 쓰인 두꺼운 책들이 줄 맞추어 꽂혀 있었다. 민법, 부동산학개론을 열어 보고 제자리에 꽂아 두었다. 한글을 읽었는데 뜻을 모르겠다. 육아 핑계로 단편 소설, 에세이, 수필집만 읽던 내가 전문 서적을, 그것도 자격시험을 준비할 수 있을까? 한참 망설이다 얇은 시집 한 권만 사서 나왔다.

며칠 동안 부동산 공인중개사 책이 아른거렸다. 자격증 시대에 맞추어 준비하고 싶었다. 정보를 찾아보고 서점을 다시 방문해 6권의 책을 사 왔다. 무엇이든 할 수 있을 것 같은 에너지로 하루 15시간 이상 도서관에서 공부했다. 이해할 수 없는 법률 용어는 해설집을 꼼꼼하게 확인하며 반복해서 읽었다. 수면 부족에 과로까지 겹쳐 며칠을 일어나지도 못했다. 수시로 코피를 쏟아 내면서도 할 수 있다는 의지로 버텼다. 하고자 하는 의지 때문이었을까? 2000년 9월 시험에 합격하여 12월에 부동산중개사 사무소를 열었다.

자기 계발서를 읽으며 고객이 원하는 것을 분석했다. 고객의 마음을 움직일 수 있는 것은 정확한 정보와 신뢰이다. 신뢰를 위해 같은 시간에 문을 여는 성실함으로 고객을 맞이했다. 청결함은 물론 차 한 잔도 정성껏 준비했다. 고객이 존중받는 느낌이 들어 다시 방문할 수 있도록 최선을 다했다. 23년 전 두려움으로 도전을 포기했다면, 지금 나는 무엇을 하고 있을까? 내일이 아닌 지금, 'here and now' 하지 않으면 후회하게 된다.

독서를 통해 내 삶은 달라졌다. 앞으로 더 많은 변화가 있을 것이다. 지금 우리가 책을 읽어야 하는 이유를 정리해 보겠다.

첫째, 다양한 주제와 이야기를 통해 새로운 지식과 정보를 습득할 수 있다. 첫아이 임신으로 육아에 대해 아무것도 모르던 내가 소중한 생명을 건강하게 키울 수 있었던 것은 『출산과 육아 정보』 덕분이다. 정보대로 만든 이유식도 잘 먹고 건강하게 자랐다. 아이들의 성장에 따라 동화책, 위인전 등을 함께 읽으며 독후감 지도도 할 수 있었다. 아이들의 눈높이에 맞는 사고로 대화의 폭도 넓어지고, 모르는 것을 물어보면 대답해 줄 수 있어서 선생님이 된 것 같았다. 무엇보다 책을 읽고 소통할 수 있어서 더할 나위 없이 행복했다. 이처럼 독서는 무에서 유를 창조할 수 있는 기틀이 되었다. 지식과 정보를 얻는 힘이 있다. 책 속에 답이 있었음을 실감했던 시기였다.

둘째, 독서는 사고력, 집중력, 상상력 등의 인지 능력을 끌어올린다. 청소년부터 노인에 이르기까지 다양한 분야의 강사 활동을 했다. 강의가 잘 풀리지 않을 때마다 책 속의 한 줄로 위기를 벗어날 때가 있었다. 강의 현장에서 교육생들의 눈빛과 표정을 보며 소통하는 힘이 생겼다. 강사로 자리 잡을 수 있는 것 또한 책속의 명문장 덕분이다. 복지관 강의에서 "어르신들이 살아온 삶의 경험과 지혜는 도서관보다 위대하다. 어르신 한 분이 돌아가시면 도서관이 사라지는 것이니 건강하게 50년쯤 더 사셔야 한다."라는 말에 박수를 받을 수 있는 것 또한 독서의 힘이며 책은 위대한 스승임을 경험했다.

셋째, 독서는 언어 능력과 문학적 감성을 발전시키는 데 도움을 준다. 사회복지시설 종사자 인권 교육에서 정현종의 「방문객」이라는 시를 읊었다. '사람이 온다는 건 사실은 어마어마한 일이다. 그의 과거와 현재와 그리고 미래가 오기 때문이다. 한 사람의 일생이 오기 때문이다. 부서지기 쉬운, 그래서 부서지기도 했을 마음이 오는 것이다.' 강의장이 숙연할 정도로 조용해졌다. 종사자들이 마음에서 우러나오는 친절을 베풀기를 바라는 마음과 현재 하는 일의 숭고함에 감사한 마음을 전하고 싶었다. 시 한 편을 전했을 뿐인데, 그날 강의 평가는 기대 이상이었다. 교육생의 마음을 움직일 수 있는 의미 전달이 성공한 것이다. 책 속에는 아름다운 언어들이 숨어 있다. 감성을 건드려 주는 언어를 찾아내는 것 또한 독자의 몫이다.

다독보다는 정독하는 것이 도움이 된다. 마음이 가는 페이지에서는 지리산 촛대봉에서 마주한 오색찬란한 여명처럼 마음에 무지개가 뜬다. 이처럼 독서를 통해 성장할 수 있었던 것도 책을 통해서였다. 책은 다양한 경험과 인생의 지혜를 얻을 수 있고, 자기계발과 성장을 위한 자극제가 될 수 있다. 늘 이런저런 핑계를 대고 있지만, 곁에 두고 조금씩이라도 읽으려고 한다. 지금 읽는 책이 바로 내가 된다.

3-11.
책은 새로운 눈을 뜨게 하는 스승이다

이서윤

　책을 왜 읽어야 할까. 그리고 일부 사람들은 왜 책을 읽지 않을까. 평소에 이건 나 자신에게도 하는 질문이다. 다른 이들에게 질문을 던졌다. 스마트폰이 있으니 굳이 책을 읽지 않아도 된다고 한다. 또 바빠서 책 읽을 시간이 없다고 한다. 스마트폰으로 읽는 몇 줄로 책을 읽은 효과가 생기는 게 맞을까?

　책을 읽으면 논리적인 사고를 하고 지식이 쌓여 난제가 닥쳤을 때 사유할 힘이 생긴다. '아는 만큼 보인다. 보이는 만큼 안다.'라는 말이 있다. 책을 읽은 만큼 문제해결력이 생기고 다양한 해결 방법을 찾을 수 있기 때문이다. 책을 읽으면 좋은 방법 세 가지를 소개한다.

　첫 번째, 자연스러운 지식 습득에 도움이 된다. 육아 기간 아이에게 하루에도 여러 권의 책을 읽어 줬다. 생후 두 달부터 같이 누워서 손바닥 그림책을 들고 이야기했다. 글 없는 그림책을 읽으며 아기를 위해 호랑이가 됐다가 기린이 됐다가 돼지가 되어 가며 이야기를 들려줬다. 자기 전에도 늘 책을 읽었다. 그래서인지 딸은 학습지를 하지 않았는데도 18개월에 한글을 뗐다. 자식이 천재인 줄 착각할 뻔했다. 한글을 빠르게 떼고 언어를 빨리 습득하는 데 책만큼 좋은 게 없다는 것을 깨달았다. 그 이후로도 아이는 친구들과 집에서 놀다가도 잠시 조용하면 책을 들고 있었다. 지금도 대화를 해 보면 상당히 논리적인 편이다. 책은 자연스럽게 언어 습득을 돕고, 유아에게는 놀잇감이 되고, 아동에게는 간접 체험 공간을 만들어 준다. 간접 경험만큼 좋은 것이 있을까? 책은 먼저 경험한 작가들이 세상의 다양한 것을 미리 알려 주는 속삭임과 같다. 속삭임을 잘 들어 두고 난제에 부딪혔을 때 머릿속에 넣어 둔 지식을 꺼내 응용하여 사용하자.

두 번째, 책을 읽는 것은 집단 지성이 된다. 2020년 1월, 중국 우한에서 시작된 코로나19 팬데믹은 한국에도 곧 영향을 미쳤다. 잊을 수 없는 그해 2월 3일, 첫 강의가 7시간 전에 취소됐다. 이걸 시작으로 예정된 강의가 싹 다 취소되었다. 당황스러운 시간이 계속 이어졌다. 기업은 경제 활동을 해야 지속이 가능하다. 공모 사업으로 받은 교육을 진행하는 것도 사회적 거리 두기로 인해 쉽지 않았다. 사람이 모이면 안 된다고 하니 어떻게 운영해야 할지 몰랐다. 조직원들이 고민에 빠졌으며, 대표인 내 고민은 말로 표현할 수도 없을 만큼 깊었다. 연일 자구책 회의를 했다. 회의를 거듭한 결과, 강사 역량 강화 프로그램을 자체적으로 운영하자고 했다. 소속 강사 중에도 역량이 월등한 강사가 있는가 하면, 같은 강의를 해도 평가가 낮은 강사가 있었다. 강사들의 강의력을 끌어올리기에 좋은 시기라고 생각을 바꿨다. 강사이기에 익숙한 강의안만 변형하여 교육하는 것이 아닌, 새 콘텐츠를 개발하자는 결론이 났다. 그전에도 스터디를 통해 독서를 했었지만, 강의 일정이 바빠지니 금세 시들해졌다. 일이 없는 코로나 시기를 이용해 책을 각자 읽고 발표와 토론을 거치다 보면 공부도 되고 새 콘텐츠를 개발할 수도 있다.

그렇게 책을 중심으로 모여 토론하고 책 내용과 각자의 경험을 녹여 스토리텔링을 짜며 역량 강화를 했다. 힘든 시기를 극복할 간절한 독서 프로그램이었다. 우선 강의와 연결할 수 있는 책을 선정하여 일 년 과정을 열었다. 줌 강의가 없는 날은 사무실에서 서너 시간 동안 각자 공부한 부분을 얘기하고 질의응답을 했다. 그 책 중에는 학생들이 읽으면 좋을 듯한 『선생님, 경제가 뭐예요?』로 기본적인 경제 개념을 익히고, 강의에 적용할 그림과 활동지 등의 자료를 확보했다. 그다음엔 아담 스미스의『도덕감정론』과 『국부론』을 읽으며 '보이지 않는 손'에 대해 치열한 토론을 했으며, 도매 다쿠오 작가의 『지금 아담 스미스를 다시 읽는다』를 읽었다. 이와 연결하여 존 메이너드 케인즈의『돈, 민주주의 그리고 케인즈의 삶』을 읽고선 케인즈가 보는 경제는 아담 스미스의 경제학과 다른 점을 토론했다.

회의나 워크숍을 위해 주현희 작가의 『더 퍼실리테이션』을 읽으며 문제 해결력을 키워 나갔다. 환경·생태 ESG 분야에서는 루리 작가의 『긴긴밤』을 읽었는데, 이 책은 인권과 생명 존중을 연계하여 공부할 만했다. 헌법에 관한 공부가 필요했을 때는 배성호, 주수원 작가의 공저 『선생님, 헌법이 뭐예요?』를 읽었다. 이책은 민주주의와 시민의 권리, 헌법을 왜 지켜야 하는지 실사례를 들어 알려 준다. 예를 들면, 불편한 자전거 헬멧을 필수로 쓰는 건 나의 행복을 침해하는 일이 아니냐는 질문에, 행복 추구권과 안전 유지권 중 어느 쪽이 장기적으로 이득이 되는지 답해 준다. 법이 있는 건 알지만 그 법을 왜 지켜야 하는지 모를 수 있는데, 이런 사례들을 통해 알려 주는 식이다. 일 년 동안 필독서 9권을 읽으며 여러 참고 도서를 통해 경제에 대해 개념을 확실히 정립할 수 있었다. 사람의 욕구에 대해 자신이 하고 싶은 일과 벌고싶은 돈에 대해 활동 자료까지 만들 수 있었다. 사회관계 면으로소통, 관계와 나눔 편까지 골고루 응용할 수 있었다. 이는 소속강사들의 강의력이 확장되는 계기가 되었다. 강의 중 질문이 들어왔을 때 강사는 적절한 답변을 할 줄 알아야 교육에 대한 신뢰를 줄 수 있다. 완벽할 수는 없어도 최선으로 가려는 노력의 결과가 강의력 확장이었다.

세 번째, 강사로서 자신에 대한 평가다. 주변의 평이나 교육생의 피드백으로 보자면 강의에는 문제가 없었다. 하지만 강사로서채워지지 않는 무언가가 있었다. 정보의 허기와 지식에 대한 갈구가 생겼다.

소셜벤처 교육을 오래 해서인지 현 사회에서 발생하는 문제에 관심이 많다. 작년부터 약물 중독으로 대한민국이 시끌시끌하다. 청소년의 마약 중독이 심각해진 것이다. 자격증도 있고 공부도 따로 했었지만, 사례가 다양하고 전문적인 분야이기에 연일 쏟아지는 마약 현상에 따라가기에 벅찼다. 2주만 지나도 사례는 낡아진다. 다른 방면으로 생각하면 심각한 사회 문제에 당착한 한국이다.

기본적으로 알고 있는 강의 지식이나 응용으로는 부족하다는 생각이 지배적이었다. 전문가의 여러 강의를 많이 봤지만, 내 강의에 대한 허기가 채워지지 않았다. 그러다가 마약 관련 책을 알게 되었고 마약의 정체에 대해 파헤치기 시작했다.

궁금증을 해소하기 위해 『우리는 마약을 모른다』라는 책을 샀다. 유사 이래 마약은 상처를 치유하기 위한 마취 약으로, 혹은 샤먼의 주술로 사람을 믿게 하는 행위 도구나 단순한 향정신성 약물로 존재했다. 책을 읽으며 한국에서도 대마를 재배한다는 사실을 알았다. 유명한 특산품인 안동포를 만드는 원료가 바로 대마다. 꽃이나 잎은 마약 성분으로 소각하고 줄기로 삼베옷을 만들며 뿌리나 씨앗은 한약재나 기름으로 사용된다고 한다. 대마라고 하면 나쁜 줄로만 알았는데, 생각보다 많은 쓰임이 있었다.

다음으로는 『마약하는 마음, 마약하는 사회』를 읽었다. 의사가 쓴 책답게 마약성 약물이 끼치는 해악성 위주로 나와 있었다. 불법으로 약물을 처방받기 위해 애쓰는 가짜 환자들의 사례를 볼 때는 두려움과 안타까운 마음이 절로 들었다. 이 책은 기존에 내가 하던 강의와 비슷했다. 두 권의 책을 읽는 동안 다른 자료에서는 채우지 못했던 정보가 충당됐다. 이렇게 책은 다양한 시각과 신선한 접근으로 내가 모르는 정보를 준다.

역시 책은 어떤 스승보다 뛰어나다. 궁금한 부분들을 찾기만 하면 다 알려 준다. 책을 통해 무형의 스승이 얼마나 많이 생겼는지 모른다. 인생을 어떻게 살아야 하는지를 알려 준다. 강의를 어떻게 해야 하는지도 보여 준다. 마음 수양의 방법과 인간관계를 고민하지 말라고도 한다. 말하는 법도 지도한다.

시로, 고전으로 2천 년 세월을 거슬러 가도 수많은 스승이 있다. 어디 이뿐인가? 보는 책마다 내게 공감을 주고 문장으로 설득하며 실행하게 하는 시인과 소설가가 있다. 철학자, 음악가, 미술가, 무용가를 비롯해 이루 헤아릴 수가 없다.

책을 좋아하며 난 이차적으로 성장했다. 당시엔 몰랐지만, 지난 1년을 돌아보면 책에서 본대로 새로운 길을 가고 있었다. 2년을 돌아보면 또 엄청나게 먼 거리를 뛰고 있었다. 책이 알려 주는 대로 하다 보니 지금도 성장하고 있다. 제일 좋은 건 현재 현상만을 가지고 왈가왈부하지 않는다는 것이다. 원인을 찾을 줄 알게 됐다. 책을 읽으면 읽을수록 발전해 가는 나를 느낄 수 있다. 앞으로 또 얼마나 발전할지 생각만으로도 설렌다. 그렇기에 무엇을 하든 시간이 짧게 느껴지며 매사 주어진 일에 적극적이다. 책 속에서 나는 오늘도 새로운 책을 만난다. 이번에 만날 스승은 내게 무엇을 알려 줄 것인가?

3-12.
독서의 위대한 힘을 믿어라

이현주

"책의 위대한 힘은 스스로 판단해서, 스스로 실행하고, 스스로 책임을 지겠다는 용기를 줘요." 고명환 작가 강연 '절대 실패하지 않는 독서법'에서 이러한 말을 한다. 코미디언이었던 그는 교통 사고로 죽음의 순간까지 경험을 하게 된다. 교통사고 이후 삶은 달라졌다고 한다. 천 권 이상의 책을 읽으면서 많은 내공을 쌓았다. 그는 인생의 부(富)를 이루는 데는 내공이 필요하다는 것을 깨닫는다. 책에서 얻은 아이디어를 실제로 적용해 보기도 한다. 돈으로 바꾼 경험을 전하는 '1,000권 넘게 읽고 알게 된 절대 실패하지 않는 독서법'으로 인문학 강의도 한다. 책을 통해 많은 지식을 얻는 것도 중요하지만, 새로운 아이디어를 형성하는 것도 중요하다.

독서가 나에게 주는 에너지에 대해 생각해 본다. 나는 누구나

다 아는 망해 가는 사업을 인수한다. 교육 사업도 트렌드가 있다. 특히 유아 시장은 더욱 그렇다. 목각은 만지면서 작품을 만든다고 생각을 한다. 그러한 생각의 틀을 바꿀 수 있는 방법에 대해 선생님들과 회의를 한다. 매일 회의를 하면서 벽면을 살펴본다. 내가 하는 사업이 출판·교육 사업이다. 책꽂이에는 창작, 자연, 위인, 전래, 명작, 문학, 역사 등 다양한 책들이 있다. 사무실에서 밤을 새워 가며 모든 책을 읽기 시작했다. 어릴 적 나의 추억을 떠올리기도 한다. 웃음이 나온다. 내 머릿속에서 아이디어가 떠오른다. 정답은 아니지만 도전해 볼 만한 일이라는 생각이 든다. 그렇게 연령대에 맞게 맞춤형 교육 계획안을 내 방식대로 만들어 간다.

초등학생에게는 목각으로 거북선을 만들고 역사서를 펼치면서, 이순신 장군의 일화와 임진왜란 3대 해전에 대해서 발표를 하면서 토론을 한다. 물론 연령에 따라 다르게 전개를 한다. 유아, 유치 단계에는 목각으로 거북선을 만들고 자연 관찰 동화에 나오는 거북에 대한 이야기를 나눈다. 거북은 파충류과에 속하는 동물이다. 파충류 동물의 그림을 살펴본다. 영·유아에 보는 책이라고 생각을 했던 틀을 바꾸어 놓게 된다. 전래 동화에서 많이 등장하는 토끼와 거북에 대해서도 이야기를 한다.

밤을 새워 가며 독서를 통해 새로운 아이디어를 도출해 내면서 교육사업시장에서 파란을 일으킨다. 망해 가는 회사는 지역 사회에서 목각에서 논술까지 배울 수 있다고 소문이 나면서 승승장구하게 된다.

한 질씩 판매되던 책들도 여러 질씩 판매를 한다. 망해 가는 사업장은 이십 년 가까이 나와 함께하고 있다. 짧은 시간에 내가 어떻게 하면 나의 사업을 유지할 수 있을까? 바로 책을 읽었을 뿐이다.

상담을 하면서 선택적 함구증 친구들을 만날 때도 있다. 집에서는 말을 잘하지만 학교나 다른 공간에서는 말을 하지 않는 증상이다. 선택적 함구증은 아이들이 이해관계나 사회적 상황에서 말하지 않는 사회 불안 장애이다. 하지만 이해와 적절한 치료를 통해 극복할 수 있다. 아이들이 사회적 상황에서 불안감을 극복하고, 편안하게 대화를 나눌 수 있도록 돕는 것이 중요하다. 엄마와 함께 들어온 친구와 반갑게 인사를 나눈다. 초등학교 3학년 친구이다. 양 갈래 땋은 머리로 흐트러짐 없어 보이고 예쁜 원피스를 입은 모습이다. 부모와 이야기를 나누는 한 시간 동안에도 어떤 말도 하지 않는다. 친구가 평상시 좋아하는 것이 무엇이 있는지 정보를 수집한다. 예쁘고 아기자기한 형태를 좋아하는 시기이다. 여러 방안을 모색해 보면서 선택을 한다. 독서를 통해 친구와 나누어 보기로 한다. 독서는 마음의 치유와 힐링을 할 수 있는 매체이다.

독서 치료는 문학 작품을 활용하여 심리적인 문제를 다루는 치료법으로서, 많은 심리상담사가 활용하고 있다. 책을 읽는 과정에서 자신의 경험과 감정을 불러일으키면서 자신의 문제를 이해하고 해결해 나갈 수 있도록 돕는다. 독서 치료는 다양한 심리적 문제에 대한 치료 효과가 있다. 특히 우울증, 불안장애, 외상 후 스트레스 장애 등의 문제에 대해 효과적인 치료 방법으로 인정받고 있다. 독서를 통해 자신의 감정과 문제를 이해하고, 자신의 경험을 다양한 관점에서 바라볼 수 있기 때문이다. 독서는 자신의 문제를 이해하고 해결하기 위한 적극적인 자세와 자기 조절 능력을 강화하는 데도 도움을 준다.

1900년대 초기의 독서 요법은 자기 이해와 통찰을 바탕으로 이루어졌다. 정신 질환자, 문제아, 비행 청소년, 비교적 경미한 우울증을 겪고 있는 성인, 노인 등의 치료를 위한 보조적 요법으로 사용되었다. 19세기 후반부터는 치료적 차원뿐 아니라 건강한 사람들의 감성적이고 인지적인 성숙을 도왔다. 건전한 인격 형성을 이끄는 발달적, 예방적 차원에서도 큰 가치가 있는 것으로 널리 알려져 있다.

토마스 무어(Thomas V. Moore)는 문제 성향을 가지고 있는 문제아 지도에 독서 요법이 매우 효과적이라 하여 그 효과를 크게 두 가지로 나누어 살피고 있다. 아이들이 현재 처하고 있는 자신의 문제와 비슷한 시련을 겪고 있는 주인공의 이야기를 읽으면 주인공의 감정이 동화되거나 자기 자신의 정서를 정화하기도 한다. 이러한 과정에서 자신의 억압된 생활로부터 배출구를 찾아 어느 정도 심리적인 구원을 얻게 된다. 아동은 행위와 이상과 각오를 지배하는 일반적인 원리를 끌어들인다. 그것에 따라 스스로가 당면하고 있는 어려움을 건전한 견지에서 다시 보고 생각하게 된다. 자기 자신이 더욱 합리적으로 행동하게끔 하게 된다. 독서로 매주 만나면서 이야기를 나누어 본다. 물론 상담에서는 라포 형성이 무엇보다도 중요하다. 서로 믿음과 신뢰가 주어졌다고 생각할 때 독서를 통해 진행한다. 독서는 상담 현장에서 나에게 많은 힘과 에너지를 주고 있다. 특히 상담 현장에서 느끼는 독서의 위대함은 크다.

지금은 강사 전성시대이다. 많은 강사들이 현장에서 다양한 강의로 자신의 영역을 빛내고 있다. 나는 고명환 작가의 『나는 어떻게 삶의 해답을 찾는가』에서 '읽고 질문하고 기다려라. 절대 일어나지 않을 것 같은 일들이 일어날 것이다.'라는 문장은 독서의 위대함을 보여 준다.

책 속에는 작가님이 감명을 받거나 깊은 사색에 잠길 수 있게 해 준 좋은 책들의 내용이 한 줄, 한 문단씩 소개되어 있다. 어떤 구절을 읽었을 때 나에게 질문과 많은 생각을 할 수 있게 해주는 책이 좋은 책이라고 한다. 질문하고 생각하기를 독서를 통해 더 많이 해야겠다는 의지가 생긴다. 독서를 시작하는 낙타 단계부터 오롯이 나에게 집중하고 스스로 길을 개척하는 사자 단계, 그리고 마지막으로 우리가 궁극적으로 추구해야 하는 어린아이의 단계. 그 무엇에도 얽매이지 않고 자유롭게 즐기며 타인에게 자신이 가진 것을 아낌없이 나누는 가장 자기다운, 무한 긍정의 어린아이 단계. 각 단계마다 독서를 통해 어떻게 다음 단계로 나갈 수 있는지 방향을 이야기해 준다. 나는 책을 통해 많은 것을 얻고 있다. 상담을 하면서 자신을 들여다본다. 내담자들과 쌓아 가는 신뢰도 책을 통해서이다.

강사는 독서를 통해 강의를 윤택하게 한다. 경제적 가치와 삶의
가치를 풍부하게 만들어 주기 때문이다. 상황에 따라 유연하게
접근하고 독서 방법을 적용한다. 자신의 독서 경험을 더욱 풍요
롭게 만들 수 있다. 우연히 독서 목적과 방식을 조절하고 독서를
즐기며 지식과 창의적 발상도 얻을 수 있다. 오늘도 독서를 통해
나의 부드러운 결정론을 믿는다.

3-13.
관점의 전환! 책 속에 비밀이 숨어 있다

정순옥

'책 속에 답이 있다.' 이 말에 강한 긍정의 한 표를 주고 싶다. 강사는 항상 새로운 지식에 목마르다.

지금도 책상 위에는 한 권의 책이 있다. 강의안을 만들 때 책만큼 도움 되는 게 없다. 책은 무궁무진한 아이디어로 가득 차 있다. 한마디로 보물 창고다. 그 속엔 반짝이는 수많은 지혜가 숨어 있다. 새로운 관점으로 세상을 폭넓게 바라볼 수 있는 시야의 문도 열려 있다. 간혹 내가 생각하지 못한 기발한 발상으로 무릎을 치게 하는 마법도 숨어 있다. 이런 것들이 더해져 나만의 교수법을 만들어 낼 수 있는 신기술도 숨겨져 있다. 물론 인터넷을 통해 다양한 정보들을 쉽게 얻을 수도 있다. 시대의 흐름에 맞는 적절한 방법일 수도 있지만, 그 깊이는 확연히 다르다.

얼마 전 방학 특강프로그램으로 초등학교 전 학년 대상 '신뢰 관계 형성' 서클 활동을 진행하게 되었다. 여러 학년이 섞여 있어

평준화된 눈높이 교수법이 필요했다. 막막하던 차에 지인의 도움을 받아 서동욱 작가의 『회복적 생활교육으로 세우는 회복적 학교』라는 책을 추천받았다. 해당 강좌에 대한 전반적 이론 정리와 대상에 맞춘 다양한 교수법들이 실려 있었다. 밤을 새워 책을 읽었다. 말 그대로 노다지 밭이었다. 이론부터 되짚어 주니 강의 목표도 확실하게 잡아 나갈 수 있었다. 아이들이 기대하는 것, 아이들에게 전하고 싶은 것에 대한 효과적인 방법을 찾아낼 수 있었다. 같은 주제를 다르게 표현해 나가며 교육에 맞는 문맥을 찾고, 나만의 비법 소스를 첨가해 입에 딱 맞는 교수법을 만들어 낼 수 있었다. 책은 항상 진리다. 이런 보물 창고를 두고 며칠 동안 전전긍긍했던 시간이 아까웠다. 묵은 체증이 내려가듯이 속이 뻥 뚫렸다. 덕분에 5회차 수업을 알차고 재미있게 마무리할 수 있었다.

 살면서 누구나 자신의 인생에 물음표를 던지고 싶을 때가 있다. 정답을 찾고 싶고, 마음의 정돈이 필요할 때가 온다. 아무것도 들리지도 보지도 못하는, 어두운 동굴 속으로 빠져들 때가 있다. 우리는 그때를 '슬럼프'라 한다. 하던 일을 접고 꿈꾸던 강사 일을 시작했다. 후회한 적은 없다. 사명감으로 일했지만, 그것만으로 만족을 얻을 수는 없었다. 경제적인 부분이 채워지지 못하니 일에 대한 허탈감이 들었다. 일에 대한 열정은 적절한 균형이 이루어질 때 효과적인 시너지를 낼 수 있다는 것을 깨달았다.
 다람쥐 쳇바퀴 돌 듯 반복되는 일상이었다. 열심히 해 보려 해도 방법을 찾지 못했다. 헛헛한 마음에 상담 공부를 시작했다. 깊이 있는 공부의 필요성을 느꼈다. 다양한 책을 보고 그 속에서 나를 표현해 나가는 연습을 했다. 우연히 듣게 된 노래 한 구절로 감상에 빠질 때가 있다. 마치 내 마음을 꿰뚫는 것 같은 울림을 받을 때 노래는 색다른 위로가 되어 주었다.

노안영 작가의 『불완전할 용기』라는 책 속의 한 줄도 그랬다. 정리되지 않은 내 생각들을 깔끔히 정리해 주었다. '당신 옆에 있는 사람도 있는 그대로 참 훌륭합니다. 당신 역시 부족한 것이 많이 있지만, 있는 그대로 참 훌륭합니다. 당신과 함께하는 사람도 역시 열등한 것이 많이 있지만, 있는 그대로 참 훌륭합니다. 당신이 가진 열등감을 극복하기 위해 격려가 필요합니다. 당신이 격려를 통해 가져야 할 용기는 있는 그대로 당신이 될 불완전할 용기(courage to be imperfect)입니다.'

지역의 상담센터에서 사례 관리 상담 지원을 한 지 벌써 3년째다. 상담센터에서 회기 상담을 마친 내담자를 대상으로 상담 지원 활동을 했다. 주로 성인 대상 사례 관리로 이루어졌지만, 지난해는 부모 의뢰로 중학교 1학년 남학생을 만나게 되었다. ADHD 약 복용, 사회생활 부적응, 학교생활 부적응, 폭력성 강함 등 빼곡히 적힌 사전 정보를 보고 멍한 생각이 들었다. 상담보다 병원 치료가 필요한 학생이라 생각했다. 긴장된 마음으로 첫 대면을 가졌다. 예상대로 반항적이고 냉소적인 태도를 보였다.

"이번 상담 목표는 뭐죠? 몇 번이나 만나면 되는 거예요? 오늘은 무슨 검사부터 하나요?"

뻔한 말이 귀찮다는 듯 빈정대는 말투에서 반항심이 드러났다.

"선생님은 너랑 그냥 이야기하러 왔는데, 말하고 싶지 않으면 말하지 않아도 괜찮아. 서로 재미있게 할 수 있는 것이 뭐가 있는지 찾아보자."

태연한 척했지만, 걱정이 앞섰다. 머릿속에 오만가지 생각이 들었지만, 아이가 표현할 때까지 기다렸다. 시간이 지나니 서서히 마음을 열기 시작했다. 말하지 않아도 그 아이의 태도, 말투, 표정에서 마음을 읽어 낼 수 있었다. 상담의 기본 태도는 경청과 공감이라고 하지만 인내의 시간만큼 중요한 것도 없다. 조금 서툴고 느려도 있는 그대로 칭찬하고 격려해 주었다. 회기가 지날수록 냉소적이었던 아이의 태도가 달라졌다. 가시 돋은 말로 내뱉었던 표현이 부드러워지기 시작했다.

"저는 랩을 좋아해요. 랩을 할 때 가장 기분이 좋아요."

멋쩍은 듯 랩 가사를 빼곡히 적은 노트를 내밀며 환하게 웃던 모습에서 순수함이 묻어났다. 숨은 장점이 많은 아이였다. 칭찬을 받아 본 적이 없다면서 랩을 할 때마다 신나 하던 아이의 모습이 아직도 선하다. 있는 그대로 참 괜찮은 아이라고 말해 주고 싶었다. 작은 격려로 열등감에서 벗어날 수 있는 용기를 가졌으면 했다.

책은 어수선하고 편협한 나의 눈과 귀를 열게 해 주었다. 그 속에서 나와 다른 감정을 찾고 객관적으로 바라볼 수 있는 여유를 주었다. 인정하고 싶지 않고 들키고 싶지 않았던 열등감을 세상

밖으로 끄집어내 주었다. 닫혀 있던 사고의 관점을 전환시켜 주고, 다른 각도로 바라볼 수 있는 용기도 갖게 해 주었다. 이제 조금 더 확실한 미래를 설계할 수 있다. 강의를 통해 다른 사람들의 마음을 어루만져 주는 사람이 되고 싶다.

책을 읽으면 정서적 감정 표현이 남다르다. 책 속에는 작가의 생각과 감정이 다양하게 묘사되어 있다. 나와 연결되는 공감의 꼭지를 찾아내면 마음 근력을 키울 수 있는 밑거름도 얻을 수 있다. 이런 연결 고리는 일상 속 대화뿐만 아니라 강의 중에도 좋은 시너지를 낸다. 전에 다문화가정 부모 대상으로 대화법을 강의한 적이 있다. 몇 명은 한국말이 서툴러 소통하는 데 조금 불편함이 있었다. 평소 말하는 속도의 1/3로 강의를 진행해야 했다. 어려움이 있는 분들은 눈빛과 손짓으로 사인을 보냈다. 불편함 없이 소통되는 것이 신통했다. 아이들 이야기에 훈훈한 시간이 이어졌다. 그중 한국어를 잘하는, 일본 국적의 부모 이야기를 들은 적이 있다. 문화가 다른데도 한국 정서를 그대로 표현하였다. 한국말을 배우려고 매일 같이 책을 읽었다고 한다. 책을 읽으면서 스며들었던 감성이 고스란히 묻어나오고 있었다.

책장에는 읽지 못한 책들이 수북하다. 어떤 책 속에 보석이 숨어 있을지 모른다. 입맛에 맞는 정보 수집을 위한 독서가 아닌, 마음을 담아낼 수 있는 편식 없는 독서 습관을 만들어 가야겠다. 혹시 지금 나를 다독여 줄 용기가 필요하다면, 책 속에서 용기를 얻기 바란다. 수없이 질문하던 문제의 모범 답지가 책 속에 숨어 있을 것이다. 책은 인생의 나침판이다. 살아가면서 고단함으로 길을 잃고 헤맬 때 책을 보자. '나는 있는 그대로 충분히 괜찮은 사람이다'라는 진리를 얻을 수 있을 것이다.

3-14.
독서는 나를 만들어 가는 과정

정영혜

초등학생 때부터 고등학생 때까지 백일장에서 자주 상을 받았다. 국어 선생님이 되고 싶어서 국립대학교 국어국문학과에 입학했다. 1학년 교양과목 시간이었다. 교수님은 독서의 필요성에 대해서 질문했다. 자율적으로 학생들의 대답을 유도했지만 발표하는 학생이 적었다. 그때 무슨 책을 읽고 있었는지는 지금 기억이 나지 않는다. 책을 읽으면서 작가의 글에 감동하고 있었나 보다. 나는 손을 번쩍 들고 일어섰다.

"교수님, 자기가 관심 있는 분야의 책을 펼치면 언제, 어느 때, 몇 번이고 상관없이 작가를 만날 수 있습니다. 자신이 원하는 시간에 작가와 마주 앉아 그분의 생각을 듣고 함께 이야기 나누며 둘만의 데이트를 하는 겁니다. 부끄럽지도 않고, 잘난 척을 하지도 않고, 서로 눈치를 보지 않아도 됩니다. 책을 읽으면 행복한 마음이 들고, 나만이 가지는 행복한 부자가 되는 기분입니다. 거

강사의 독서법

기에 반해 책값이 너무 저렴하다는 것이 개인적 생각입니다." 모두 기억하지는 못하지만 이런 내용으로 발표하였다.

교수님은 다음 주 수업 시간에 나를 불러 세웠다. 나도 친구들도 깜짝 놀랐다. '내가 무얼 잘못했나?'

지난주에 일어서서 했던 말을 다시 한번 그대로 해 보라고 했다. 무엇 때문인지는 설명해 주지 않았다. 기분 나빠서이거나 꾸짖으려는 것이 아니라는 생각은 들었다. 대학교 일 학년이었지만, 교수님이 지난주에 발표한 내용을 다시 듣고 싶어서 물어본 것이라 여겼다.

그때부터였을까? 책 읽기를 더 좋아하게 되었다. 독후감을 쓴다거나, 독서 노트에 정리하거나 어떤 결과를 기록하지는 않았다. 사실 어떻게 기록해야 하는지 몰랐다. 그냥 책 읽는 것을 좋아해서 학과목 이외에도 두 권 정도를 항상 가방에 넣고 다녔다. 초등학교 때부터, 아니, 대학생 때라도 누가 독서 방법을 좀 가르쳐 주었더라면 얼마나 좋았을까? 기록하는 방법을 알았더라면 대학교 1학년 때는 무슨 책을 읽었고, 무엇을 느꼈고, 어떤 구절을 좋아했었는지 알 수 있을 텐데 말이다.

2013년 원장 교육, 교사 교육을 전문으로 하는 '유아행복연구소' 소장님으로부터 『독서 천재가 된 홍대리』 책을 추천받았다. 평소에 책을 많이 읽어야 한다는 생각과 책을 읽고 싶은 욕망이 많았다. 끝까지 꾸준하게 읽지 못하는 나 자신이 항상 부족한 사람이라고 생각했다. 완독하지 않으면서도 '책을 많이 읽어야 하는데….'라는 생각은 늘 하고 있었다.

『독서 천재가 된 홍대리』를 밤을 새워 이틀 동안 다 읽었다. 책속 주인공 홍대리의 삶이 변화하는 걸 보면서 가슴이 콩닥거려 잠을 이루지 못했다. 그 변화를 나도 누리고 싶었다. 그때부터 책 읽는 재미를 조금씩 알게 되었다. 함께 책을 읽기 시작한 친구는 "책 팔아먹으려고 너무 과장해 놓았더라."라고 말했다. 그렇게 말하는 친구가 미웠다. '그렇게 생각할 수도 있겠구나!'가 아니라 '저 친구는 부정적 생각이 가득하네.'라고 생각했다. 그 이후로 그 친구와 만나는 횟수가 예전보다 줄어들었다. 친구는 뭐 속상한 일 있냐고 물었지만 끝내 그 이유를 말하지 않았다.

『독서 천재가 된 홍대리』를 읽고 난 후 많은 성취감을 얻었다. 완독이 주는 기쁨은 자신감으로 이어졌다. 그 이후로 책 읽는 재미를 알게 되었고, 조금씩 책과 친해지기 시작했다. 지금은 읽고 싶은 부분만 읽어도 된다는 것을 안다. 하지만 그때는 완독해야 한다는 스트레스로 책을 멀리했었다.

국어국문학과에 입학했지만, 휴학하고 유아교육과에 다시 입학하여 졸업했다. 아이들에게 그림책을 읽어 주는 유치원 교사가 되었다. 길을 잃어 엄마를 찾아가는 『아기염소』를 읽을 때는 아이들의 마음이 되어 눈물을 흘리기도 하고, 『브레멘의 음악대』를 읽을 때는 함께 춤을 추기도 하였다.

어린이집 원장이 되어서는 어머니들과 함께 독서의 중요성을 공부하는 소모임을 만들었다. 소모임을 바탕으로 엄마들의 독서 모임 '엄마나비'를 만들어 책 읽는 엄마의 문화가 자리 잡도록 하였다. 2013년에 배운, 책 읽는 방법, 기록하는 방법, 시간 관리, 등을 알려 주었다.

하루 2권 이상 아이에게 책을 읽어 주는 습관을 들이기 위하여 독서 달력을 만들었다. 가정에서 엄마나 아빠 누구든지 아이에게 종이책을 읽어 주고 책 제목을 매일 독서 달력에 기록한다. 한 달 동안 기록한 독서 달력을 다음 달 초 5일까지 어린이집으로 보내면, 매일 책을 읽어 준 어머니나 아버지에게 상장을 주고, 아이에게는 금메달을 목에 걸어 주었다. 금메달을 목에 단 친구는 그달의 '독서천재'가 된다. 매월 시상식을 했다. 정말 책을 읽어 주었는지, 책 제목만 써서 보냈는지는 엄마들의 양심에 달려 있다. 어린이집에서는 독서 달력을 기준으로 꾸준히 상을 주었다.

어린이집에서는 각 반 담임이 하루 2권 아이들에게 책을 읽어 주고 자기 반 독서 달력에 책 제목을 기록한다. 어린이집에서도, 영 유아기에 책 읽는 것이 습관이 되도록 노력하는 것이다. 아이들은 그림책에 등장하는 주인공들을 보며 손뼉을 치기도 하고, 나쁜 사람이라고 화를 내기도 하면서 그림책 속으로 빠져든다. 친구와 싸우지 않고 사이좋게 지내며, 내 물건을 나누어 쓸 줄 알고, 힘든 일은 도와주어야 하는 것을 책을 통해서도 알게 된다.

그림책을 읽으면서, 해도 되는 행동과 하면 안 되는 행동을 구분할 줄 아는 자기 조절 능력이 생긴다. 그림책에 나오는 등장인물과 감정을 공유하고 다른 사람의 의견을 존중하는 마음도 갖게 된다. 나아가 바람직한 인간관계를 형성할 수 있는 어른으로 성장하게 된다. 그래서 책 읽기는 영 유아기에 가장 필요한 활동이다.

유아교육 전공 석사 학위 보고서의 제목은 〈그림책을 활용한 유아 인성 프로그램이 유아의 정서 지능에 미치는 효과〉이다. 보고서의 소재는 그림책이다. 2019년 5월에는 어린이집 아이들의 일상을 글로 써서 출판사 150곳에 투고한 결과, 『아이들이 행복한 세상 선생님과 부모가 함께라면 가능합니다』 육아 도서를 출간하게 되었다. 개인 저서를 출간하고 네이버에 작가로 인물 등록을 할 수 있게 되었다. 책 읽기를 좋아했던 키 작은 꼬마 아이는 작가가 되었고, 어린이집 원장이 되었다.

2023년부터 강사들과 함께하는 독서 모임을 리더하고 있다. 사람은 코로 산소를 들이마시고 이산화탄소를 내보내면서 숨을 쉬고 살아간다. 밥과 음식으로 필요한 영양을 섭취한다. 책 읽기도 산소와 음식처럼 인간이 살아가는 데 많은 영향을 미친다. 인간은 다른 사람을 통하여 삶의 지혜를 배운다. 저 사람을 닮은 삶을 살 것인지, 절대 따라 하면 안 되는지, 살면서 터득한다. 그런 다양하고 많은 삶의 지혜가 책 속에 숨어 있다. 숨어 있는 그 보석을 누가, 언제, 찾아서 자기 것으로 만드는지는 각자의 몫이다.

2013년 『독서 천재가 된 홍대리』를 읽지 않았다면 지금의 나와 다를 수도 있었을 것이다. 감사한 일이다. 책을 좋아하게 된 계기는 개인마다 다를 것이다. 어떤 계기든 책을 좋아하게 되었다면 그건 축복이다. 〈터미네이터〉, 〈아바타〉, 〈타이타닉〉 영화를 만든 '지구 최고의 영화감독' 제임스 카메론은 영화의 상상력과 모든 아이디어를 책에서 얻었다고 한다. 『성경』, 『성공의 법칙』, 『손자병법』을 반복해서 읽었다고 한다. 그는 '반복해서 읽는 것, 정독하는 것이 중요하다.'라고 했다. 지난주부터 『성경』 창세기 1장부터 5페이지씩 소리 내어 읽기 시작하였다. 『성공의 법칙』은 일독을 마치고 재독을 시작하였다. 손자병법을 아직 읽지 못했기에 올해 일독이 목표이다.

지금, 책을 읽어야만 하는 이유는 나를 알아차림, 나의 부족함을 채워 나가는 과정이다. 강사는 교육 대상자들에게 지식을 전달하고, 교육 대상자들의 어려움을 파악하여 동기 부여는 물론 그들의 자존감을 높여 줌으로써 그들의 삶에 도움을 주어야 한다. 그래서 늘 공부하고 책을 읽고, 글쓰기 또한 게을리해서는 안 된다.

저녁을 먹고 책상에 앉았는데 창문 너머 뿌옇게 뒷산 나무들의 형체가 보인다. 어느새 새벽이 되었다. 좀 더 나은 강사가 되기 위해 내 방 책꽂이에 자리하고 있는 작가님과 데이트를 하고, 블로그를 쓰고, 글을 쓰고, 강의안을 만들고 있다. 주인이 꼬박 밤을 새웠는지 모르는 우리 집 강아지 두 마리가 자동 배식 음악 소리를 듣고는 아침밥 달라고 나를 찾아온다. 새로운 하루가 시작되었다. 오늘은 또 어떤 일들이 펼쳐질까?

3-15.
독서는 강사의 양식이다

정종관

　책을 읽으면 좋다는 사실은 삼척동자도 다 아는 사실이다. 그런데 게으름이 독서하는 시간을 잡아먹는다. 학창 시절과 군 시절을 통틀어서 과연 몇 권의 책을 읽었는지 스스로 질문해 보면 부끄럽기 그지없다. 강사의 길로 들어선 지 벌써 다섯 번째 해를 넘겼다. 그동안 몇 권의 책을 읽었냐고 질문하면 할 말이 없다. 매월 최소 세 권의 책을 읽겠다고 작정한 버킷리스트대로만 실천했다면 단독 저서 작가가 되었을 것이다. 현실은 아니었다. 실천 의지가 부족한 애매한 계획이었기 때문이리라. 이렇게 무의미하게 흘려보낸 세월이 너무 아쉽다. 아들이 둘이다. 아들들에게는 책 읽는 것을 많이 강요했었다. 많이 읽었다. 그래서인지 국어는 시험 공부를 하지 않아도 좋은 성적을 받아 왔다. 아이들도 그렇게 이야기한다. 책을 많이 읽었던 덕분이라고. 강요는 하면서 책을 읽지 않는 아빠를 보면서 어떤 생각을 했을까. 아이들에게 최고의 교육은 부모가 먼저 본을 보이는 것이다. 그렇게 하지 못해서 많이 아쉬울 뿐이다. 단 한 사람이라도 나와 같은 전철을 밟지 않고 후회하지 않았으면 한다. 그래서 책을 읽어야 하는 이유를 몇 가지로 정리해 보려고 한다.

첫째, 최고의 스승을 만날 수 있다. 강사로서 꿈 너머 꿈을 갖게 된 가장 큰 동기 부여도 바로 책을 통해서다. 대한민국의 최고의 엘리트 집단에 속해 있는 사람들도 꿈 너머 꿈이 없다는 사실이 큰 충격으로 다가왔다. 엘리트로 성장하는 과정에서 좋은 책을 만났더라면 더 큰 꿈을 가졌을 것이다. 그 꿈을 이룬 다음에는 어떤 꿈을 꿀까를 상상했을 것이다. 그랬더라면 지금의 대한민국보다 더 성장한 대한민국이 되었을지 누가 알겠는가. 책을 통해서 느꼈던 대로 내 삶 속에서 늘 꿈을 꾸고 있다. 공저를 시작하면서 다음에는 어떤 책을 써 볼까를 생각하게 되었다. 일상이 되고 습관화가 되었다. 그리고 지금은 두 번째 공저를 진행 중이다. 세 번째는 단독 저서를 꿈꾸고 있다.

책을 읽으면서 자신도 모르게 변화를 꾀한다. 나도 주인공처럼 되겠다고. 아니, 주인공을 뛰어넘어야겠다고. 중요한 사실은 뛰어넘어야 한다는 생각에 더해서 행동으로 옮기는 것이다. 행동으로 옮겼을 때 책을 통해서 알게 되었던 사실이 완성되었다고 할 수 있다. 내가 '꿈 너머 꿈'을 갖게 된 계기도 앞에서 이야기했던 고도원 선생님의 『꿈 너머 꿈』을 읽고 감명을 받았기 때문이다. 그렇게 되어야겠다고 마음에 굳은 결심을 했기 때문이다. 결심만

하고 행동으로 옮기지 않았다면 지금처럼 의미를 부여하지 못했을 것이다. 영향력 있는 강사가 되어야겠다. 그리고 선한 영향력을 널리 퍼트리는 명강사가 되어야겠다는 다짐이 있었다. 아직은 명강사의 반열에 오르지는 못했다. 목표와 방향은 정해져 있다. 비록 느리기는 하지만 최선을 다해서 달려가고 있다. 더 좋은 길이 있다면 목표와 방향을 바꾸기도 할 것이다. 바꾼다는 의미는 변화를 꾀한다는 의미이다. 꿈 너머 꿈을 이루기 위해서다.

둘째, 작가가 되는 지름길이다. 나는 영어를 지지리도 못했다. 장남이기에 영어 공부를 어떻게 해야 하는지를 몰랐다. 가르쳐주는 사람도 없었다. 중학교 때의 일이다. 영어 선생님이 다음 시간에 영어로 받아쓰기를 한다고 했다. 굿 모닝, 굿 에프터눈, 굿이브닝, 땡큐, 나이스 투 미트 유. 하나도 못 썼다. 회초리로 맞아서 손바닥에 불이 났다. 영어 문장을 해석하는 것도 국어를 잘해야 좋은 해석을 내놓을 수 있다고 하지 않는가.

책을 쓰려면 우선 문해력이 있어야 한다. 글을 읽고 이해하는 능력이다. 여기에 더해 어떤 사실에 대해서 능동적으로 생각해 보고 나의 의견과 생각을 표현할 수 있는 능력을 갖춰야 한다. 신속한 핵심 내용 파악과 분석, 이해가 필요하다. 글을 쓰는 방법은 누군가로부터 배울 수 있지만, 문해력에 대한 부분은 순전히 내 몫이다. 전자책을 쓰기 위해서 수많은 강좌를 들었고 비용도 많이 들었다. 결국에는 전자책을 쓰지 못했다. 2년 동안 서울 마포에 있는 직장까지 걸어서 출근하면서 보고 느꼈던 바를 전자책에 담아 보고 싶었다. 소제목까지 정해 놓았고 경험을 통한 내용 구상도 했음에도 불구하고 결국 포기하고 말았다. 초등학교 운동선수와 군 장병 독서 코칭, 모닝 독서 모임, 블로그 포스팅과 모닝 블로그 모임 등을 통해서 많은 것을 배우고 익혔다. 나도 모르게 부단한 연습이 되었고, 문해력이 조금씩 성장했다. 작가가 되었다. 첫 책 제목이 『변화를 말하는 10인의 강사 이야기, 강사를 말하다』이다. 퇴고 후 출간까지의 설렘은 봄 소풍을 기다리는 아이의 마음 같았다.

마지막으로, 위로가 담겨 있는 보물단지다. 강사가 되고 보니 정말 재미있고 보람도 있다. 적성에 딱 맞는 직업이다. 정신적, 육체적으로 힘들기도 하다. 보통 하루에 두 번 세 번까지 강의한다. 어떤 때는 밥 먹을 시간도 없이 강의 스케줄이 빽빽하다. 집에 와도 휴식할 수 있는 여건이 안 된다. 또 다른 강의를 들어야 하고, 속해 있는 다양한 커뮤니티에서 활동도 해야 하기 때문이다. 새로운 분야의 강의가 들어오면 강의안도 만들어야 한다. 내일 또 강의가 이어지기 때문이다.

강의와 함께 군부대 장병들을 대상으로 독서 코칭을 했다. 피곤하지만 어쩔 수 없이 책을 읽어야 했다. 독서 코칭 강사가 책 내용도 모른 채 코칭을 할 수는 없는 노릇 아닌가. 무거운 눈꺼풀을 들어 올리며 겨우겨우 책을 읽어 간다. 잠이 확 달아날 때가 있다. 어느 순간 책 속에 빠져들어 내가 주인공이 되어 있다. 얼른 밑줄을 긋고 형광펜으로 한 번 덧칠한다. 책에 메모한 뒤, 파워포

인트에 옮기면서 강의안을 만든다. 그 내용으로 독서 코칭을 한다. 책 한 권을 네댓 번 반복해서 읽고 강의까지 하게 되니 나도 모르게 내재화되어 있었다. 이 과정에서 심신이 안정되고 새벽처럼 고요해지며 나만의 작은 공간에서 위로를 받았다. 덕분에 에너지 받아 재충전하며 강의장으로 향할 수 있었다.

혁신(革新)이라는 말을 참 좋아한다. '묵은 것을 완전히 뒤바꾸어 새롭게 만든다'는 의미다. 나를 변화시키기 위해서는 큰 각오가 필요하다. 옛것을 완전히 버리고 새로운 것으로 습관화해야 하기 때문이다. 책 속에서 만난 주인공들을 통해서 내 삶을 되돌아보게 된다. 버킷리스트를 바꾸기도 한다. 새로운 각오를 다지기도 한다. 새로운 나를 발견했기 때문이다. 책 속에는 영원히 마르지 않을 꿀단지가 들어 있다.

오늘도 『오타니 쇼헤이의쇼타임』을 읽다가 베갯머리에 두고 꿈 속으로 스며든다.

강사의 독서법

마무리 글

권미숙

"오늘의 나를 있게 한 것은 우리 마을의 도서관이었다. 하버드 졸업장보다 소중한 것은 독서하는 습관이다."라고 빌게츠는 말했다. 책을 읽는 것이 중요하고 습관이 중요하다는 것이다. 책을 읽는 습관을 만들기까지 시행착오가 생기기 마련인데, 우리들의 경험이 시행착오를 앞당기는 역할을 했으면 좋겠다는 바람에서 공저에 참여하였다. 좋은 습관으로 원하는 답을 책 속에서 찾기를 소망한다.

권은예

어떤 곳에서 만나든 그 만남을 소중히 여길 줄 아는 강사가 되려 한다. 특히 〈국민강사교육협회〉는 더 소중한 만남이다. 이곳에서 공저 1기와 2기가 탄생했다. 새벽마다 블로그 모임인 모블모, 독서 모임인 모블독을 열며 성장과 성공을 향해 나아가고 있다. 블로그를 통해 강의 섭외 요청이 오고, 독서를 하며 스피치뿐만 아니라 강의 소재도 풍부해졌다. 이 모든 것들이 만남과 이별을 통해 이뤄진다. 이별은 제로가 되고 만남은 지속적으로 이뤄져 웃으며 소통할 수 있는 〈국민강사교육협회〉 가족이 되었으면 좋겠다.

김경우

〈국민강사교육협회〉 김규인 회장님과 강사님, 함께하게 돼서 감사드리며 덕분에 행복합니다.

음식을 먹을 때 맛없는 것부터 먹으면 끝까지 맛없는 음식을 먹은 것이고, 맛있는 음식부터 먹으면 끝까지 맛있는 음식을 먹은 것이다. 지금 선택하세요. 어제는 살아 봤고, 의미 있는 내일을 만들기 위해 오늘을 열심히 살아가는 여러분들에게 이 책이 작게나마 도움이 되길 희망합니다.

김규인

책 한 권으로 큰 변화와 혁신이 일어나고, 책 속의 문장 하나가 인생을 통째로 바꾸기도 합니다. 삶에 지치고 어려운 분들에게 희망을, 성공을 꿈꾸는 이들에게 길잡이가 되어 주기도 하는 게 책입니다. 언제 어떤 책과 문장이 자신의 가슴에 들어와 변화를 일으킬지는 모를 일이지요. 그러기에 독서는 우리 일상생활에서 빼놓을 수 없는 특별한 과제가 아닌, 매일 세 끼 밥 먹듯이 당연한 일과로 받아들이고 실천하면 좋겠습니다. 하루 한 문장이라도, 한 페이지라도 책 읽는 습관만 된다면 그리 어렵지 않을 거라 믿습니다. 자신만의 독서 스타일로 매일 보석을 캐며 작가들이 전하는 선물 마음껏 받고 누리시길 바랍니다.

김용화

매일 새벽 독서 모임을 시작할 때, 두려움과 고민이 있었다. '내가 잘할 수 있을까?'라는 의문도 있었다. 책 속 이야기는 나에게 믿음과 용기를 주었다. 돌이켜 보면 고민과 두려움은 꾸준한 독서를 통해 나는 변화된 모습을 발견했다. 도전은 두려움이 아니라 희망이다. 조앤 K. 롤링(해리 포터의 저자)이 이런 말을 한 적이 있다. "나는 해리 포터에 나오는 마법을 믿지 않습니다. 하지만 정말 좋은 책을 읽는다면 마법 같은 일을 경험할 수 있을 거라 확신합니다." 이 말처럼 책을 통해 꿈을 키우고 도전하는 삶을 응원하며 이루어질 수 있기를 바란다.

김은주

책을 읽으며 동반되는 내적 성장을 통해 사고하는 습관을 기를 수 있기에 독서하는 습관은 모두에게 매우 필요한 습관이라고 생각합니다. 책을 통해 성장하고, 그 경험과 지혜를 토대로 교육생들에게 긍정적인 영향력을 펼칠 수 있는 강사가 되기 위해 노력하겠습니다. 강사뿐만 아니라 모든 사람에게도 책 읽기 습관은 성장의 지름길이 될 것입니다. 책을 가까이하는 습관으로 꿈을 키우고 미래를 준비하며 성장을 이루시길 기원하겠습니다.

민혜영

> 좋은 책을 읽는다는 것은 과거의 가장 훌륭한 사람들과 대화하는 것이
> 다. - 데카르트

독서에서 만난 글 중 가장 좋아하는 독서 명언입니다. 책은 단순히 글밥을 읽는 것이 아니라 그 작가의 인생을 읽는 것입니다. 그렇기 때문에 처음 책장을 펼쳤을 때와 마지막 장을 덮었을 때는 오감을 통해 조금 더 나은 내가 되기도 합니다. 몇 시간 만에 나를 변화시킬 수 있는 것이 또 있을까요? 오늘도 나를 성장시키는 독서를 하고 있습니다. 책 속에서 발견한 지혜는 나의 일상의 긍정적인 에너지입니다.

박은주

　책과 함께하는 시간은 항상 행복합니다. 독서를 통해 새로운 지식과 통찰력을 얻습니다. 또, 자신의 시야를 확장하고 세상을 더욱 풍요롭게 만들 수 있습니다. 〈국민강사교육협회〉 김규인 회장님께 나폴레온 힐의 『성공의 법칙』을 추천받았습니다. 그중에서 발견한 '보수보다 많은 일을 하는 습관'은 제 삶에 선물 같은 문장이 되었습니다. 이를 실천하면서 강사로 열심히 활동하고 있습니다. 독서의 힘을 믿습니다. 지금 책을 읽는 즐거움을 알게 되면, 좋은 친구와 함께하는 행복을 누릴 수 있을 것입니다.

석정숙

　독서는 삶의 자양분이다. 하루를 마무리하면서 스스로 점검하는 시간, 책과의 만남은 삶의 향기를 더해 준다. 편협한 사고를 깨트리고 열린 마음으로 세상을 바라볼 수 있는 혜안을 얻을 것이다. 세상에 이로움을 전하고자 치열하게 노력하는 강사의 삶 이야기를 통해 인생길 하얀 눈 위를 걸어가는 발자국이 되길 기대한다.

유연옥

　공저 첫 꼭지를 쓰면서 막막했던 시간을 돌아봅니다. 지리산 종주를 3번 하면서 천 리 길도 한걸음부터를 몸으로 배웠습니다. 인생에 모든 경험은 추억이 됩니다. 좋은 추억도 나쁜 추억도 경험이 되어 자신을 성장시킵니다. 하루 5분을 어떻게 보내느냐에 따라 인생이 변화하듯이, 『나는 희망의 증거가 되고 싶다』는 책 속의 한 줄이 저를 성장시켰습니다. 독서를 통해 성장한 나의 경험을 강의 현장에서 '도전하는 자만이 꿈을 이룬다'라는 희망을 전하는 강사가 되고 싶습니다.

이서윤

밥을 먹듯 독서를 한 적이 있었기에 지금의 제가 있는 것을 한 번도 의심한 적이 없습니다.

독서를 통해 자신이 아는 것과 모르는 것에 대해 알게 되므로, 아는 것은 체계를 만들고 모르는 것은 새로운 책을 통해 배우게 됐습니다. 그 과정을 간접 경험이라고 한다지요. 제가 한 연결 독서법은 분명 삶의 질서를 수립하는 데 도움이 됐습니다. 책만 한 스승이 없다는 것을 저는 믿습니다. 오늘 그 스승과 흠잡을 데 없는 봄빛 가득한 서재에서 조우 중입니다.

이현주

〈국민강사교육협회〉 독서 모임을 통해 책을 읽으면서 내 인생을 들여다본다는 것은 나의 삶과 경험을 되새겨 보고, 고찰하며 성찰하는 시간이었습니다. 나의 발견과 성장, 새로운 시각과

강사의 독서법

깨달음을 통해 보다 풍요로운 삶을 강사로서 영위할 수 있는 길이기도 하였습니다. 자기완성을 추구하며 더 나은 버전의 나로 살아갈 수 있도록 해 주신 김규인 회장님과 강사님들 덕분입니다. 스마트한 소통으로 의미 있는 시간을 함께해 주셔서 감사합니다.

정순옥

책은 인생의 희로애락(喜怒哀樂)을 펼쳐 놓은 넓은 도화지와 같습니다. 책 속에서 희망을 찾아 도전이라는 씨앗으로 새로운 꿈의 열매를 얻었습니다. 살면서 쉼이 필요한 순간이 올 때 책 장을 넘겨 보세요. 그 속에 선명한 길잡이가 되어 줄 지혜의 길이 보일 겁니다. 이 책을 통해 모든 분에게 평범한 일상이 특별함으로 기억되도록 흥미로운 다독의 즐거움을 선물로 드리고 싶습니다. 그리고 두 번째 공저를 쓸 수 있도록 '모두 함께'라는 소중함을 깨닫게 해 준 〈국민강사교육협회〉 독서 모임 모든 분에게 감사의 말씀을 전합니다.

정영혜

꾸준한 독서를 통해 새로운 아이디어를 발견하고 문제 해결 능력을 키우면서 제 삶이 더욱 의미를 찾아가고 풍요로워지고 있습니다. 새벽 기상이 힘들지만 '모블독' 강사님들과 함께하기에 가능합니다.

'불편해야 성공한다'는 말이 더욱 힘을 내게 합니다. 모든 사람들이 행복한 세상을 만들기 위해 〈국민강사교육협회〉 회장님, 교수님들, 강사님들과 함께 새벽을 여는 하루하루에 감사드립니다.

정종관

인생 최대의 난제는 다른 사람과 어떻게 하면 슬기롭게 조화를 이룰 수 있는지를 배우는 것이다. 이 과정에서 타인의 권리를 해치지 않으면서 자신을 발견하고 알리는 것이 중요하다. 책 속에는 이와 관련된 답이 있다. 이 답을 이용하고 이용하지 않는 것은 개인의 의지 문제이다. 인생에 있어서 또는 강사로 성공하기 위해서 자신이 시간을 투자할 의향이 있는 진지한 사람들은 성공할 것이다. 『강사의 독서법』에는 그 길이 제시되어 있다. '준비가 기회를 만나면 기적이 일어나고, 그 기회는 준비된 자에게만 주어진다'는 진리를 믿는다.

강사의 독서법